# As Herdeiras

# SARA SHEPARD

# As Herdeiras

TRADUÇÃO DE ALYDA SAUER

Rocco

Título original
THE HEIRESSES

*Copyright* © 2014 *by* Alloy Entertainment, LLC *and* Sara Shepard

Todos os direitos reservados.
Nenhuma parte desta obra pode ser reproduzida ou transmitida por meio eletrônico, mecânico, fotocópia, ou sob qualquer outra forma sem a prévia autorização do editor.

Direitos para a língua portuguesa reservados com exclusividade para o Brasil à
EDITORA ROCCO LTDA.
Rua Evaristo da Veiga, 65 – 11º andar
Passeio Corporate – Torre 1
20031-040 – Rio de Janeiro – RJ
Tel.: (21) 3525-2000 – Fax: (21) 3525-2001
rocco@rocco.com.br
www.rocco.com.br

*Printed in Brazil*/ Impresso no Brasil

Preparação de originais
BEATRIZ D'OLIVEIRA

---

CIP-Brasil. Catalogação na publicação.
Sindicato Nacional dos Editores de Livros, RJ.

S553h

Shepard, Sara, 1977-
　　As herdeiras / Sara Shepard ; tradução Alyda Sauer. – 1. ed. – Rio de Janeiro : Rocco, 2022.

　　Tradução de: The heiresses
　　ISBN 978-65-5532-220-0
　　ISBN 978-65-5595-109-7 (e-book)

　　1. Ficção americana. I. Sauer, Alyda. II. Título.

22-75731
CDD: 813
CDU: 82-3(73)

Camila Donis Hartmann – Bibliotecária – CRB-7/6472

---

O texto deste livro obedece às normas do
Acordo Ortográfico da Língua Portuguesa.

*Para Michael*

*Quer caiamos por ambição, sangue ou desejo,
como diamantes somos cortados por nosso próprio pó.*
— JOHN WEBSTER

# ÁRVORE GENEALÓGICA

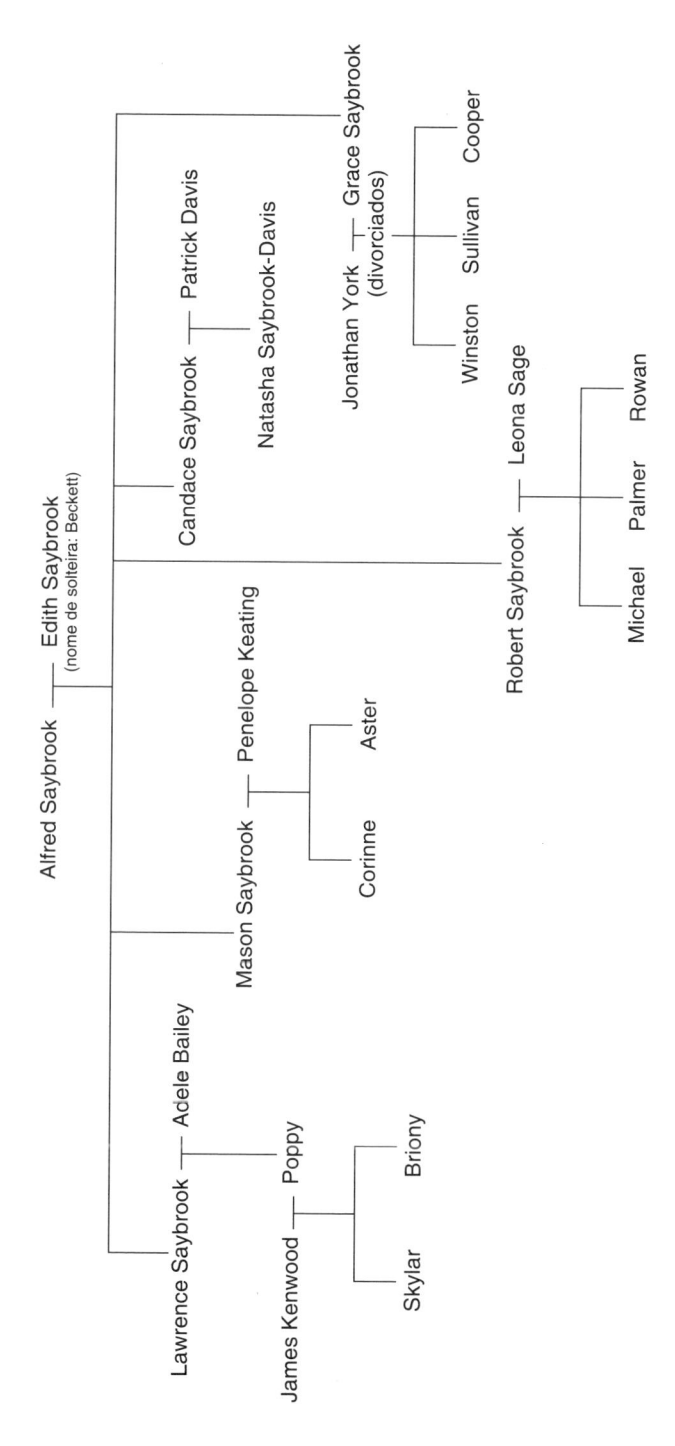

- Alfred Saybrook — Edith Saybrook (nome de solteira: Beckett)
  - Lawrence Saybrook — Adele Bailey
    - Poppy — James Kenwood
      - Skylar
      - Briony
  - Mason Saybrook — Penelope Keating
    - Corinne
    - Aster
  - Candace Saybrook — Patrick Davis
    - Natasha Saybrook-Davis
  - Jonathan York — Grace Saybrook (divorciados)
    - Winston
    - Sullivan
    - Cooper
  - Robert Saybrook — Leona Sage
    - Michael
    - Palmer
    - Rowan

PRÓLOGO

Você conhece os Saybrook. Todos conhecem. Talvez tenha lido o perfil deles na revista *People* ou na *Vanity Fair*, visto fotos deles nas colunas sociais da *Vogue* e na Sunday Styles do *New York Times*. Caminhando naquele quarteirão especial da Quinta Avenida, você já teve vontade de entrar no ornamentado prédio de calcário com o nome da família gravado na fachada sobre a porta. Você no mínimo deve ter parado diante dos anúncios deles, das fotos do rosto deslumbrante de Aster Saybrook emoldurado por uma galáxia de pedras, diamantes tão perfeitos e límpidos que até suas imagens cintilantes nos deixam tontos.

E *eles* também são estonteantes, pois os Saybrook são uma família de beldades, empreendedores, debutantes, especialistas e excêntricos, o tipo de gente para quem portas se abrem e mesas de restaurantes estão sempre disponíveis. Se você mora na cidade de Nova York e esbarra em algum deles fazendo alguma coisa normal, como indo a pé para o escritório de manhã, ou dando a volta no lago Reservoir em uma corrida vespertina, tem a sensação de ser tocado por um raio de sol, uma varinha de condão, um golpe de sorte. E pensa: eles são como eu.

Só que não são. E cuidado com o que deseja, porque se você fosse mesmo um Saybrook, seria assombrado por segredos tão profundos e uma sorte tão sombria quanto uma mina. E também teria de comparecer a infinitos enterros. Por mais grandiosa que a família possa ser, também tem de enfrentar muitas mortes.

\* \* \*

Dez limusines polidíssimas aguardavam na frente da Catedral de São Patrício na clara manhã de setembro em que ocorria o funeral de Steven Barnett, e pelo menos outras cinco estavam estacionadas na Fiftieth Street, virando a esquina. Os degraus da igreja tinham sido varridos, as grades cintilavam e até os pombos tinham ido pousar em outro lugar. A atividade na calçada do outro lado da rua crescia. Havia tanta gente que a multidão parecia se mover como uma única echarpe comprida e colorida. Mas quando as portas das limusines se abriram ao mesmo tempo, em um balé perfeitamente coreografado, todo o movimento cessou e os queixos começaram a cair.

Edith, a venerável matriarca da dinastia Saybrook, já estava dentro da igreja com os filhos. Agora era a vez da geração mais jovem sair da confortável escuridão de seus carros para o flash das câmeras e para os gritos da multidão. A primeira a aparecer foi Poppy Saybrook, de 29 anos, vestida em um perfeito pretinho justo da Ralph Lauren e exibindo um grande diamante de noivado no dedo — criação dos Saybrook, naturalmente. Seu atual noivo, James Kenwood, saiu atrás dela lançando sorrisos para todos na multidão, especialmente para as mulheres.

Depois vieram as primas de Poppy, as irmãs Corinne e Aster. Apesar de impecável em um vestido preto trespassado e sapatos cinza de salto, Corinne estava pálida demais e parecia um pouco tonta. Diziam que o namorado dela, Dixon Shackelford, tinha partido seu coração no início do verão. Talvez por isso ela tivesse aceitado trabalhar um ano em Saigon como contato dos Saybrook. O rumor era de que ia viajar no dia seguinte.

Aster usava um vestido que dava para confundir com uma camisola fina e o cabelo louro estava despenteado. A menina de 18 anos havia passado o verão trabalhando como modelo na Europa e não tirou os óculos escuros Dior ao abraçar Poppy. Talvez tivesse passado a noite inteira chorando. Ou, mais provavelmente, na farra.

Uma porta bateu na esquina quando Rowan, de 27 anos, a mais nova advogada do império Saybrook, apareceu na calçada. Seus irmãos Michael e Palmer não tinham ido — não tinham entrado para os negócios da família e não conheciam Steven. Rowan olhou para as primas e fez uma careta ao ver Poppy e James. Seus olhos azul-claros estavam muito vermelhos e o nariz também. Ninguém sabia que Rowan e Steven eram próximos... ou será que ela estava angustiada com alguma outra coisa?

E finalmente Natasha Saybrook-Davis, de 18 anos, chegou correndo da estação do metrô na Fifty-Third, com os cachos pretos presos, os lábios expressando mau humor. As primas olharam para ela ressabiadas, sem saber o que dizer. O fato de Natasha ter recentemente renunciado à herança era motivo de muita especulação. Por que uma das maiores herdeiras dos Estados Unidos abriria mão da sua fortuna?

Flashes espocaram. Poppy escondeu o belo rosto oval com a bolsa Chanel. Aster apertou os olhos, parecendo nauseada. Depois de um segundo, Poppy, Aster, Corinne e Rowan se deram as mãos. Era a primeira vez que se viam desde que Steve foi encontrado na praia da casa de verão da família em Meriweather, uma ilha ensolarada ao largo da costa de Martha's Vineyard, uma semana antes, depois da festa anual que davam no fim do verão. Naquele ano tinham comemorado a promoção de Poppy a presidente da empresa.

— Com licença? — disse alguém atrás das quatro mulheres.

Elas se viraram para ver o rosto ansioso e esbaforido de uma repórter. Um câmera estava atrás dela, de calça jeans e camiseta dos Yankees.

A mulher sorriu com simpatia.

— Amy Seaver, Canal Dez. Vocês eram próximas de Steven Barnett?

Corinne baixou a cabeça. Poppy se remexeu, incomodada. Rowan cerrou os punhos.

Amy Seaver nem piscou. O câmera avançou.

— É estranho — continuou a repórter. — Primeiro seu avô, que controlava o império Saybrook, agora seu protegido, o homem que diziam que era o próximo na linha de sucessão ao cargo...

Rowan fez uma careta.

— Se está tentando ligar as duas mortes, não devia. Nosso avô tinha 94 anos. Não é bem a mesma coisa.

— E Poppy foi nomeada presidente, não Steven — completou Corinne, apontando para a prima.

Mason, pai de Corinne e diretor-executivo da empresa, tinha tomado aquela decisão de última hora, dizendo que queria "manter as coisas em família". Foi uma surpresa enorme, mas todos sabiam que Poppy estava à altura do desafio.

A repórter acompanhou as primas no caminho para a igreja. Natasha ficou alguns passos atrás das outras.

— Sim, mas o sr. Barnett não remava por Harvard, surfava nas ilhas Galápagos? Não acham estranho que tenha se afogado em *águas rasas*?

Rowan botou a palma da mão na frente da câmera.

— Sem comentários — disse Poppy rapidamente, e correu para se juntar às outras na igreja. — Procurem manter a calma — sussurrou ela.

— Mas você sabe aonde ela quer chegar — cochichou Rowan.

— Eu sei, eu sei — respondeu Poppy. — Mas deixe para lá, está bem?

Nenhuma delas gostava de pensar nisso, na maldição da família. A mídia tinha inventado esse conceito há muito tempo e adorava a história. Havia até um site administrado anonimamente chamado *Abençoados e amaldiçoados*, que documentava as calamidades e infelicidades dos Saybrook, e recebia milhares de cliques por dia. Ninguém cansava da lendária família estadunidense, tão abençoada com sua fortuna e beleza, mas amaldiçoada com uma série de mortes súbitas e misteriosas.

Quando as meninas eram pequenas, a maldição era a história de terror que contavam quando acampavam no quintal da casa em Meriweather. *Tudo começou...*, elas diziam com as lanternas embaixo do queixo, *quando a tia-avó Louise caiu de uma varanda na festa de ano-novo. Ela despencou vinte andares sem largar seu martini.* Depois de Louise, um tio-avô foi pisoteado em uma partida de polo a cavalo. Então o avião de um primo em segundo grau se perdeu no mar. A tia delas, Grace, agora divorciada, caçula dos filhos de Edith e Alfred, teve um filho sequestrado do jardim de casa.

Steven Barnett não era um Saybrook, tecnicamente, mas era como se fosse. Alfred, que estava sempre procurando novos talentos, tinha pescado Steven direto da faculdade de administração de Harvard quase quinze anos antes, impressionado com seu discernimento e sensatez para os negócios. Steven era eficiente e brilhante, tinha inteligência privilegiada para administração e muita habilidade para relações públicas, conseguia conversar sobre qualquer coisa, desde o melhor diamante para as festas até o futuro da mineração socialmente responsável. Ele logo galgou os escalões e era presença constante na casa de Alfred e Edith, na cidade ou na ilha, nos fins de semana prolongados, e se tornou consultor de confiança e filho honorário. Agora tinha sofrido o mesmo destino de todos os outros Saybrook, levado pela grande nuvem cinzenta que perseguia a família. Sim, o afogamento em águas rasas era estranho. Mas o nível de álcool no sangue dele estava elevadíssimo e a polícia considerou um trágico acidente.

A repórter finalmente desistiu de acompanhá-las e as primas seguiram para a catedral. Um organista tocava uma fuga de Bach e um banco desocupado esperava por elas na frente da igreja. No primeiro banco, a esposa de Steven, Betsy, secava os olhos cinzentos, mas sua dor parecia ensaiada. Os irmãos dele sentavam ombro a ombro, como versões do morto em espelhos distorcidos. Duas mulheres ruivas estavam na frente do caixão de mãos postas em oração. Uma usava uma pulseira tennis que as mulheres Saybrook reconheceram imediatamente.

— Danielle? — disse Corinne.

A mulher se virou, sua expressão mudando.

— Que coisa horrível — sussurrou ela.

Aster recuou um pouco, mas Corinne abraçou Danielle. Danielle Gilchrist era filha dos caseiros da propriedade em Meriweather e, quando crianças, estava sempre com as Saybrook, de modo que era praticamente da família. Ela e Aster eram as mais chegadas — foi Aster quem lhe deu a pulseira —, mesmo que agora Aster não quisesse nem olhar para a outra. A mãe de Danielle, Julia, estava ao lado da filha, com um vestido preto que marcava seu corpo esguio. Apesar de ter quase 50 anos, com aquela constituição elegante e o mesmo cabelo ruivo lindíssimo da filha, podia praticamente se passar como irmã de Danielle.

— Ainda não consigo acreditar que ele se afogou — disse Danielle quando Natasha se aproximou do grupo.

Natasha pôs a mão no caixão.

— É uma explicação bem conveniente mesmo — murmurou ela —, levando em conta tudo que aconteceu aquela noite.

Poppy virou a cabeça de repente. Aster apertou os lábios, surpresa. Corinne empalideceu a olhos vistos. Até Rowan pareceu nervosa. Elas não tinham conversado especificamente sobre o que cada uma estava fazendo na noite em que Steven se afogou — nem sobre muitas das coisas que aconteceram naquele verão. Talvez tivessem outros assuntos para comentar, ou então evitaram de propósito.

Julia tocou o braço de Danielle.

— Venha — disse ela com firmeza. — Vamos deixá-las em paz.

O organista tocou os primeiros acordes da cantata de Bach, "Sheep May Safely Graze", e todos foram para seus lugares. O padre entrou apoiando lentamente a avó delas pela ala central. Ele segurava a mão coberta de diamantes e de manchas senis de Edith, que tentava afastá-lo. Dentro da igreja o ar estava quente e úmido, e mesmo assim Edith puxou a zibelina, como se quisesse segurar o pescoço no lugar. Ela empurrou os grandes óculos escuros de armação redonda mais para cima e sorriu friamente para os presentes.

Chegou ao banco das primas e deu um beijo seco em cada uma das netas.

— Todas estão lindas.

Ela se sentou, cruzou as pernas magras na altura dos tornozelos e apoiou as mãos no colo, como se achasse que todos olhavam para ela. E olhavam mesmo. Ela sempre dava esse conselho para as netas: *Vocês, minhas queridas, são herdeiras. Lembrem sempre disso. Porque ninguém mais vai esquecer.*

As meninas eram o futuro da Diamantes Saybrook e precisavam agir de acordo. Deviam viver com o máximo de decoro, sorrir para as câmeras, falar várias línguas, ter muitos diplomas, cultivar a arte da conversa e, acima de tudo, evitar fazer qualquer coisa que pudesse ser um escândalo para a família.

Só que tinham feito. Todas elas. Aquele foi um verão de segredos. Segredos que as desuniam e provocavam tensão, segredos que não contavam nem umas para as outras. Olhando em volta da catedral imensa, elas temeram de repente que um raio caísse em suas cabeças. Elas eram as herdeiras, sim, as princesas cintilantes de uma família que podia ou não ser amaldiçoada. Mas nos padrões de Edith, não estavam se comportando como herdeiras.

E era apenas uma questão de tempo para o mundo descobrir isso.

# CINCO ANOS DEPOIS

# I

Em uma manhã do fim de abril em que a chuva salpicava os vidros das janelas, lavava as calçadas e deixava o trânsito mais lento em todos os quarteirões da cidade de Nova York, Corinne Saybrook, 27 anos, estava descalça em um provador, falando áspera e rapidamente em turco ao celular.

— Então temos permissão para abrir o escritório? — perguntou Corinne para Onur Alper, seu contato na filial turca do Diretório Geral de Investimentos no Exterior, que havia conhecido na última vez que esteve lá.

— Sim, toda a documentação está em ordem — respondeu o sr. Alper, com estática na linha. — Ainda precisamos do registro na Receita, mas a Saybrook Internacional está liberada para montar uma filial na República da Turquia. Parabéns para a senhorita e para a sua empresa.

— Muito obrigada — disse Corinne delicadamente e acrescentou um *salaam* antes de desligar.

Ela sorriu olhando para os pés descalços, sentindo o prazer da vitória. O império de joias da família era uma das empresas mais importantes no país, tanto para as massas quanto para os fabulosamente ricos, mas era função de Corinne torná-la a número um do *mundo*.

Então ela quase levou um susto ao se dar conta de onde estava — e do que vestia. Usava um vestido Monique Lhuillier. A renda chantilly se ajustava ao corpo e acentuava a pele cor de porcelana. O vestido ia quase até o chão na frente e se alongava em uma cauda romântica atrás. Um colar de brilhantes, emprestado da coleção particular da família, cintilava em seu pescoço, as pedras frias e pesadas sobre a pele. Hoje era o último dia de prova do seu vestido de noiva. Corinne já tinha cancelado várias vezes devido aos compromissos do trabalho, mas faltando apenas um mês para o casamento, o tempo se esgotava.

Alguém bateu na porta do provador. Poppy, prima e dama de honra de Corinne, botou a cabeça para dentro, de camisa branca clássica, um sobretudo cáqui, calça comprida preta e justa e botas Hunter vermelho-vivo que só Poppy conseguia combinar. Poppy tinha crescido em uma fazenda em Berkshires e passado tanto tempo colhendo frutas e tirando leite de vaca quanto aprendendo francês e jogando tênis.

— Está tudo bem, querida?

Corinne se virou para ela e abriu um enorme sorriso.

— Acabei de acertar a filial na Turquia — disse ela, animada.

— Que maravilha! — Poppy sorriu. — Mas você tem o direito de tirar uma folga, você sabe, não é? — Poppy olhou para o vestido de Corinne e fingiu que desmaiava. — *Fabuloso*. Venha. Vamos exibir você.

Mas, antes de tirar Corinne do provador, Poppy tocou o braço dela e fez cara de preocupada.

— Eu queria perguntar... — ela disse em voz baixa. — Amanhã é primeiro de maio. Como você está... se sentindo?

Corinne encolheu a barriga e desviou os olhos. Já ia dizer que estava ótima. Mas então sentiu uma ardência nos olhos.

— Às vezes sinto que devia ter contado para ele — confessou ela. — Foi muito egoísmo não ter contado.

Poppy segurou as mãos de Corinne.

— Ah, querida — disse Poppy, hesitante. — Você sabe que ainda dá tempo.

Corinne se endireitou e olhou para o espelho de três faces. Sua pele estava avermelhada, os olhos um pouco dilatados.

— Esqueça o que eu disse, está bem? Nem acredito que falei disso.

Ela pegou seu celular que estava no pufe em um canto enquanto Poppy levantava a cauda do vestido. A mãe dela, Penelope, e a organizadora do casamento, Evan Pierce, estavam sentadas em um sofá marfim no salão principal. As duas se viraram ao ouvir o farfalhar da saia de Corinne. Penelope se levantou e andou trêmula até a noiva. Tinha sofrido um acidente de esqui no Colorado aquele inverno e ninguém viu quem a atropelou. Foi mais um acidente atribuído à maldição Saybrook. A imprensa fez uma festa com aquilo, especialmente porque era sabido que o pai de Corinne, Mason, devia estar no avião particular que caiu dois anos antes, matando os pais de Poppy e o piloto. Ele cancelou a viagem no último minuto para ir a uma reunião de trabalho. Dois incidentes quase fatais para o patriarca Saybrook e sua esposa em dois anos.

Penelope segurou as mãos de Corinne.

— Querida. — Ela alisou a cabelo da filha, mexeu nas fitas de renda do vestido e recuou. — É simplesmente lindo.

Corinne assentiu, sentindo o gosto de cera do batom que havia passado minutos antes. E não lhe passou despercebido que a mãe tinha dito que o vestido era lindo, não ela.

Bettina, estilista de Lhuillier, sorriu orgulhosa.

— As alterações estão perfeitas — murmurou ela.

Evan também examinou o vestido.

— Bom. Ótimo — disse ela com sua voz anasalada, o cabelo preto de corte repicado caindo sobre seu rosto marcante.

Poppy balançou a cabeça.

— Você é exigente demais.

Evan encolheu os ombros, mas Corinne sabia que aquele era o melhor elogio que receberia dela. Tinha sido colega de quarto de Poppy no internato. Corinne nunca se dera muito bem com ela, mas

Evan era uma gigante da indústria de casamento em Manhattan, e conseguia fazer as coisas do seu jeito mesmo que tivesse de pisar em algumas unhas manicuradas no caminho. Corinne dava valor àquela ferocidade. Evan também mantinha segredo de todos os detalhes do casamento longe de repórteres e blogueiros, até dos idealizadores anônimos do site *Abençoados e amaldiçoados*.

Bettina afofou a saia de Corinne e as duas se entreolharam no espelho.

— E então, como é ser a noiva no casamento do século? — A voz dela, com sotaque forte, soou cheia de admiração.

Corinne adotou imediatamente um sorriso ensaiado.

— Ora, por favor. O século mal começou.

— Sim, mas *Dixon Shackelford*? — Bettina estremeceu de empolgação.

Corinne pôs o cabelo louro-escuro para trás das orelhas. Estava com Dixon desde o primeiro ano em Yale. Bem, exceto por aquele único verão logo depois da formatura — mas Corinne sempre gostou de uma história com final feliz e cortou aquele intervalo da sua narrativa pessoal. A mãe dele era inglesa, o pai, texano, e o próprio Dixon era o sonho realizado da mãe dela: sangue azul nos dois continentes, herdeiro da fortuna petrolífera da Shackelford Oil, e educado a toda prova.

Bettina tirou o véu de Corinne da caixa azul-escura em uma prateleira próxima.

— E agora você será uma *princesa*!

Corinne balançou a mão.

— Não tenho muita chance. A mãe dele é a quarta prima da rainha, em segundo grau. Ou alguma coisa assim — disse Corinne, sentindo que tinha de acrescentar "ou alguma coisa assim" mesmo sabendo muito bem a posição da mãe de Dixon na árvore genealógica.

Bettina pôs as mãos na cintura.

— Você ainda é mais princesa do que qualquer uma de nós. Agora deixe-me ver aquele anel de novo.

Corinne estendeu a mão. Dixon tinha lhe dado aquele enorme brilhante amarelo-canário montado em platina, homenagem ao Diamante Corona, a primeira pedra que o amado avô dela, Alfred, adquiriu quando lutou na Segunda Guerra Mundial. Antes disso, Alfred tinha uma pequena joalheria em Boston, mas a aquisição do Corona levou o negócio à estratosfera.

— Deslumbrante — exclamou Bettina, hipnotizada pelo anel.

Então ela prendeu o véu na cabeça de Corinne. Poppy se levantou para ajudar e as duas arrumaram o véu sobre os olhos de Corinne, deixando-o pendurado na frente do seu rosto.

— É assim que Dixon vai vê-la no dia do seu casamento.

O *dia do seu casamento*. O sorriso de Corinne fraquejou um pouco. Com toda a pompa e circunstância, ela às vezes esquecia que aquilo não era mais um comitê de evento de caridade que ela organizava, e sim que ia mesmo... *casar*.

Antes que a ficha caísse para valer, a porta do salão foi aberta e uma lufada de vento entrou, com algumas gotas de chuva. Uma mulher de capa preta surgiu, batalhando com um guarda-chuva dobrável. Ela se atrapalhava com as varetas e o tecido fino, e um fio de fumaça de cigarro subia sobre a cabeça dela.

— Filho da mãe... — resmungou ela, decidindo jogar o guarda-chuva amassado na calçada ao lado da porta.

Então a mulher alta, loura e bela se virou de frente para elas.

Corinne prendeu a respiração. Era sua irmã, Aster.

Aster entrou usando botas pretas com saltos finos de dez centímetros. Um cigarro enrolado à mão pendia dos seus lábios e o fedor dominou o leve perfume floral do salão. A capa encharcada formava poças de água no piso de mogno. O vestido fúcsia, também molhado, estava grudado no alto das coxas. Aster ainda estaria deslumbrante mesmo depois de rolar no lixão municipal, mas tinha olheiras sob os luminosos olhos azuis e o cabelo louro-prateado estava sem brilho. Parecia cansada e desorientada. Corinne se perguntou se a irmã mais nova tinha acabado de sair da cama de algum desconhecido depois de uma das suas típicas orgias.

— Cheguei! — anunciou Aster com a voz enrolada e rouca. Ela parou no meio do salão, olhando para Corinne. — Nossa mãe! Esse vestido *não* devia ser branco.

Corinne tentou falar, mas não sabia o que dizer. Aster deu uma tragada e soltou a fumaça azulada para o teto.

— Adorei a escolha, aliás. Amei esse estilo lingerie... você pode passar direto para a noite de núpcias.

Quando ela se inclinou para Corinne para examinar a renda, seu hálito cheirava a cigarro, bebida e Tic Tac de laranja.

Corinne sentiu um formigamento no corpo todo, até a ponta dos dedos.

— Você andou bebendo? — ela sibilou e olhou para o relógio na parede, que marcava dez e meia da manhã.

Aster ergueu um ombro.

— Claro que não!

Ela recuou de lado, procurando se sentar, mas errou feio a grande poltrona de couro e suas pernas cederam.

— Epa! — gritou ela. Bettina e Poppy correram para ajudá-la a levantar do tombo. — Eu estou bem!

Corinne fechou os olhos e tentou ficar calma, mas só sentiu um constrangimento forte e latejante. Assim que Aster se pôs de pé novamente, Corinne estendeu o braço e arrancou o cigarro dos lábios dela.

— Você não pode fumar aqui — avisou, irritada.

Bettina se adiantou.

— Não faz mal — disse ela com voz suave.

Mas Corinne deixou o cigarro ainda aceso cair dentro de um copo com água. A brasa chiou antes de apagar e esse foi o único ruído que se ouviu no salão.

— Sabe, Aster, acho que você deveria ir embora — anunciou Corinne com a voz trêmula.

Aster pareceu espantada, depois bufou.

— Foi você que pediu para eu vir.

— Era para ser uma hora atrás — disse Corinne friamente. — Agora já estamos quase acabando.

Aster deu de ombros.

— E daí que eu me atrasei um pouco?

Corinne olhou para a direita, para a guimba de cigarro no copo com água. Havia uma mancha de batom cor de rosa no filtro. Sua garganta se encheu de palavras, mas ela não conseguia pronunciá-las. Olhou para a mãe em busca de apoio, mas Penelope continuou parada, sentada, as mãos nos joelhos.

Poppy apareceu ao lado de Aster e tocou o braço dela.

— Talvez seja melhor você ir, querida — disse ela com seu perfeito tom gentil-mas-maternal que Corinne nunca conseguia imitar.

— Tente dormir um pouco. Vai se sentir melhor.

Aster fez bico, mas não resistiu quando Poppy segurou o braço dela e a levou para longe do pedestal. As duas foram andando para a porta e Poppy pegou o próprio guarda-chuva Burberry do cesto de metal e botou nas mãos de Aster. Em segundos, Aster desapareceu e a porta bateu com estrondo.

Poppy voltou calma e segura para o lado de Corinne, sorrindo.

— Venha — disse a prima, levantando o véu dos olhos dela e levando-a de volta para o provador. — Mostre os vestidos da recepção. Vai dar tudo certo.

— Eu *sei* — disse Corinne, emburrada.

Então examinou o vestido e viu que tinha arrancado um bordado com pérola no busto. Bettina correu com agulha e linha para costurá-lo de novo.

De volta ao provador, Corinne se olhou no espelho, coisa que sempre fazia depois de ficar lado a lado com Aster. Mesmo de vestido de noiva, Corinne não podia competir com a beleza radiante da irmã. Tinha gastado bastante em procedimentos estéticos, mas a testa grande, o queixo quadrado e as sobrancelhas grossas resultavam em uma beleza quase masculina. Seus ombros eram largos como os do pai, os seios pequenos como os da mãe, as pernas grossas demais e brancas, mesmo depois de horas de Pilates, de inúmeras refeições que deixava de fazer e de uma fortuna gasta em bronzeamento artificial. Quando tinha 11 anos, a mãe disse que ela era de boa raça. A intenção foi elogiar, mas fez Corinne pensar em um touro premiado em uma feira rural. Penelope certamente nunca se referiu a Aster como *de boa raça*, não importava o que ela fizesse.

Sempre fora assim. Os pais delas sempre inventavam justificativas para Aster. Corinne já sabia usar garfo e faca com um ano e meio; Aster jogou a comida na parede até o jardim de infância. Corinne estudava nas férias, enquanto Aster comprava as respostas das provas no playground. Mas os pais sempre faziam vista grossa. Mason sempre favorecera Aster, comemorando quando ela tirava um oito, como se ela tivesse de fazer mais do que aparecer nas aulas para ganhar essa nota.

De qualquer forma, Corinne preferia a companhia da mãe; as duas passavam fins de semana divertidos tomando chá no Plaza e indo aos spas de Elizabeth Arden, enquanto Aster e Mason faziam uma de suas viagens especiais para Meriweather ou Berkshires. Mas junto com a atenção da mãe vinham também suas críticas e ordens. Penelope vinha de uma família tradicional, de fortuna feita há centenas de anos em ferrovias, e ela era bastante específica ao ditar o comportamento que a filha devia ter. *Aprenda francês. Seja voluntária na Junior League. Use roupas clássicas. Faça um bom casamento.*

E eles incutiram algum desses valores em Aster? Corinne duvidava muito. As duas se davam bem quando crianças — uma das lembranças prediletas de Corinne era de segurar com força a mão de Aster enquanto olhavam, hipnotizadas, o desfile de carros alegóricos da Macy's, no Dia de Ação de Graças, da cobertura de uma amiga na avenida Central Park West. Mas se distanciaram quando cresceram... e quando Aster parou de dar atenção à irmã. Será que seus pais davam a Aster mais liberdade porque ela era linda? Será que achavam que ela ia se dar bem de qualquer maneira, mesmo sem educação nem etiqueta? Bem, não funcionou: Aster largou a faculdade no primeiro ano e passou a viver feito uma socialite. No primeiro ano da decadência de Aster, toda vez que Corinne visitava os pais na casa do Upper East Side, havia um mal-estar no ar, como se ela tivesse interrompido uma briga. Eles ainda inventavam justificativas para Aster e a sustentavam, mas estavam nitidamente estressados, especialmente o pai, que de repente não conseguia nem olhar para Aster.

A única coisa que Corinne podia fazer era seguir os conselhos da mãe ao pé da letra. Enquanto Aster partia em uma viagem impulsiva para o Marrocos, ou em uma excursão de um mês pelos bares da Irlanda, Corinne galgava os escalões da empresa Saybrook, conquistando um mercado após o outro. Enquanto Aster largou o trabalho como modelo, quase não aparecia nos eventos de relações públicas da Saybrook e gastava a mesada a rodo, Corinne investiu, adquiriu patrimônio e noivou.

Ela encostou na parede do provador e respirou fundo várias vezes. O coração passou a bater mais devagar. A sensação dos nervos formigando sob a pele passou. Ela sempre ficava assim por causa de Aster, mas de que adiantava? Olhou para o primeiro vestido da recepção ali no cabide, um longo justo de cetim marfim e contas. O *segundo* vestido que Corinne ia usar na recepção, um mais curto, que vestiria para dançar, estava pendurado atrás do primeiro. Só de vê-los já ficou mais animada.

— Tem certeza de que vai usar esses vestidos todos em um casamento só? — perguntara a mãe dela, erguendo uma sobrancelha, cética.

Como herdeira do nome e da fortuna Saybrook, era esperado que Corinne se cercasse de luxo sem ficar brega. Mas a mãe de Dixon tinha feito a mesma coisa, e era praticamente uma princesa.

Verdade que Dixon estava mais para um caubói texano do que para um lorde inglês, mas a Shackelford Oil era tão realeza estadunidense quanto a Diamantes Saybrook. Eles se tornaram um casal de modo natural, e logo depois puseram um plano em ação. Bem, foi Corinne que insistiu nesse plano, mas Dixon era tranquilo e concordou. Assim que se formassem na Yale, Dixon ia trabalhar no departamento comercial da Shackelford Oil, na Wall Street. Corinne ia trabalhar na Saybrook. Os dois se mudariam para apartamentos separados em um mesmo condomínio e, quando ficassem noivos, aos 25 anos, mudariam juntos para a cobertura com três quartos. Iam se casar aos 26, ter o primeiro filho aos 29 e o segundo aos 31. E então passariam os trinta anos seguintes construindo suas carreiras e criando os filhos.

Tirando o hiato quando Dixon partiu para a Inglaterra — e, bem, o outro incidente no qual Corinne procurava não pensar —, a vida seguiu exatamente o plano. Só que, por algum motivo, sempre que Dixon propusera uma data para o casamento, no ano anterior, Corinne encontrara algum motivo para esperar. A propriedade em Meriweather, onde ela insistia que deveriam fazer o casamento, estava passando por reformas no verão passado. O outono era a estação que ela menos gostava e a primavera era lamacenta e imprevisível demais. Mas tudo bem. Dentro de um mês eles finalmente iam se casar. Evan organizou tudo, com a bênção de Corinne. Todos os detalhes tinham sido providenciados.

Corinne tirou o vestido. Enquanto o pendurava com todo cuidado no cabide de cetim, ouviu uma risada lá fora.

— Corinne, querida? — chamou Evan. — Saia daí! Vamos fazer um brinde!

Corinne pegou o primeiro vestido da recepção do cabide. Seu reflexo no espelho chamou atenção mais uma vez e ela observou a cicatriz embaixo do umbigo. Raramente olhava para ela; a visão ainda a surpreendia, depois de tantos anos.

Bem devagar, com todo cuidado, ela passou os dedos na pele enrugada. Tinha dito para Dixon — aliás, para todo mundo — que era de uma cirurgia de emergência da vesícula que teve de fazer em Hong Kong, cinco anos atrás. Incrível que as pessoas tivessem acreditado. Ninguém jamais sugeriu que a cicatriz fosse baixa demais para esse tipo de operação. Nem mesmo a mãe de Corinne imaginou que fosse outra coisa. Só Poppy sabia a verdade.

*Pare de pensar nisso*, exigiu uma voz dentro da cabeça dela. *Pare agora mesmo.*

Corinne pôs o vestido da recepção, calçou o sapato de salto de cetim e abriu a porta do provador. *Sorria*, pensou ela quando voltou para perto da família, lembrando de toda a sua sorte. Ia rodopiar com seus vestidos de festa e todos exclamariam e elogiariam. *Agradeça a todos por terem vindo. Case-se. Não olhe para trás.*

Ela pegou uma taça de champanhe limpa.

— Ao felizes para sempre! — brindou Corinne.

Ela ia se casar com o príncipe encantado. Tinha um futuro inteiro pela frente.

Desde que o passado não a alcançasse.

# 2

Naquela noite, Aster Saybrook se acomodou em um pufe dentro de uma tenda estilo beduína e um garçom enfiou a cabeça pela aba da entrada. Ele usava um sarongue com estampa batik e um chapéu do tipo fez meio de lado na cabeça.

— Deseja alguma coisa, senhorita? — perguntou ele, concluindo que Aster era a líder do grupo.

— Mais uma garrafa de Veuve para cada um de nós. — Aster fez um gesto com a mão para indicar todos à mesa e os berloques de Hermès cintilaram à pouca luz. — Aliás — acrescentou ela quando o garçom já ia saindo —, estamos fazendo uma aposta. Você está usando alguma coisa embaixo desse sarongue?

O garçom vacilou, mas logo se empertigou e meneou a cabeça com malícia. O lado de Aster da mesa irrompeu em vivas.

— Então essa rodada é por sua conta — disse Aster, cutucando Clarissa Darrow, a morena alta sentada à sua esquerda.

Clarissa sorriu e deu de ombros, levando na esportiva.

As conversas começaram, Aster relaxou e girou o pé da taça de champanhe, examinando seus melhores amigos. Bem, "melhores amigos" podia ser exagero. Alguns deles Aster tinha acabado de conhecer, naquela noite mesmo. Mas Aster colecionava gente como outras mulheres colecionavam sapatos ou bolsas ou anéis. Apesar de Aster colecionar tudo isso também. Na frente dela estava Javier, um artista cuja exposição mais recente incluía cabides, lâmpadas fluorescentes e imagens de estrelas de Hollywood recortadas da revista *Us Weekly*. E lá estava Orlean, um colunista alto e magro da *Rolling Stone*, que Aster conheceu na Europa. Ele era seu companheiro de compras ultimamente, embora Aster suspeitasse de que ele gostava da companhia dela especialmente porque as lojas lhe davam um tratamento especial. E tinha Faun, uma amiga de Tânger que arrastara Aster de um prédio a outro em sua busca por um apartamento em Manhattan, sempre reclamando que os closets eram pequenos. Nigel também estava ali, o último caso de Aster, baterista e principal compositor da banda britânica Lotus Blackbeard. Ela o conhecera na semana anterior, no Gray Lady, e ele passara todas as noites no apartamento dela desde então. Ele tamborilava na mesa com seus dedos compridos e finos, provavelmente compondo uma nova e brilhante canção.

 E havia Clarissa, a magérrima melhor amiga de Aster, e talvez sua rival, filha de um bilionário de um fundo de investimentos. Aster conheceu Clarissa no segundo ano na Spence, mas Clarissa ainda falava com um afetado sotaque britânico. Estava sempre disposta a procurar encrenca... ou a criar uma. Aster desconfiava que Clarissa tinha fornecido algumas daquelas citações sobre ela na *Page Six*.

 O garçom apareceu com o champanhe e Aster segurou a taça para ele servir.

 — Tin-tin! — exclamou ela, encostando a taça na de Clarissa e bebendo tudo de um gole só. — Ao lugar mais badalado da cidade.

 Estavam em um restaurante chamado Badawi, construído dentro de um antigo armazém no West Twenties e transformado em um mercado árabe de luxo. Fora decorado para parecer um bazar no Marrocos, com lanternas penduradas, tendas e sofás muito coloridos. Aster tinha começado a noite no Soho House, mas metade das mesas estava vazia, a música era do ano anterior e alguns fregueses pareciam saídos diretamente de New Jersey. Depois de consultar o Instagram e o Foursquare, e de enviar mensagem para algumas amigas modelo, ela e sua comitiva tinham ido para o Badawi.

As noites de Aster muitas vezes tinham esse ar espontâneo; ela não conseguia prever no início da noite onde estaria no final. Era assim desde o verão que passou na Europa, logo depois de terminar o segundo grau. Tinha histórias ótimas para o livro de memórias que ia escrever — bem, ditar — algum dia. De quando ela e sua turma sempre diferente se espremeram em um avião e foram todos para Ibiza; de quando fizeram uma vaquinha para comprar um Porsche Carrera e dirigiram para o chalé de alguém às duas da madrugada; de quando ficou em uma mansão no Harlem uma semana e festejou como o pessoal da Era do Jazz. Uma vez ela pilotou o bimotor de um amigo em torno do aeroporto dele em Connecticut, respondendo a um desafio, apesar de sua última aula de pilotagem ter sido anos antes. Ela esquiou em um lago gelado do Maine completamente nua e desceu trilhas perigosas nas montanhas de Sedona de mountain bike. Recentemente, alguém tinha duvidado que ela rasparia o cabelo comprido, louro-claríssimo, que era sua marca registrada. Aster se virou para o seu amigo Patrick, que era cabeleireiro, e lhe deu a tesoura. Ele cortou tudo, e deixou na frente uma ponta exagerada e torta sobre o olho esquerdo — Aster nunca soube se aquilo foi de propósito, ou se foi um erro de bêbado, mas a imprensa adorou o "novo look", tanto quanto o pai dela detestou.

Para Aster, toda emoção tinha de ser mais emocionante, toda loucura, mais louca, e toda música, mais alta e mais dançante. Um psicanalista talvez sugerisse que ela tinha questões mal resolvidas com o papai, ou que fazia isso para chamar atenção — ou até que estava fugindo de alguma coisa. Mas Aster nunca tinha feito terapia. Não era uma mulher triste que se automedicava bebendo demais e ficando na farra até tarde; ela era temerária e tinha muitas histórias interessantes para contar para os netos.

Quando eram crianças, os pais de Aster e Corinne obrigaram as duas a decorar poesia. As únicas de que Aster gostava eram das poetisas libertárias dos anos 1920. Ela era superfã de Edna St. Vincent Millay, que supostamente adorava farras e cuidava de sua luxuosa fazenda de mirtilo no estado de Nova York totalmente nua. *Minha vela queima dos dois lados; / Esta noite não dura; / mas ah, meus inimigos, e oh, meus camaradas — / sua luz é tão pura!* Manda ver, Edna St. Vincent Millay.

O sr. Garçom Sem Cueca reapareceu com alguns *sparklers* acesos e uma garrafa de Grey Goose L'Orange. Aster compartilhou os gritinhos de empolgação de todos, pegou um *sparkler* e o agitou no ar enquanto algum artista de R&B cantava nos alto-falantes.

Ela pegou o celular, tomada pelo desejo de convidar mais gente. A primeira pessoa que veio à cabeça foi sua prima Poppy. Tocou uma vez e então ela ouviu a voz sonolenta da prima.

— Pops! — gritou Aster contra o barulho do restaurante. — O que você está fazendo nesse minuto?

— Estou em casa. — Poppy bocejou. — E você, está fazendo o quê?

Aster esticou sua taça de champanhe para mais uma dose.

— Estou na rua. Você vem? Por favor?

Quando eram meninas, Aster se orgulhava de não se esforçar demais para ser como Poppy, coisa que sua irmã Corinne sempre fez. Poppy era sua amiga, como uma irmã mais velha legal que não implicava com suas escolhas. Bem, ao menos na maior parte do tempo. Ela passou um sermão bem duro quando Aster confessou que tinha seduzido o professor europeu de história na NYU para aumentar sua nota e depois largado a faculdade de vez. Mas Poppy reclamava porque gostava dela.

— Ugh, estou morta. — Poppy suspirou ao telefone. — Tenho reuniões e mais reuniões pelo resto desta década, Briony não dormiu uma noite essa semana e estou ficando maluca com o planejamento da festa de aniversário de Skylar. Estou muito chata. Mas por que não chama sua irmã? Quem sabe ela quer ir?

Aster deu uma gargalhada.

— Você estava lá hoje, Poppy. Acho que ela nunca mais vai falar comigo.

Aster revirou os olhos, se lembrando da prova do vestido de Corinne aquela manhã. Mas quem marcava uma prova às nove e meia da manhã de um sábado? Tinha acordado assustada, lembrando as três mensagens que a irmã mandara na véspera, e se desvencilhara do braço de Nigel. Nem teve tempo de tomar uma ducha, nem de explicar aonde ia; só se vestiu e saiu correndo do apartamento ainda calçando o sapato. No táxi, percebeu que ainda cheirava a tequila da noite anterior.

*Pode ser que a chuva ajude com isso*, Aster pensou, irritada, acelerando na calçada do quarteirão da Lhuillier sob o guarda-chuva imprestável que tinha comprado em uma lojinha na esquina. Mas quando entrou no salão, viu a cara da irmã. Corinne não ficou contente de ver Aster e nem se preocupou com o fato de a irmã estar encharcada. Ela apenas torceu o nariz daquele jeito que sempre fazia, como se Aster tivesse estragado tudo.

Poppy deu um suspiro.

— Acho que ela só tinha imaginado como queria que tudo ocorresse, querida. E você não correspondeu aos planos dela.

— Ora, ela precisa aprender que às vezes a vida não é como a gente imagina — retrucou Aster, cruzando os braços.

— Você deveria tentar se colocar no lugar dela — disse Poppy calmamente.

Aster bufou com desprezo.

— E que tal ela se colocar no *meu* lugar? Será que ela fez isso *alguma vez* na vida?

Aster já sabia a resposta: não. Corinne não gostava de coisas que não entendia. E jamais entendeu Aster.

Poppy bocejou.

— Desculpe estar tão velha e desanimada. Quer tomar um drinque comigo mais para o fim dessa semana?

Aster alisou o celular, comovida. Mesmo quando Poppy estava afundando em trabalho e deveres familiares até a raiz dos cabelos, ela sempre arranjava tempo para Aster. Mesmo após a morte dos pais de Poppy naquele estranho acidente de avião, dois anos antes, a prima tinha ido tomar um brunch com Aster em seu aniversário, poucos dias depois. Ela era sempre tão... *firme*. Inabalável.

— Claro — disse Aster. — É só avisar quando você pode.

Ela desligou e bebeu mais um gole de champanhe, depois outro. Sentia calor e estava um pouco zonza. Tinha bebido quase a garrafa toda. Deu um soluço bem alto, vendo os amigos levantarem para dançar.

— Você vem? — perguntou Nigel, estendendo a mão.

Aster fechou os olhos e imaginou como seria cair na sua cama de mil fios... sozinha. Dormir oito horas inteiras, acordar em um horário normal, sair para correr, ficar na fila do café. Conseguir de fato chegar a uma das atividades de noiva de Corinne no dia seguinte, porque certamente devia haver uma programada, em vez de chegar trôpega e atrasada e ser expulsa. Expulsa, pensou ela zangada, pela própria irmã. O que Corinne não sabia era que Aster a tinha *protegido* todos aqueles anos. Ela preservou a visão estreita e perfeita que Corinne tinha da família delas. Ah, houve muitos momentos em que Aster quase desabafou o que sabia, mas alguma coisa dentro dela a impediu, por saber que a irmã ficaria muito mais arrasada do que ela. E o que Aster recebia como agradecimento? Rejeição.

Ela pegou a garrafa de Veuve e bebeu no gargalo mesmo, querendo silenciar os pensamentos que adejavam em sua cabeça como passarinhos afiados. De repente, quis apagar, beber tanto que acabaria esquecendo de si mesma, esquecendo tudo, exceto a pista de dança e o som da música. Ela estendeu a mão para Nigel e ele a puxou da cadeira.

As pessoas na pista de dança abriram caminho para eles e deram espaço no meio do salão.

— Você esqueceu sua bebida — berrou Clarissa ao som da música, pondo outra taça na mão de Aster, que bebeu tudo sem perceber o que era, depois fechou os olhos e levantou os braços magros sobre a cabeça, deixando que todas as lembranças feias e os comentários duros daquele dia descessem pelo ralo. A única coisa importante agora era se divertir.

*Minha vela queima dos dois lados, esta noite não dura*, pensou Aster, desafiadora, balançando lentamente com a música. Não acreditava na maldição, mas sabia que se mais um Saybrook tivesse de morrer jovem, seria ela. Seu estilo de vida temerário, irresponsável, era uma bomba-relógio. Lá no fundo, ela se preocupava, achando que não ficaria muito tempo nesse mundo.

Mas isso talvez fosse bom, pensou Aster, tropeçando e caindo nos braços de Nigel. Preferia ser como fogos de artifício que se apagavam logo do que como uma brasa que se demorava. Todo mundo sabia que um final explosivo era mais divertido que um simples chiado que morre em silêncio.

# 3

Domingo à tarde, Rowan Saybrook estava sentada em um canto da sala de estar no edifício Dakota, no Central Park West, vendo doze princesas se encontrando e se cumprimentando. Todas de vestido longo de tafetá, sandálias de cristal e tiara. Pegavam canapés de uma bandeja de prata com graça e segurança.

Mas então Jasmine pisou no pé de Ariel. Aurora ergueu uma sobrancelha para Sofia I e declarou que ela não era uma verdadeira princesa porque o desenho animado da Disney só tinha começado há poucos anos. Rowan pressentiu um desastre, saiu da sala pé ante pé e foi para a cozinha da prima Poppy para pegar uma garrafa de cabernet. Era o aniversário de três anos da filha de Poppy, Skylar, e o melhor a fazer era deixar as pequenas princesas resolverem as coisas sozinhas.

A cozinha era grande e ventilada, tinha balcões novos de mármore e armários de cerejeira brasileira. Poppy usava uma túnica de seda com estampa batik e uma legging que fazia suas pernas parecerem ter um quilômetro de comprimento; ela estava junto ao balcão no centro da cozinha, arrumando uma bandeja de legumes orgânicos comprados na feira da Union Square, com Briony, a filha de um ano e oito meses, pendurada na cintura. Ela notou Rowan servindo o vinho.

— As crianças levaram você a beber, foi?

— Eu nunca entendi direito toda essa coisa de princesa — disse Rowan, botando a rolha na garrafa de novo.

— Claro que não — disse Leona, a mãe de Rowan, sorrindo para a filha do outro lado da cozinha. — Essa aí só queria saber de subir nas árvores mais altas do nosso quintal quando tinha a idade da Skylar. E às vezes de cair delas.

Tia Penelope parou de fazer um prato para o marido, Mason, diretor-executivo da Saybrook, e deu risada.

— Você conseguia subir mais alto do que a maioria dos meninos, Rowan. Ainda lembro de quando ganhou do seu irmão na ponte de corda. Ele passou dias emburrado.

Corinne, que estava encostada no balcão, chegou perto de Rowan e olhou o vinho de relance.

— Pode servir uma taça para mim? Estou precisando, depois da semana que tive.

— Ouvi falar da Turquia — disse Rowan. — Parabéns. — Então ela abaixou a voz. — Também soube do que aconteceu com Aster.

Corinne semicerrou os olhos.

— É... Bem, acho que não deveria ser surpresa para nós.

Ela olhou em volta, provavelmente procurando a irmã, que poucos minutos antes estava ali, mas agora tinha sumido.

— Ela deve estar desmaiada na cama de Poppy agora mesmo — rosnou ela com raiva.

— Não se preocupe... vou cuidar para que ela chegue na hora no casamento — disse Evan, interrompendo a orientação que dava à faxineira. Evan detestava bagunça, especialmente bagunça de criança. — Pode acreditar quando digo que já lidei com coisa pior.

— Pior do que as Saybrook? — murmurou Natasha do seu banquinho perto da despensa.

— Natasha! — reclamou tia Candace, a mãe de Natasha, do canto em que estava ajudando Poppy com os canapés.

Rowan olhou para Natasha de modo cauteloso. Até pouco tempo atrás as duas eram muito próximas. Rowan era quase dez anos mais velha do que Natasha, mas desempenhava com prazer alguns papéis nas peças de um ato de Natasha e vibrava quando a menina organizava concertos de karaokê no quintal de Meriweather. Mas depois que Natasha se deserdou da família e nunca explicou o porquê, passou a tratar Rowan e as outras como pedestres irritantes que ocupavam toda a calçada na Quinta Avenida.

Rowan sabia que as primas também estavam ressabiadas com Natasha. Exceto Poppy, que tinha começado a fazer as pazes com ela alguns anos atrás, depois da morte dos pais. Mas isso podia se dever ao fato de tia Candace e tio Patrick terem bancado a família substituta depois do acidente de avião, cobrindo Poppy, James e as meninas de amor, apoio e guloseimas por meses a fio.

Por sorte, todas ignoraram o comentário de Natasha, até mesmo as mamães perfeitamente arrumadas que Poppy conhecia da Episcopal, a escola onde Skylar fazia o jardim de infância. Para Rowan, aquelas mães elegantes de Manhattan, com os carrinhos de bebê Bugaboo combinando, eram uma espécie singular. Elas comparavam dados de fabricantes de fraldas orgânicas de pano, se vangloriavam da disciplina de sono e avaliavam as babás das amigas. Mas, por mais críticas que fossem umas das outras, as que mais julgavam eram as que não tinham filhos.

— Inveja disfarçada de superioridade — Poppy sempre dizia. — Elas têm inveja do seu tempo livre, por isso inventam que você é egoísta por não ter filhos para se sentirem melhor brincando de casinha o dia inteiro.

E essa era a beleza de Poppy. Ela tinha o carrinho Bugaboo e fazia a própria papinha orgânica, mas jamais se comportava como se a maternidade fosse um clube especial e exclusivo.

— Como vão, senhoras? — O marido de Poppy, James, apareceu na porta, com uma camiseta vintage e calça jeans bem cortada que, quando ele levantava os braços, revelava apenas um centímetro da cueca Brooks Brothers. Ele entrou na cozinha e puxou Poppy para um abraço.

Poppy se desvencilhou e foi para a geladeira.

— Você pegou o húmus na Zabar? — perguntou ela. — Não encontro em lugar nenhum.

— Está bem aqui — James estendeu a mão e pegou um recipiente.

— Perfeito. — Poppy pegou o recipiente e botou na mesa, perto dos legumes.

— Obrigada, James — disse Rowan, já que Poppy não tinha dito.

James fez uma mesura exagerada e deu um sorriso irresistível para as mães.

— Só estou cumprindo meu dever.

Ele agarrou a esposa novamente e deu-lhe um beijo no rosto. Poppy se afastou outra vez e James foi para a sala de estar. Um apito soou na tela plana da TV. James, Mason e alguns outros pais estavam lá assistindo à partida de Djokovic e Federer no Aberto da França.

Uma mãe chamada Starla, com o filho em um canguru Baby-Björn preso ao corpo, suspirou.

— Poppy, ele é um doce.

— Como você consegue manter as outras mulheres longe dele? — provocou outra mulher chamada Amelia.

— Ah, ele usa uma tornozeleira para eu saber onde está — disse Poppy, distraída.

— Poppy está com tudo — disse Amelia, com uma dose de veneno. — E nós todas a odiamos um pouco.

Ela tamborilou no vidro da janela com a unha manicurada. Estava acontecendo um biatlo no Central Park e centenas de corredores passavam ruidosamente a caminho da linha de chegada.

— Sabem o que Bethany disse quando chegamos? — murmurou ela, mudando de assunto. — "Mamãe, posso ir no bissexual ano que vem?" Eu disse: "Você quer dizer biatlo?" Mas ela disse: "Não, quero ir no bissexual!"

Poppy deu uma risadinha.

— Skylar chamou o porteiro de "babaca".

Darcy, uma mãe loura, se remexeu. Tinha o equilíbrio aperfeiçoado pelo Pilates, mesmo naqueles saltos de doze centímetros.

— A palavra preferida da minha filha é *pentelho*. — Então ela se virou para Rowan — E a sua?

— Ah... hum...

Antes de Rowan responder, Poppy segurou seu braço.

— Rowan é a melhor tia do mundo — disse ela, bem alto.

— Obrigada — disse Natasha sarcasticamente.

— Empate das melhores tias — Poppy se corrigiu, sorrindo, apertando Rowan mais ainda. — E ela ainda é consultora-sênior da Saybrook. Foi a melhor aluna da turma no curso de direito da Columbia.

Rowan de repente se sentiu alta e visível demais, toda feita de cotovelos e ângulos. Poppy tivera boa intenção, mas se gabar do que Rowan *era* parecia enfatizar o que ela *não era*: mãe.

Sem saber como mudar de assunto, Rowan se virou para Natasha.

— E aí... como vai o estúdio? — perguntou ela.

Depois que Natasha resolveu que não queria mais ser uma Saybrook, ela se mudou para o Brooklyn e se reinventou, administrando um estúdio de ioga para a burguesia do bairro.

— Muito bem, obrigada — disse Natasha, baixando os olhos de cílios longos.

Ela era mais morena do que as outras Saybrook, pele cor de oliva, cabelo liso e preto e olhos amendoados.

— Como vão as coisas com... Charlie, não é?

Tia Penelope se apoiou na bengala que usava desde o acidente de esqui. A mãe de Rowan largou o copo de água.

— Está saindo com alguém, Ro?

— Ah, somos apenas amigos — disse Rowan rapidamente.

Tia Candace e tia Penelope trocaram olhares, como se dissessem: *Ah, não! O que há de errado com* esse *cara também?*

Rowan sentiu a pele formigar e, ao perceber que vinham mais perguntas, pediu licença e saiu para o corredor. Passou rápido pela série de quadros de Warhol, Picasso e de um retrato de Annie Leibovitz dos pais de Poppy, a mãe usando um vestido longo e leve, o pai bronzeado e atlético de jeans e camisa polo, na frente de um celeiro vermelho caindo aos pedaços. Eles sempre foram os tios preferidos de Rowan. No fundamental, ela passou alguns verões na fazenda deles, tosando as ovelhas com Poppy e explorando o sótão na sede reformada da fazenda. Tio Lawrence não tinha entrado no negócio da família, mas tinha alguns álbuns de fotos da época antes de o vô Alfred encontrar o diamante Corona. Rowan e Poppy ficavam encantadas com as fotos de Edith sem seu arminho, agora indispensável.

Rowan entrou no banheiro e bateu a porta com força. Uma plaquinha de madeira pendurada na maçaneta balançou. Dizia "Vá embora". Exatamente o que Rowan estava pensando.

Ela encarou sua imagem no espelho. Tinha rosto oval, lábios cheios e bem desenhados, testa grande, nariz arrebitado e os olhos azuis que eram a marca registrada dos Saybrook. Era alta, magra e atlética, graças a longas corridas e muitas horas na quadra de tênis. Ela sabia que era bonita, muita gente achava. E era bem-sucedida, como Poppy tinha dito — consultora-sênior na Saybrook apenas cinco anos depois de formada em direito, membro de diversas diretorias e organizações de caridade. Ela adorava sua família e seus dois cachorros, Jackson e Bert. Mas se aproximava dos 33 anos e ainda estava solteira.

Claro que ela pensava nesse enigma há anos. Graças a seus dois irmãos mais velhos, que agora moravam um do outro lado do país e um em outro continente, Rowan não tinha problema com homens. Quando menina, estava sempre pronta para uma partida de hockey ou de pique-pega na rua sem saída em que moravam, em Chappaqua, e ganhava de Michael e Palmer tanto quanto eles ganhavam dela. Ao crescer, passou a fazer outras coisas com seus amigos bonitinhos além de jogar futebol americano. As meninas da turma dela na escola falavam de só fazer sexo com amor, mas Rowan achava que isso era tão ingênuo quanto acreditar que usar um vestido de cetim as transformava em Cinderelas.

É claro que, no fim das contas, foram aquelas meninas que arrumaram namorados, e Rowan tinha apenas uma lista de parceiros na cama. Ela tentou mudar, copiar o que via nas meninas que namoravam sério, mas tornar-se uma versão mais suave, carente e chorona de si mesma simplesmente não funcionou. Então ela se tornou a versão perfeita da mulher "parceira". Aquela que ia a uma boate de strip-tease para se divertir. A que acompanhava os amigos dose a dose. A menina que não dava a mínima para ir à manicure com as amigas, que não se incomodava com pornografia, que quase parecia não precisar de um homem.

Isso não significava que Rowan não queria o que as outras tinham. Mas agora ela se sentia velha demais para modificar seu jeito de ser — e nem deveria precisar. Seus pais não implicavam com o fato de ela estar solteira. A mãe dela, Leona, tinha sido ensaísta antes de virar uma Saybrook, falando sobre casamentos abertos e direitos dos gays, para constrangimento de Edith. O pai dela, Robert, tratava Rowan como tratava os filhos, incentivando a ambição e o sucesso na vida profissional acima de qualquer outra coisa. E os irmãos sempre disseram para ela não aceitar qualquer coisa. Era Poppy que sempre jogava pretendentes para cima de Rowan, um depois do outro. Eles eram gentis e simpáticos, e Rowan mantinha amizade com alguns, mas nenhum dava... aquele clique. Rowan só tinha se apaixonado para valer uma vez e não ia sossegar enquanto não sentisse aquilo de novo.

Alguém bateu na porta do banheiro.

— Rowan? — sussurrou alguém. — Você está aí?

Rowan abriu um pouquinho a porta e viu o cabelo castanho encaracolado de James, os olhos claros e um sorriso maroto.

— Não vale se esconder aí — disse ele, meio brincando, meio sério.

A pele de James cheirava a sabão de menta. Um pouco de *glitter* de uma das varinhas de condão das princesas tinha grudado no rosto dele. Rowan teve de se controlar para não passar a mão para limpar.

— Só preciso de um minuto.

James examinou o corredor.

— As princesas estão incomodando? As adultas, quero dizer.

Rowan olhou para as toalhas com monograma no porta-toalhas prateado na parede oposta. Uma tinha as iniciais de Poppy, a outra de James.

— Pode-se dizer que sim.

— Quer que eu tire você daqui sem que ninguém veja, Saybrook? — perguntou James, com ar de conspirador. — Podemos escapar pela varanda. Usar os gárgulas de escada.

Ela imaginou os dois escalando o edifício Dakota, descendo na Central Park West e se misturando com os atletas do biatlo. Dariam boas risadas juntos, como nos velhos tempos.

James entrou no banheiro.

— Tem lugar para mais um? — perguntou ele, e fechou a porta.

— Estou "princesafóbico" também.

Rowan fungou.

— Nem vem. Todos os homens estão assistindo à partida de tênis.

James encostou na pia e fez uma careta.

— Você já passou algum tempo com Mason? Ele é a maior princesa de todas. — James pegou um controle remoto que estava na beira da banheira e apontou para uma pequena TV em um canto. — De qualquer forma, podemos ver a partida daqui também.

O Aberto da França apareceu na tela. Rowan continuou plantada no meio do banheiro, de braços cruzados. Apesar de ver James regularmente, não se lembrava da última vez em que estiveram sozinhos.

Tinham ficado amigos em Columbia, moravam no mesmo andar no primeiro ano. O pai de Rowan tinha se oferecido para comprar um apartamento para ela, mas Rowan gostava da ideia de conviver com os outros alunos, e até optou por um quarto duplo, em vez de simples. Passava a maior parte do tempo no quarto de James, jogando videogames e conversando sobre as pessoas que moravam no prédio, especialmente as meninas. Os dois continuaram na universidade para fazer cursos de pós-graduação, James de administração — ele sempre quis ser empresário — e Rowan de direito. Jantavam juntos toda segunda-feira em um restaurante mexicano na Broadway, com guacamole apimentado. Nos fins de semana, jogavam sinuca em SoHa, o bar brega na Amsterdam Street onde os barmen faziam poderosos chás gelados Long Island. Como de costume, Rowan desempenhava seu papel de eterna companheira dos homens, bancando o cupido de

James. Muitas vezes Rowan consolou as namoradas dele no fim da noite, quando elas pegavam James transando com outra no banheiro unissex.

— Você não presta. — Rowan sempre provocava durante o brunch das manhãs de domingo. Ao que James apenas dava de ombros e mostrava os dentes, dizendo "Au-au".

Agora James olhava para a minitelevisão em cima da banheira. Era o terceiro set, a partida estava empatada.

— Vamos lá, Saybrook — disse ele, apontando para a tela —, Djokovic ou Federer?

Rowan engoliu em seco. Era uma brincadeira antiga que costumavam fazer — um deles falava dois nomes e o outro tinha de escolher com quem transaria. Às vezes era uma exibição intelectual, como Sylvia Plath *versus* Emily Dickinson, ou o Iago de Shakespeare *versus* o Oberon de *Sonho de uma noite de verão*. Outras vezes citavam pessoas em suas vidas — Veronica, a funcionária peituda da universidade, ou Colette, a aluna francesa magricela do intercâmbio. Frequentemente, James realmente levava para cama a aluna gostosa do intercâmbio.

Às vezes Rowan achava que James tinha esquecido completamente sua antiga amizade, agora que estava casado com Poppy. Talvez ele não quisesse mesmo se lembrar de tudo... especialmente das meninas. James tinha mudado por Poppy. Poppy era linda e perfeita demais para qualquer coisa menos que isso. Qualquer cara mudaria por ela.

Rowan olhou para os jogadores de um lado e do outro da quadra.

— Federer, com certeza. Djokovic é arrogante demais.

— Alto, moreno e europeu. Eu gosto. — James baixou a cabeça e fez cara de sério e zombeteiro ao mesmo tempo. — Então me diga: com quem você está saindo atualmente?

Rowan fingiu esfregar uma mancha de água da pia.

— Prefiro nem comentar. Já me fizeram essa pergunta muitas vezes hoje.

James se sentou na beirada da banheira.

— Você tem de dar uma chance para as pessoas, Rowan. Isto é, sair com alguém mais de uma vez.

— Eu saio — insistiu Rowan.

— Sei que sai. — James pôs as mãos no colo. — Mas de quem você realmente gostou?

Rowan olhou para a TV mais concentrada, tentando lembrar a última vez que tinha estado com alguém mais consistentemente. Alguém por quem tivesse realmente sentido alguma coisa.

— Está vendo? Não consegue nem lembrar. — James cutucou a perna dela com a ponta do pé. — Eles não podem ser todos como eu, você sabe, não é? — disse ele, abrindo os braços e sorrindo de um jeito travesso.

Rowan ficou paralisada. Ele estava brincando, não estava? Sentiu a pulsação latejando nas palmas das mãos.

Cinco anos atrás, quando estavam no SoHa, logo antes das provas finais, James respirou fundo e olhou para Rowan por cima do copo.

— E aí, Saybrook? Eu estava pensando em conhecer esse tal lugar Meriweather de que você tanto fala.

— Ah, é? — Rowan inclinou a cabeça para o lado. — Você quer ir? Eles têm vaga.

— Na verdade... — James mexeu o canudo no drinque. — Aluguei uma casa em Martha's Vineyard. Para o verão inteiro.

— O quê? — gaguejou Rowan.

James a encarou.

— É, achei que seria bom passarmos tempo juntos fora da biblioteca e dos botecos.

Os olhos e o sorriso dele eram tão perigosos que a envolveram em um instante. Mas Rowan *sabia* como James era. Já o tinha visto usar sua mágica com outras mulheres. Mas quando ele olhou para ela, Rowan cedeu como todas as outras. Aquela noite, quando foi para casa, ela fantasiou como seria aquele verão. As refeições que iam preparar juntos, os assuntos que iam conversar, os membros da família que ele ia conhecer. E então... o quê? Depois de horas e horas conversando e rindo naquele lugar lindo, com as estrelas brilhando em volta, o que aconteceria?

Ela sabia que não era boa coisa pensar daquele jeito. Estava sendo ingênua, mais uma das muitas pobres meninas que tinham caído na lábia de James. Tinha medo do que sentia por ele, especialmente porque eram sentimentos fortes. Mas havia um enorme "e se?". E se James sentisse a mesma coisa por ela, bem...

Ela deu uma festa no dia que ele chegou. Todas as primas, inclusive Natasha, em fila na entrada para cumprimentá-lo. Poppy foi a primeira que estendeu a mão.

— Rowan falou muito de você. Sou prima dela, Poppy Saybrook.

— Outra Saybrook — disse James, com aquele sorriso de lobo mau, examinando Poppy de alto a baixo.

Era a mesma coisa que ele tinha feito com inúmeras mulheres na presença de Rowan, mas alguma coisa lá no fundo ainda estremeceu. Ele não deveria fazer isso *ali*, com sua prima.

Naquela noite, James fez um brinde no pátio, agradeceu a todos por aquela recepção tão calorosa, especialmente à sua "melhor amiga, Saybrook". Toda vez que ela olhava, ele estava batendo papo com Poppy, e logo Rowan percebeu que não estava apenas sendo educado. Rowan precisou se esconder atrás do bar que tinha montado à beira da varanda para se recompor, sentindo aquela ardência nada frequente nos olhos. Foi pega completamente desprevenida. E se sentiu uma idiota. Para piorar as coisas, notou que alguém olhava fixo para ela do outro lado do jardim. Era Natasha. O olhar dela foi de Rowan para Poppy e James, como se tivesse entendido tudo.

Sabendo que ia perder o controle, Rowan foi para um dos quartos, se sentou na cama e ficou olhando para o papel de parede com estampa em forma de diamante, buscando refúgio... bem como estava agora, no banheiro de James e Poppy.

Rowan afastou a lembrança, olhou para James e soltou um muxoxo.

— Se continuar falando essas coisas, vou ter de me esconder de você também. — Ela abriu a porta. — Venha. É melhor nos juntarmos à corte.

O grupo tinha ido para a sala de jantar. Faixas e tiaras cintilantes cercavam o bolo alto com cobertura de *buttercream* que estava na mesa. A mãe de Corinne botou três velas pequenas no centro e todas as jovens mães rodearam o bolo, exclamando impressionadas. Aster tinha finalmente aparecido, com expressão cansada, mas ainda conseguindo sorrir. Rowan procurou Poppy e a viu de pé em um canto com Mason. O rosto de Mason estava vermelho e Poppy parecia aborrecida. Rowan nunca vira os dois brigando antes; desde a morte dos pais de Poppy, Mason tinha cuidado dela, tanto quanto Candace e Patrick, tratando-a como uma terceira filha.

Eles discutiam tão acaloradamente que Poppy nem percebeu que as velas estavam acesas. Mais importante: ela não percebeu que Rowan tinha acabado de sair do banheiro com o marido dela.

Mas outra pessoa notou. Natasha estava no final do corredor, com a cabeça inclinada para o lado, olhando diretamente para Rowan. Ela ergueu uma sobrancelha com a mesma expressão compreensiva que fez naquela noite em que Poppy e James se conheceram. Rowan desviou o olhar e viu James beijar a filha sorridente.

*Eles não podem ser todos iguais a mim.* Mal sabia James que isso era verdade. Ela o conhecia há quase quinze anos e o amara cada minuto desse tempo todo.

# 4

Poucos dias depois, Aster estava à mesa na casa dos pais do Upper East Side para o temido e obrigatório jantar das quartas-feiras. A enorme mesa da sala decorada em estilo barroco estava arrumada para doze, com candelabros de prata no centro. As cadeiras de mogno de encosto alto eram tão grandes e pesadas que podiam servir de trono para reis. O guarda-louças de mogno, herança do século XVIII, ocupava uma parede inteira e guardava pratos Sèvres de valor incalculável, artefatos trazidos das viagens dos pais dela pelo mundo, e um jogo de chá de prata que tinha pertencido a uma rainha. Havia muitos retratos de parentes mortos, paisagens de caça à raposa no campo e uma imensa pintura de Edith e Alfred com os filhos pequenos, de pé na escada da casa. No degrau de cima estavam Mason e Lawrence, pai de Poppy, os dois de cabelo engomado. O pai de Rowan, Robert, e a mãe de Natasha, Candace, embaixo. Candace, que devia ter 4 anos na época, se esforçava para segurar Grace, um bebê gordo e irritado. Antigamente, Aster adorava aquela sala e inventava histórias sobre as pessoas nos quadros e os antigos donos dos artefatos. Ela contava histórias para o pai no café da manhã. Ele sempre ouvia com atenção e ria nas horas certas.

— Você pode virar escritora um dia, Aster — dizia ele.

— Muito obrigada, Esme — murmurou Penelope Saybrook quando a chef particular deles pôs um frango assado com molho de vinho tinto ao lado de um prato de aspargos e couve-de-bruxelas grelhados.

Como sempre, a mãe de Aster se levantou, arrumou alguns acompanhamentos e acrescentou uma pitada de pimenta ao frango. *Não dá para fingir que cozinhou só brincando com a pimenta*, pensou Aster.

— Sim, obrigada, Esme — ecoou Corinne.

Dixon, sentado ao lado dela, meneou a cabeça agradecendo também e Poppy, ao lado de Mason, sorriu docemente. Desde que os pais de Poppy tinham morrido, ela era convidada cativa para o jantar. Às vezes Aster se perguntava se a proximidade recente entre Poppy e Mason vinha da culpa de sobrevivente, porque era para ele ter estado no avião que caiu e matou os pais de Poppy. Normalmente, Poppy levava James e as meninas, mas naquela noite tinha ido sozinha. Levara uma torta de morango feita em casa usando os morangos que colhera na semana anterior em visita à propriedade rural da família dela no oeste de Massachusetts. Só Poppy, que devia trabalhar vinte e três horas por dia, era capaz de arrumar tempo para fazer uma torta.

— Você é o máximo, Esme! — gritou Aster, animada, arrumando a alça do seu bustiê de estilo jacquard.

O pai dela lançou um olhar de reprovação. Dane-se. Todo mundo usava bustiê hoje em dia. Bem, exceto Corinne, que parecia uma idosa de vestido de seda azul sem manga e brincos de pérolas Mikimoto.

Aster olhou para a irmã do outro lado da mesa. Corinne não tinha nem olhado para ela ainda e Aster certamente não ia dar o primeiro passo. Ela examinou outro retrato na parede, uma foto tirada há mais ou menos dez anos. Era ela, Corinne, Poppy e todos os primos, inclusive os irmãos de Rowan e os filhos mais novos da tia Grace, Winston e Sullivan, que moravam na Califórnia com a agora divorciada Grace. Natasha estava lá também, em primeiro plano.

Só de olhar para Natasha, Aster ficava irritada. Tinha passado anos agindo como a melhor amiga delas, querendo monopolizar as atenções, implorando para que todos fossem assistir a todas as peças da escola em que ela atuava, e uma vez até arrastou Aster com ela para uma audição geral da Broadway, quando as duas tinham 14 anos.

E então, de repente... simplesmente não precisava mais delas. Aster não conseguia acreditar que Natasha fosse ao casamento de Corinne. Poppy tinha arrumado um jeito de convencê-la.

— Isso é *sangue*? — perguntou Edith, avó de Aster, puxando mais a estola de mink nos ombros.

Ela nunca tirava a estola, apesar de ser um dia extraordinariamente quente para o mês de maio. O cabelo branco de Edith estava todo puxado para trás, revelando a boa estrutura óssea, as maçãs do rosto salientes e o nariz minúsculo que felizmente Aster tinha herdado. Jessica, a assistente pessoal e enfermeira que acompanhava Edith a todos os lugares, se inclinou para explicar o prato.

Mason, mais magro agora que fazia exercícios com um personal trainer, também examinou o frango.

— Não, mãe — disse ele, cansado.

— É só o molho — acrescentou Poppy, solícita, e mordeu um pedaço. — Está vendo? Nham.

Edith pensou um pouco, talvez só porque Poppy era sua neta favorita e detestasse decepcioná-la. Mas acabou empurrando o prato.

— Bom, está muito malpassado para o meu gosto.

Ela olhou para Penelope com ar de reprovação, como sempre fazia quando descobria algum defeito em alguma coisa na casa da nora. Penelope estalou os dedos para chamar a chef, que correu para levar embora o prato de Edith.

— Vou querer ovo cozido em um porta-ovo, por favor — exigiu Edith, bem alto.

Depois que o frango ofensivo desapareceu, Corinne pigarreou.

— Eu verifiquei os registros e muita gente doou para o City Harvest.

— Isso é ótimo, querida — aprovou Edith.

Aster pegou um pãozinho e deu uma mordida. Estava quente e crocante, recém-saído do forno, e tinha gosto de manteiga.

— Não acredito que vocês não fizeram lista de presentes — disse ela entre mordidas.

Corinne virou o queixo para a direita e olhou para a mãe.

— Arrecadamos quase dez mil dólares — continuou ela, como se Aster não tivesse dito nada. — E tenho certeza de que conseguiremos muito mais.

— Vocês podiam ganhar coisas incríveis da Bendel, Barneys, ABC Carpet... — continuou Aster.

Edith limpou a boca.

— É muito respeitável pedir doações de caridade, Aster.

Aster franziu o nariz, imaginando se tinha sido trocada na maternidade. Quando era pequena, costumava tecer fantasias de que seus verdadeiros pais eram estrelas do rock. Como Keith Richards — Aster tinha visto um trabalho fotográfico surpreendente da família dele em St. Barts na *Vanity Fair* do mês anterior. Eles, sim, sabiam como se divertir.

Ela olhou para Dixon do outro lado da mesa. O noivo de Corinne usava um terno cinza sem graça, mas Aster sempre gostou dele. Tinha um sotaque texano bonitinho, e ele e os amigos em geral curtiam noitadas, e Dixon conseguia transformar tudo em um jogo envolvendo bebida. Com certeza ele preferia ganhar presentes. Mas Dixon só deu de ombros.

— Não me importo com essa parte, desde que tenhamos a lua de mel.

— Para onde vocês vão mesmo? — perguntou Aster.

Dixon se animou.

— A um safári. Mas também à Cidade do Cabo. Já tenho os ingressos para uma partida de futebol.

— Parece ótimo — disse Poppy carinhosamente.

O garfo de Corinne arranhou o prato ruidosamente.

— Vou encontrar meus contatos na Cidade do Cabo e visitar algumas minas — acrescentou ela, ainda falando com os pais. Devia ter visto Aster revirando os olhos, porque suspirou bem alto. — O que foi?

Aster levou um susto, surpresa de Corinne ter desfeito a pose.

— Você vai mesmo trabalhar na sua lua de mel?

— É exatamente o que eu pensei — disse Dixon, levantando o copo.

Corinne olhou feio para ele.

— Não concorde com ela!

— Meninas! — gritou Mason, e olhou indefeso para Poppy. — Peço desculpas em nome da minha família.

— Ah, pare com isso — disse Poppy, acenando descontraída.

Aster sentiu uma pontadinha de ciúme. Poppy sempre foi próxima da família, mas desde a morte dos pais, ela tinha se tornado a predileta de Mason, lugar que antes era ocupado por Aster.

Então o celular de Aster, que estava na mesa ao seu lado, apitou indicando uma nova mensagem de Clarissa: *Vamos para PH-D depois daqui.* Aster rilhou os dentes. Estavam todos jantando no Catch sem ela, provavelmente bebendo seu martini favorito com lavanda e yuzu. *Chego em uma hora*, Aster digitou, furiosa.

*É noite temática*, respondeu Clarissa. *Donas de casa indecentes. Estou usando meu minivestido de couro.*

Aster arfou, animada. Amava noites temáticas. Ficou tão empolgada que nem lembrou a Clarissa sobre o fato de que o minivestido em questão era dela. Clarissa simplesmente não tinha devolvido. *Genial*, escreveu ela. *É muito louco eu usar enchimento no sutiã do biquíni?*

— Aster — disse a mãe dela com firmeza. — Não fique mexendo no celular à mesa.

— Um segundo. — O celular apitou de novo.

*Não, vai com tudo!*, Clarissa respondeu.

*Estou pensando no biquíni Missoni, jeans branco cortado e sandália plataforma. E talvez mega hair?*, Aster digitou apressada.

— Aster — Mason bateu na mesa.

Aster olhou para ele e viu que os olhos do pai estavam frios como aço.

— Guarde. Esse. Celular.

Aster pôs o celular na bolsa. *Vocês são tão chatos*, ela queria dizer. *Todos vocês.*

Quando Aster era pequena, todos diziam que tinha sorte de ser uma herdeira, que sua vida seria extraordinária. Tinha um quarto de brincar que era um andar inteiro, uma equipe rotativa de babás, e aviões particulares. Mas ser herdeira também significava se encaixar em um determinado molde — molde no qual Aster jamais caberia.

Quando ela tinha 8 anos, sua prima em segundo grau, Madeleine, se casou, e Aster foi a daminha de honra na cerimônia. Nunca se esqueceria que reclamou para a mãe que o sapato branco de couro machucava seus pés.

— Posso usar outro? — ela implorou.

— Não, Aster — sibilou a mãe dela, enrugando os lábios de frustração. — Ninguém disse que ia ser fácil.

— O que ninguém disse que ia ser fácil? — perguntou Aster, mas Penelope já estava saindo do quarto, revirando os olhos.

— Ser herdeira, boba — respondeu Corinne do canto, fazendo piruetas com o sapato apertado que parecia não a incomodar nem um pouco.

Foi Mason que socorreu Aster naquele casamento, puxando-a para seu colo no jantar e dando a ela mais um pedaço do bolo quando Penelope não estava olhando. E ele tentou explicar.

— O que sua mãe quer dizer, Aster, é que ser uma herdeira nem sempre é fácil. Tem as partes boas e tem as partes ruins.

— Eu tenho de ser uma herdeira? — Aster quis saber.

— Ah, meu amor — disse Mason, e se abaixou para beijar sua testa. — Você é uma Saybrook.

*Tem as partes boas e tem as partes ruins.* Aster só não tinha entendido que as partes ruins muitas vezes pesariam mais do que as boas, e que o pai que ela amava tanto um dia seria o pior de tudo. Os olhos dela encontraram os dele à mesa e ela sentiu que ruborizava de raiva. Ele não tinha o direito de se zangar com ela, não depois do que ele tinha feito para a família. Não depois de todos aqueles anos que Aster passou guardando o segredo dele.

— Aster, preciso falar com você — disse Mason, olhando fixo para ela, como se lesse seus pensamentos. — Vamos ao meu escritório — acrescentou ele, e se levantou da mesa.

Aster semicerrou os olhos para a mãe, depois para Corinne, Dixon e Edith, mas os quatro desviaram o olhar. Foi um momento estressante, como se todos soubessem de uma piada que Aster não entendia. Só Poppy a olhou de modo encorajador, movendo a cabeça na direção do escritório.

Aster se levantou e de repente ficou trêmula em suas sandálias de couro de salto alto. Esme apareceu vindo da cozinha para tirar o prato dela, intocado. A música clássica que a família de Aster sempre tocava durante o jantar foi diminuindo enquanto ela seguia o pai da sala de jantar para o escritório dele nos fundos da casa.

O escritório cheirava a fumaça de charuto e cedro, exatamente como Aster lembrava. Não botava os pés lá há anos, desde que o pai e ela se desentenderam. Havia o mesmo tapete de pele de urso no chão, as mesmas ferramentas de corte e lupas antigas na mesa, e alguns rifles que iam da Guerra Civil até a Segunda Guerra Mundial pendurados nas paredes. Em uma prateleira havia fotos antigas, inclusive uma de seu vô Alfred com seu uniforme da Segunda Guerra. Ao lado dele estava Harold Browne, amigo que ele conheceu quando lutou na guerra. Ao lado dessa havia uma foto que Aster não tinha notado antes, de Mason e outros executivos da Saybrook em um campo de golfe. Steven Barnett estava no canto da foto, com um belo e largo sorriso.

Aster desviou os olhos. Parecia estranho que o pai dela tivesse uma foto de Steven no escritório depois de tudo que aconteceu. Por outro lado, seu pai sempre tendeu a separar muito bem as coisas.

Enfileiradas em outra parede estavam cabeças de animais empalhadas, de suas caçadas preferidas. Um alce enorme, um carneiro selvagem, até um elefante africano, com as orelhas abertas e a tromba levantada. Havia bolas de vidro no lugar dos olhos. Quando criança, Aster tinha medo daquele elefante, mas Mason a levou para o escritório e pediu que ela o encarasse.

— É como o elefante do Museu de História Natural — disse ele, segurando o rosto dela naquela direção. — E se eu deixar você dar um nome para ele?

— Vou chamá-lo de Dumbo — anunciou Aster. — Mas continuo não gostando dele.

Para Aster, Dumbo era completamente diferente dos elefantes do museu... e do desenho animado. O elefante estava morto porque o pai dela o tinha matado.

Aster olhou feio para Mason e se sentou no sofá de couro com enchimento demais.

— Então, o que houve? — perguntou ela friamente.

Mason acendeu um charuto.

— Vou cortar sua mesada.

— O quê? — Aster deu risada.

— Acho que você não viu isso.

Ele deixou o charuto no cinzeiro e virou a tela do computador para ela. O site *Abençoados e amaldiçoados* estava em primeiro plano. Aster quase deu uma gargalhada. Nunca teria imaginado que seu pai lia o site de fofocas.

Então ela viu as fotos. A primeira era de Poppy acompanhando Aster para fora da prova do vestido de Corinne, com a maquiagem borrada e o cabelo desgrenhado. A segunda era de Aster dançando no Badawi mais tarde aquela noite. A alça do vestido tinha caído do ombro, dando vislumbres dos seios pequenos, e seu olhar vazio encarava a câmera. Parecia tão acabada quanto se sentia.

O título da matéria era "Aster Saybrook está fora de controle".

Aster sentiu o sangue sumir do rosto. Aquela não era a primeira vez que aparecia naquele site idiota, mas era a primeira vez que seu pai a confrontava por isso. Ela tateou pelo celular. Será que Clarissa tinha enviado a foto do Badawi? Vagabunda traidora.

O pai dela suspirou.

— Você arruinou a prova da sua irmã. Do *vestido de noiva*. E essa história da boate... ora, Aster. Você é melhor do que isso.

Aster não entendeu.

— Melhor do que o quê?

O pai apenas a encarou, sem falar nada. Aster examinou o rosto dele para ver se havia algum sinal do pai, do homem que costumava carregá-la nos ombros e dizer que tudo ia dar certo. A única coisa que viu refletida foi decepção.

— Deanna pode cuidar disso. Ela pode conseguir que apaguem essas fotos — Aster tentou argumentar.

Deanna era a publicitária da família e conseguia fazer quase qualquer coisa desaparecer.

Mason balançou a cabeça.

— Eu não quero que Deanna cuide disso. A questão não é essa. Você precisa aprender a ser responsável. — Ele soltou mais uma baforada do charuto. — É hora de você arrumar um emprego. Falei com o Recursos Humanos e eles vão encontrar uma posição de assistente para você em um dos departamentos.

— Um *emprego*? — Aster engasgou.

Mason olhou bem para ela.

— Você começa na quarta-feira.

— Daqui a uma semana? — berrou Aster. — Você não tinha o direito de fazer isso!

— Tenho todo o direito. Sou eu que pago as suas contas. — Mason ficou de pé e deixou evidente que a conversa tinha acabado. — Alguma hora você tem de crescer, Aster. E a hora é essa.

Pontos pretos apareceram no campo de visão de Aster.

— Em que departamento eu vou trabalhar?

*No de Corinne não, por favor, não me faça trabalhar com Corinne.*

— Não sei. O departamento de Recursos Humanos está cuidando disso — respondeu Mason. — E, sinceramente, não me importo.

Aster foi para a porta com lágrimas nos olhos. Virou-se para que o pai visse que estava chorando, mas ele apenas a encarou com frieza. Esse truque não funcionava mais com ele.

Ela imaginou trabalhar na Saybrook, receber ordens e ser vítima de fofocas por causa do sobrenome. Aster chegou a pensar em revelar como seu pai era um mentiroso, voltar correndo para a sala de jantar e anunciar o que tinha descoberto sobre ele, cinco anos atrás. Mas então a raiva diminuiu como um balão furado. Contar a verdade sobre Mason não ia resolver nada.

— Muito bem — retrucou ela. — Vou aceitar seu emprego idiota. Mas estou avisando, vou ser péssima nele.

Ela saiu do escritório, seguiu pelo corredor e foi para a porta da frente sem se despedir de ninguém. Por que deveria? Eles deviam estar rindo dela na sala de jantar. Ou adotando a alternativa "educada" para debochar dos outros, qualquer que fosse. Soltando muxoxos. Balançando a cabeça. Meu Deus, ela odiava todos eles.

*Um emprego*. Meu Deus. Aster chamou um táxi e deu para o motorista seu endereço no centro, encostou na janela e fechou os olhos. Pela primeira vez, teve a sensação de que a maldição da família era real. Porque a partir da semana seguinte, ia vivenciá-la.

# 5

Na noite seguinte, voltando do trabalho, Corinne desceu de um táxi na esquina da West Tenth com a Bleecker, no West Village. A primavera tinha tomado conta da cidade. As árvores estavam perfumadas com flores de cerejeira, todos tinha vasos de flores nas varandas e uma velha canção de Gwen Stefani, que sempre a lembrava dos passeios pela propriedade de Meriweather no Jaguar vintage conversível que mantinham lá, ecoava de uma janela aberta alguns andares acima. Ao pisar na calçada, com cuidado para não arranhar o sapato de couro de cobra e camurça, ela prendeu o celular entre a orelha e o ombro.

— Acho que Aster foi pega de surpresa — disse Poppy do outro lado da linha. — Corinne, é sério, acho que ela está realmente surtando.

Corinne esperou o sinal abrir na esquina, olhando distraída para as pessoas do outro lado da rua. Dois caras de calça jeans cortada conversavam com uma mulher de vestido comprido de cor neon, fingindo não notar um ator famoso que morava ali perto. As pessoas do Village eram muito diferentes das pessoas do Upper East Side, e ela sempre se sentia uma turista ali. Viu uma senhora de capa cor-de-rosa na esquina empurrando um pequeno carrinho cheio de compras da D'Agostino, exibindo um sorriso cheio de dentes.

Corinne suspirou ao telefone.

— Acho que Aster vai ficar bem — disse para Poppy, sem ter certeza se acreditava nisso.

Sentiu uma inesperada onda de simpatia por Aster. Ela queria que os pais parassem de viabilizar a vida ridícula da irmã, mas agora que tinham feito isso, o ultimato do pai parecia dramático demais. Corinne também estava magoada porque Aster tinha ligado para Poppy e não para ela. E, além disso, a irmã não tinha pedido desculpas por ter estragado a prova do vestido... ou pela postagem do site *Abençoados e amaldiçoados* sobre o drama nos bastidores do seu casamento perfeito. Corinne foi obrigada a dar uma breve e fofa entrevista para o editor da revista *New York* online naquela manhã, dizendo que as primas e a irmã tinham *colaborado* muito no planejamento de tudo.

— Minha irmã com certeza sabe arrumar uma festa — brincou ela.

Problema resolvido, sem a ajuda de Aster. Como sempre.

Mas era assim que Corinne navegava pela vida; o mar estava agitado, mas ela seguia firme, sem nunca sair do curso. Às vezes imaginava como Aster e ela tinham saído tão diferentes, o quanto era reação de uma à outra e quanto estava no DNA. Desde criança, Corinne sempre tinha objetivos estabelecidos — conquistar uma melhor amiga, tirar nota dez, conhecer as pessoas certas. A única vez em que se desviou disso foi no colégio interno, quando um grupo de meninas mais velhas a convocaram para ajudar a roubar uma estátua de bronze de cavalo de cima da mesa da diretora. Era uma coisa que as alunas tentavam fazer todos os anos e, mesmo sabendo que sofreriam punição disciplinar se fossem pegas, aquelas eram as meninas certas para se ter por perto. Aliás, quando os pais a levaram para o colégio, a mãe apontou exatamente algumas daquelas meninas, dizendo que Corinne devia se apresentar para elas. Mas, quando ela foi pega, a mãe também disse que estava muito decepcionada.

— Esperava mais de você — disse ela.

Corinne ainda se lembrava disso. Era uma coisa pequena, mas envolvia muitas outras. Às vezes era difícil fazer as escolhas certas, especialmente quando todo mundo estava observando.

Corinne avistou o toldo que estava procurando, de um restaurante chamado Coxswain.

— Poppy, preciso desligar — disse ela, acelerando o passo. — Falo com você mais tarde, ok?

— Claro. Mas olha, talvez você devesse conversar com Aster. Acho que ela precisa de você agora.

— Falo com você depois.

Corinne botou o celular na bolsa e passou pelos vasos de plantas e esculturas de ferro fundido na porta do Coxswain. Dentro, o restaurante estava escuro e fresco, com uma decoração que parecia uma sala de estar. As cadeiras não combinavam, nem as mesas — algumas com tampo redondo de cerâmica, outras de madeira, e o bar era feito de mármore lascado. Centenas de remos formavam uma espécie de treliça no teto. Todas as mesas e banquinhos estavam ocupados, mas então ela viu Dixon esperando no bar, com uma cerveja. Estava sem o paletó, com a gravata frouxa e o cabelo castanho penteado para trás. Sentado ao lado dele estava outro homem de negócios de Wall Street, com sua camisa oxford, que ela reconheceu como Avery Dunbar, um dos irmãos de fraternidade de Dixon.

Ela suspirou. Parecia que eles *sempre* arranjavam companhia quando saíam.

Dixon viu Corinne e acenou animado, seus olhos cinza-esverdeados se enrugando nos cantos. Ele saltou do banquinho, beijou o rosto de Corinne e apontou para Avery.

— Ele estava aqui perto. Adora esse lugar. Tudo bem, não é?

— Claro — disse Corinne, cansada demais para se importar.

Já tinha falado com Dixon sobre ficar levando seus amigos de penetras nos jantares, mas ele só pareceu confuso.

— Quanto mais gente melhor, não é? — disse ele uma vez, e depois: — Espere aí, isso te incomoda?

Ela olhou para Avery.

— Então você sugeriu esse lugar?

— Na verdade, foi Evan Pierce que recomendou que eu experimentasse — disse Dixon, apontando para o barman.

Um chardonnay apareceu em segundos para Corinne.

— A revista *Gourmet* diz que é um restaurante para ficar de olho. Ou talvez tenha sido a *Bon Appétit*. Uma das duas.

Avery, que tinha um queixo quadrado e uma grossa aliança de platina no dedo, deu risada.

— Quem diria. Você citando a revista *Gourmet*.

Uma garçonete de camisa quadriculada e jeans preto justo apareceu e disse para o trio que a mesa deles estava pronta. Dixon deixou algumas notas de vinte no balcão — Corinne imaginou há quanto tempo eles estavam bebendo — e os dois homens foram atrás da moça até uma mesa no canto. Corinne bebericou o vinho enquanto os seguia, ouvindo a conversa deles sobre uma importante oferta inicial de ações que tinha acontecido durante o pregão aquele dia, e depois sobre alugar ou não uma casa em Hamptons em agosto. Quando se sentaram em volta da mesa redonda no canto, Dixon sorriu.

— Pode ser divertido. Bom para escapar nos fins de semana. Depois da lua de mel, quero dizer.

Corinne deu de ombros.

— Ainda prefiro Vineyard.

Ela olhou para Dixon, que tinha acabado de receber mais uma cerveja.

— Espere aí. Por que você estava conversando com Evan Pierce sobre restaurantes?

Corinne tinha cuidado de cada detalhe do casamento até agora, tirando o fim de semana jogando golfe para a despedida de solteiro de Dixon.

Dixon virou o rosto.

— Ah. É... eu perguntei sobre acomodações para os convidados. Para meus pais.

Corinne semicerrou os olhos.

— Eu conversei com eles sobre isso no último fim de semana.

Corinne tinha convidado Herman e Gwendolyn Shackelford para ficarem na propriedade de Meriweather, onde aconteceria o ensaio do jantar e o casamento, mas eles resolveram ficar em Edgartown.

Dixon mexeu no colarinho. Parecia estar prestes a falar, mas foi interrompido pela volta da garçonete, dessa vez trazendo três pratos de comida.

— Suflê de lagosta — disse ela ao pôr os pratos na mesa.

Corinne franziu a testa.

— Nós não pedimos isso.

A garçonete sorriu misteriosamente. Corinne olhou para Dixon e Avery.

— Vocês pediram sem mim?

Avery apenas encolheu os ombros. Dixon engoliu em seco.

— Experimente.

Corinne deu de ombros e comeu uma garfada. A consistência era cremosa, a lagosta estava fresca e perfeitamente temperada. Ela lembrou imediatamente alguma coisa que tinha comido em Meriweather.

— Fantástica — murmurou ela, comendo outra garfada.

Dixon olhou para Avery e o amigo meneou a cabeça.

— Fico feliz de ouvir isso, porque o chef vai fazer nosso casamento.

Corinne largou o garfo.

— Mas nós já temos um bufê. O do chef do L'Auberge.

Todos estavam atrás do novo chef francês famoso em Manhattan. Seus três restaurantes na cidade já tinham recebido estrelas Michelin. Evan o tinha contratado há mais de um ano.

Dixon pigarreou.

— Não fique nervosa, ok? Mas tivemos um problema. Por isso Evan me ligou hoje. Ele teve de desfazer o trato.

— Desfazer o trato? — O coração de Corinne acelerou. — Mas nosso casamento é daqui a menos de um mês!

Ela segurou a barra da toalha da mesa e lentamente começou a procurar um fio solto.

— Eu sei — disse Dixon calmamente. — Evan também sabe disso. Como eu disse, ela que nos pediu para vir aqui hoje. Todos que já estiveram aqui adoraram. E tem mais: o chef trabalhava em Vineyard, ele conhece os pescadores do lugar, conhece todos os melhores locais para comprar produtos, e está livre no fim de semana do casamento. Nós já conversamos e está tudo combinado, desde que você concorde.

— Parece um cara decente — opinou Avery, e depois teve o bom senso de se levantar e pedir licença para ir ao banheiro.

Depois que Avery saiu, Dixon olhou bem nos olhos de Corinne.

— Problema resolvido, certo? *Certo?*

— Eu não sei — disse Corinne, sentindo-se perdida.

— Bom, eu sei. Vai ser ótimo. — Dixon deu o garfo para Corinne. — Agora coma mais do suflê.

Corinne obedeceu, e mastigou bastante antes de engolir.

— Você e Evan sabiam disso o dia inteiro e não me contaram? — perguntou ela, magoada.

Ela olhou para a cadeira de Avery. Até ele sabia. Imaginou Dixon ensaiando com ele antes. *Cara, ela vai entrar em pânico. Me ajude a acalmá-la.*

— Ei. — Dixon estendeu a mão e segurou a de Corinne.

Ela olhou para baixo. Sem perceber, tinha puxado um fio inteiro do tecido da toalha de mesa; uma linha bem comprida e vermelha flutuou para o chão.

— Evan não queria que você se preocupasse — disse Dixon carinhosamente. — E nem eu. Você anda trabalhando muito. E olha, o chef daqui vai arrasar... aliás, olha ele ali.

Dixon olhou para os fundos do restaurante.

— Ele disse que queria se apresentar.

Corinne se virou para o bar e viu a figura com roupa branca de chef vindo na direção deles. O rosto dele estava nas sombras, mas então o homem adentrou a parte iluminada e deu um sorriso tímido. Corinne notou os ombros largos, o rosto anguloso, o nariz fino e os olhos fundos. Ele tinha cabelo escuro e ondulado, barba por fazer e aquele sorriso meio provocante, como se soubesse de alguma coisa que você não sabia.

Corinne ficou boquiaberta. Sentiu-se encolhendo na cadeira. Era um homem que não via há anos, mas que nunca esqueceu. O rosto dele estava menos bronzeado, o cabelo mais comprido, o corpo um pouco mais sarado, se isso fosse possível.

Por um segundo, ela voltou àquele verão em Meriweather, quando Dixon tinha terminado o namoro e ela se sentia perdida, porque pela primeira vez percebeu que, por mais que planejasse, por mais *certos* que eles fossem um para o outro, não podia forçá-lo a querê-la de volta.

Uma noite, ela foi até a cidade com Poppy e bebeu vinho rosé demais em um bar com vista para o mar. Quando acabava uma garrafa, aparecia outra, depois mais outra, tudo grátis. Poppy causava esse efeito nas pessoas. As horas passaram em um borrão de conversas bobas com caras que paravam para se apresentar à prima dela, uma mistura de riso e piadas íntimas que nunca mais seriam tão engraçadas. Mas sempre que olhava em volta, havia alguém de olho nela. Will Coolidge, ele finalmente se apresentou. Mas foi só quando ele a levou para debaixo do cais, com o Atlântico lambendo a areia, que Corinne percebeu que ele tinha esperado por ela a noite inteira.

Ela tirou o sapato e sentiu a areia fria e áspera nos pés. Tonta com o vinho, eles se aproximaram e se beijaram. Foi estranho beijar alguém novo depois de estar com Dixon tanto tempo. E o beijo foi muito diferente do beijo de Dixon. Ela queria mais, mas se conteve, ofegante, olhando para ele.

— Eu não faço essas coisas — avisou ela.

— Nem eu — disse Will.

Corinne deu risada.

— Você parece *exatamente* o tipo que faz.

Will balançou a cabeça.

— Você não sabe quem eu sou.

— Você não sabe quem *eu* sou — desafiou ela.

Will a encarou fixamente.

— Sei, sim. Todo mundo sabe.

Então ele a beijou de novo.

— Olá, srta. Saybrook.

Corinne ficou atônita, subitamente de volta à penumbra do restaurante. Sem pensar, tinha girado o anel de noivado de modo que o diamante amarelo ficasse voltado para a parte de dentro da mão.

— O...oi.

Depois de tantos anos juntos, Corinne achava que Dixon conseguia ler seus pensamentos. Mas quando ele a olhou, do outro lado da mesa, estava apenas sorrindo, achando graça, sem perceber seu constrangimento.

— Vocês se conhecem?

Will olhou para Corinne e desviou o olhar rapidamente, voltando-se mais na direção de Dixon.

— Sim, nos conhecemos.

— Ora, isso é ainda melhor. — Dixon estendeu a mão para Will. — Muito obrigado por nos ajudar, cara. Você concorda, não é, Corinne?

Corinne engoliu em seco. A cicatriz em seu tronco começou a formigar. Mas não podia ficar lá parada, sem falar nada, então acabou olhando para Dixon e sorrindo.

— Não acredito que você manteve segredo disso.

Will olhou firme para Corinne.

— São incríveis os segredos que as pessoas conseguem guardar quando querem — disse ele.

Então ele meneou a cabeça e voltou para a cozinha.

# 6

Mais tarde aquela noite, Rowan se atrapalhou com a chave da sua cobertura na intersecção da Horatio Street com a Greenwich Avenue, que tinha desde que se formou em direito. Ela despencou no sofá de couro cor de conhaque da sala de estar, com a cabeça rodando graças às duas doses de uísque Maker's Mark que tinha bebido com um cara da equipe de corrida. Greg estava em ótima forma e conseguia correr uma maratona sub-3h30, mas a velocidade de conversa dele era mais lenta do que da sua avó. Rowan pediu a segunda dose só para suportar a situação, com as palavras de James rodopiando na cabeça o tempo todo: *você tem de dar uma chance para as pessoas*. Mas ela simplesmente não podia evitar comparar Greg com James, e o resultado não era bom. Poppy sempre disse que mais encontros aumentavam a chance de achar alguém maravilhoso, mas Rowan temia que mais encontros fracassados apenas provassem que ela jamais encontraria alguém à altura.

Um vulto grande entrou correndo na sala de estar, as unhas ecoando no piso de madeira.

— Jacks — gemeu Rowan quando seu boiadeiro de Berna de quarenta e cinco quilos, Jackson, pulou no colo dela.

Bert, o chihuahua, apareceu em seguida e latiu aos pés dela. Rowan empurrou gentilmente Jackson para o chão e fez carinho na cabeça de Bert. Os dois entraram no corredor e começaram a latir no quarto.

Rowan fechou os olhos, sabendo que estavam loucos por um passeio. Ela podia pagar alguém para fazer isso à noite, mas gostava de passear com os cães. O Hudson River Park era muito tranquilo à noite e podia deixar os dois sem coleira. Mas eram quase dez horas e ela estava cansada demais.

Uma luz saía do escritório dela, que dava para a sala de estar. O monitor do computador ainda estava ligado, provavelmente desde que a faxineira, Bea, tinha tirado o pó mais cedo. Mesmo ali do sofá Rowan podia ver que *Abençoados e amaldiçoados* estava na tela. Bea jurava que não lia, mas Rowan sabia que sim. A atração do site era como a de passar por um acidente de trânsito — não dava para não parar e espiar.

Rowan se levantou, foi até o escritório e examinou a tela. Fotos e fofocas sobre sua família ocupavam a página inteira. "Aster Saybrook está fora de controle" dizia o título em negrito no topo. "A vida dessa mulher está definitivamente amaldiçoada", dizia um comentário embaixo do artigo. "Eu pegaria", dizia outro. Havia outros duzentos e seis comentários. Embaixo disso havia um artigo sobre o iminente casamento de Corinne: "Afunde ou nade: novo chef do Coxswain vai navegar as águas do casamento em Meriweather". Depois disso havia uma foto do irmão gêmeo de Rowan, Michael, a caminho do seu consultório de dermatologia em Seattle, e uma foto do seu outro irmão, Palmer, com a família dele na propriedade que tinha na Itália, onde Palmer era diretor de marketing da equipe Ferrari de Fórmula 1. O site especulava que os irmãos de Rowan não trabalhavam para a Saybrook porque o vô Alfred achava que não eram suficientemente inteligentes, mas isso não era verdade — eles simplesmente não se interessavam por joias.

Tinha também um segmento que citava novas provas sobre o acidente de avião que matara os pais de Poppy há dois anos. *Besteira*. Se os especialistas tivessem finalmente encontrado a caixa preta nas profundezas do Atlântico, Rowan e sua família seriam os primeiros a saber, não aquele blog idiota. E, finalizando, bem lá embaixo, havia um texto sobre a própria Rowan, correndo no parque. "Ro acelerada".

Ela clicou no link e ampliou a foto. Tinha uma expressão confiante, e pernas fortes e ágeis. Sempre que via fotos de paparazzi era como se olhasse outra pessoa, e não ela, alguém mais charmoso, mais confiante do que ela de fato era. Fechou o site e desejou poder desligar o fascínio do público por sua família com a mesma facilidade.

A campainha soou e os cachorros voltaram correndo para o hall de entrada. Rowan ordenou que ficassem quietos e foi para a porta. Um rosto familiar apareceu no olho mágico.

— James?

— Oi, Saybrook.

O marido de Poppy deu um sorriso jovial quando ela abriu a porta. O cabelo estava despenteado ao estilo hipster, as unhas roídas até o sabugo, coisa que ele costumava fazer antes da sua banda, Horse and Carrot, se apresentar.

Rowan espiou atrás dele o corredor vazio.

— Onde está Poppy?

— Sou só eu mesmo. — James se remexeu. — Vim direto do trabalho... fiquei até tarde terminando um lançamento. — Ele era diretor de criação de uma empresa de tecnologia. — Se incomoda se eu entrar um segundo?

Rowan chegou para o lado para ele poder entrar. Jackson se levantou e botou as patas nos ombros dele.

— Ai, Jackson — reclamou Rowan.

— Não tem problema. — James acariciou a cabeça peluda do cachorro.

Rowan foi para a sala de estar e James a seguiu. Ele se sentou no sofá e olhou em volta. O relógio de pé no canto tiquetaqueava ruidosamente.

— Você redecorou?

— Há dois anos — admitiu Rowan.

— Está bem a sua cara.

Rowan tentou ver o apartamento pelos olhos dele. Tinha várias peças de couro e mesas de canto de metal envelhecido. Havia uma hélice enorme de um velho avião da era Charles Lindbergh na parede e uma placa antiga de metal de uma marca extinta de cigarro pendurada perto da janela. Comparado com os toques femininos de Poppy na casa deles, o apartamento de Rowan parecia o interior de um bar de fumantes de charuto.

Ela pigarreou.

— Quer beber alguma coisa? Tenho água, limonada, cerveja...

— Que tal um uísque?

Ela encarou James um segundo e então se abaixou diante do armário antigo onde guardava as garrafas, como se aquilo fosse completamente normal. Havia uma garrafa de Glenfiddich pela metade, que ela pegou junto com dois copos de cristal. O líquido âmbar queimou suas narinas quando Rowan serviu dois dedos para cada um e passou um copo para James.

— Então, o que está acontecendo? — perguntou ela casualmente.

Seu coração estava um pouco acelerado, embora não soubesse o que prever.

James inclinou a cabeça.

— Velhos amigos não podem se visitar? — Ele se remexeu no sofá. — Foi divertido conversar na festa da Skylar. Sinto sua falta.

Alguma coisa se apertou dentro de Rowan. Ela levantou o copo e bateu no dele.

— Bom. Saúde.

James bebeu o uísque. Então levantou a cabeça e secou a boca. Rowan lhe passou a garrafa e ele serviu mais. Ficaram alguns momentos em silêncio.

— Lembra aquela vez em que não pagamos a conta no Plaza? — disse James de repente.

Rowan não entendeu.

— Isso foi anos atrás.

James fechou os olhos.

— Eu esqueci meu cartão de crédito. E você disse "ei, vamos dar calote!". Nunca ri tanto na minha vida.

— A ideia foi sua, não minha — retrucou Rowan.

Um barman de fraque com cauda e tudo correu atrás deles. James e Rowan se entreolharam e cada um jurou que o outro havia acertado a conta. Depois que o barman foi embora, com o dinheiro vivo na mão, eles caíram na risada, imaginando as manchetes nos jornais no dia seguinte.

— Herdeira come e corre? — disse James, evidentemente pensando a mesma coisa.

Rowan riu.

— Ro-ro não tem *dinero*.

— Mas aquele velho corria muito. — James bebeu mais um gole do uísque. — Só que não tanto quanto Alex Bebidinha.

Rowan gemeu.

— Meu Deus. Você quer me matar?

Alex era do departamento de filosofia de Columbia e tinha convidado Rowan para uma festa em sua casa. Apesar de ser capaz de debater os prós e os contras de Foucault e Derrida, ele tomou uma bandeja inteira de gelatina com vodca em menos de um minuto e depois tentou agarrar Rowan.

— Não sei por que você saiu com aquele cara — reprovou James.

*Porque não tinha coragem de sair com você*, Rowan quis dizer, mas em vez disso bebeu.

Mais uma vez relembrou a noite da festa que organizou para ele em Meriweather, quando *quase* contou a verdade. Poppy a encontrou no banheiro.

— Você está perdendo o melhor da festa! — disse ela ao entrar no banheiro e encontrar Rowan sentada na beirada da banheira, tentando não chorar.

Poppy começou a retocar a maquiagem e então notou o mal-estar de Rowan.

— Você está bem? — perguntou ela, espantada. — Estou monopolizando o James?

— Claro que não — resmungou Rowan.

Poppy se ajoelhou no tapete e olhou bem nos olhos de Rowan.

— Ro, ele é só um amigo mesmo?

Rowan engoliu em seco. Será que Natasha tinha dito alguma coisa? Será que era tão óbvio assim? De repente aquilo se tornou humilhante, especialmente porque James não estava interessado nela. Rowan não era o tipo de mulher que sofria por homens. E não era o tipo de mulher que aceitava o segundo lugar.

Uma carapaça resistente se formou em volta dela, bloqueando os sentimentos.

— Claro que ele é apenas um amigo — disse ela com firmeza, sustentando o olhar de Poppy.

E foi isso. Ela fez a sua escolha.

Agora James e ela tinham esvaziado a garrafa de uísque e Rowan achou um vinho tinto na cozinha. Enquanto servia o vinho para os dois, lembraram de quando entraram de penetra na festa de uma formanda e acabaram na limusine dela. Recordaram a banda de James e as apresentações mais memoráveis, até aquela vez em que alugaram um castelo inflável para botar ao lado do palco.

— Ah, a cabana do sexo — disse James, levando as mãos à nuca. — Uma das minhas melhores ideias até hoje. — Um olhar distante cruzou seu rosto. — Aquele castelo inflável parecia um colchão d'água.

Rowan ruborizou. Eles não falavam sobre as conquistas de James há anos. Ela estava sem prática.

— Eca — disse ela, fingindo nojo.

James sorriu de orelha a orelha.

— *Ela* não achou. Até eu furar aquela coisa.

— Foi *você* que furou?

Rowan se lembrou de como o castelo inflável ficou inclinando para a esquerda, com uma das torres caída. *Como um pênis*, tinha sido a piada.

— Estava com as chaves no bolso — explicou James. — Aquela coisa quase me engoliu. Tive de procurar minha calça de bunda de fora.

Rowan imaginou James preso no castelo inflável, sem roupa. Então sentiu uma pontada de culpa. Será que era traição falar assim do passado mulherengo de James? Não tinha certeza se Poppy sabia dessas coisas; ela nunca perguntou, e Rowan nunca contou. Rowan não sabia bem por que não tinha contado, a não ser que parecia manipulador, como se esperasse que isso fizesse com que Poppy gostasse menos de James. Além do mais, James tinha mudado por causa da prima dela. Poppy o tornou uma pessoa melhor, como fazia todo mundo.

Uma renovada sensação de euforia bêbada tomou conta de Rowan e ela resolveu que estava dando importância exagerada àquilo tudo. Olhou para James e soltou:

— Tinha esquecido que você era assim.

— Assim como? — James inclinou a cabeça. — Um grande furador de castelos infláveis?

— É, por aí. Você é um bom contador de histórias.

— Bom, *eu* não esqueci que você é uma ótima companhia — disse James, chegando para a frente e botando a mão na coxa de Rowan.

Rowan encarou a mão dele, lembrando que costumava achar lindos aqueles dedos compridos e finos. Ela engoliu com dificuldade e pensou que ele não a estaria tocando agora se não estivesse bêbado.

Mas então James se inclinou para ela. Rowan sentiu um calafrio na espinha. Pelo canto do olho, viu uma foto dela com Poppy, abraçadas e sorrindo felizes.

Ela recuou.

— Acho que estamos de porre.

— Eu não estou.

A voz de James ficou sóbria de repente. Ele apoiou as mãos nos joelhos com uma expressão angustiada.

— Rowan... acho que Poppy está me traindo.

A temperatura subiu alguns graus.

— O quê?

James passou a mão no cabelo.

— Ela anda muito distante. É como se eu não existisse. — Ele parecia perdido. — Olha, eu conheço bem os sinais. Já fiz isso com os outros. Tem alguma coisa muito errada.

Rowan se lembrou da festa de aniversário de Skylar. Poppy realmente parecia um pouco distante. Não tinha notado quando James desapareceu no banheiro e não estava procurando quando os dois saíram de lá.

— Ela está sobrecarregada. Tem muito trabalho, duas filhas pequenas, e a imprensa ainda fala do acidente dos pais dela — disse Rowan, pensando no que tinha lido no *Abençoados e amaldiçoados*.

— Ela sempre deu um jeito. Agora, às vezes depois do trabalho ela simplesmente... *some* — explicou James. — Eu ligo e ela não atende. Já flagrei algumas ligações escondidas. Desligando rápido quando eu chego. Foi por isso que não voltei para casa hoje. Não estou mais suportando. Precisava contar para alguém. — Ele segurou a mão de Rowan. — Quase falei na festa da Sky. Você sabe o que está acontecendo?

— Claro que não! — gritou Rowan.

Ela olhou para as próprias mãos e a cabeça começou a girar. James tinha entrelaçado os dedos nos dela. Lentamente ela desprendeu a mão.

— Você está imaginando coisas. Poppy jamais faria isso.

— Você ficaria surpresa se soubesse do que as pessoas são capazes.

— Ela, não — insistiu Rowan. — E não com você. Você é um pai maravilhoso e um marido incrível. Você é incrível... no geral.

A frase pairou no ar. James encarou Rowan, que fechou a boca, constrangida com o que tinha dito.

— Você acha mesmo, Saybrook?

O uísque parecia espesso no céu de sua boca.

— Talvez — murmurou ela.

— O que você quis dizer com "no geral"?

Ele a encarava fixamente. Rowan engoliu em seco, uma porta se abrindo. De repente, não podia mais mentir. Ali, bêbada, às onze horas de uma noite de quinta-feira, talvez ela pudesse falar a verdade.

— Quis dizer... — Ela fechou os olhos e se virou. — Que você é todo incrível.

James baixou os olhos. Então, com um movimento seguro, puxou Rowan para si. E a beijou na boca. As mãos correram o cabelo dela. Rowan tocou a nuca dele. Sorveu o cheiro do sabonete, a pegada forte, a habilidade com que a tocava. Meu Deus, imaginara aquilo por anos a fio. Toda vez que ele conhecia uma menina nova, toda vez que dizia para Rowan que tinha dormido na cama de outra, ela *imaginava*.

Em poucos minutos já estavam no quarto.

— Isso não está certo — murmurou Rowan quando ele a deitou no colchão.

— Está sim, Saybrook. Essa talvez seja a coisa mais certa que já fizemos. — Ele beijou o pescoço dela. — Eu sabia que você me queria. E eu também queria você.

Rowan ficou atônita.

— Não me queria, não.

Mas a expressão de James dizia que talvez quisesse, sim.

James acariciou o rosto dela, a respiração ofegante.

— Acho que até *Poppy* sabia como nos sentíamos, lá no fundo. — Ele se apoiou em um cotovelo. — Você é tão inteligente. E linda. E *legal*.

— Pare — disse Rowan, encabulada, mas ele a puxou antes que pudesse dizer mais alguma coisa.

As palavras dele a cobriram, de novo e de novo, até serem o único refrão que ela tinha na cabeça, a única coisa que existia os dois.

Por algumas horas preciosas, ela finalmente teve o que sempre desejou.

ROWAN ABRIU OS OLHOS. Estava deitada sobre o edredom, usando uma camisola de seda vinho que não se lembrava de ter comprado. O ventilador de teto girava sobre sua cabeça. Ouvia o ruído suave da cidade acordando lá fora. A julgar pela luz fraca que entrava pela janela, devia estar bem cedo. A cabeça latejava por causa do uísque e do vinho. James estava deitado ao seu lado, desmaiado. Havia alguém de pé ao lado da cama, com olhos fundos, a boca em uma expressão infeliz e um corpo sem forma.

— Que vergonha — sussurrou uma voz rouca.

Rowan se encolheu. Mas quando afastou a coberta do rosto, a figura tinha sumido. O relógio digital piscava 5:50. A luz do sol entrava pelas janelas altas.

Rowan suspirou. *Um sonho.* Não havia nada no canto além de uma pilha de roupas. Sua calça jeans. Sua camiseta. E sapatos masculinos.

— Ah, meu Deus — sussurrou.

James estava realmente ali.

Mas ele não estava na cama, como no sonho. Rowan se levantou, foi até a porta e ficou escutando. A voz abafada de James vinha da sala de estar. Ele estava de cueca, as costas fortes e bronzeadas viradas para ela. Com o celular na orelha.

— Eu sei, eu sei — ele cochichou. — Mas eu já disse, surgiu um imprevisto. — Ele se remexeu. — Vejo você à noite, ok?

Rowan tentou recuar sem fazer barulho, mas pisou em uma tábua do piso que rangeu. James deu meia-volta e arregalou os olhos ao apertar o botão para encerrar a ligação.

— Desculpe — disse Rowan baixinho, com um nó na garganta.

Ele devia estar falando com Poppy. Mentindo sobre o motivo de não ter ido dormir em casa, tomado de arrependimento.

Rowan não conseguia nem pensar na culpa que sentia, de tão arrasadora que era. Não conseguia olhar para suas mãos, sabendo que tinham tocado todo o corpo de James. O que tinha feito? Pensou no que aconteceria em seguida. Tinha certeza de que ia acabar contando para Poppy. Não havia como encarar a prima como se aquilo não fosse nada. Poppy talvez perdoasse Rowan, mas haveria sempre um abismo entre elas — em todos os jantares, em todas as celebrações, toda vez que se vissem iam lembrar do que Rowan tinha feito.

E então, discretamente, Poppy contaria para as outras primas, explicando que ela entendia por que tinha acontecido, de certa forma

— pobre Rowan, ficou solteira tanto tempo, e James era amigo dela, e quem podia culpá-la, não era mesmo?

Rowan saiu da sala. James largou o celular no sofá e correu para ela.

— Ei. Aonde você vai?

Ele tentou abraçá-la pela cintura, mas Rowan desviou, quase sentindo que as cenas futuras que tinha imaginado já tinham acontecido.

— Meu Deus, James. O que aconteceu? O que nós fizemos?

Ele endireitou as costas e olhou firme para ela.

— Calma. Vai ficar tudo bem.

Os olhos de Rowan se encheram de lágrimas, quentes e salgadas.

— Como pode falar isso? Nada vai ficar bem.

Ele tentou beijá-la, mas ela desviou o rosto e ele acabou beijando sua orelha.

— Preciso sair daqui — disse ela, olhando para o relógio.

Eram 6h03; tinha uma conferência virtual com o escritório de Singapura às 7h30. Ela criou coragem e olhou para James. Só de vê-lo, sentiu uma inegável atração.

— Você devia ir para casa. Acertar as coisas com Poppy. Por favor.

James balançou a cabeça.

— Acho que passamos desse ponto. Estou falando sério. Vou terminar com ela.

Rowan sentiu o sangue se esvair do rosto. Ele não podia fazer isso.

— Tudo bem, então fique aqui e pense. Fique sóbrio. Você vai mudar de ideia. Vai ver que isso está muito errado.

— Saybrook. — James avançou e segurou o rosto dela com aquelas mãos grandes. — Desacelere um pouco, talvez assim enxergue que isso é que está certo. Vai ser complicado, sim, mas você é minha melhor amiga. Você me conhece melhor do que ninguém. Eu te amo. Isso devia ter acontecido anos atrás.

James puxou Rowan para um beijo. Ela fechou os olhos. Se a sensação fosse horrível... se eles não encaixassem tão bem... Ela teve que se esforçar para se afastar, se sentindo intoxicada.

— Eu tenho que ir — murmurou ela.

Eram 6:30 quando Rowan terminou de tomar uma ducha, se vestir e pegar suas chaves, enquanto James relaxava na cama. Rowan evitou olhar para ele com medo de outra tsunami de vergonha... ou de desejo. Será que era certo deixá-lo ali? Mas se saíssem do apartamento juntos, alguém poderia ver e seria pior ainda.

Rowan estava tonta quando parou no Starbucks da esquina. Mal notou o barulho alto do moedor, da música, nem a voz da mulher com sotaque de Staten Island na frente dela. Depois de esperar em uma longa fila para comprar café e um bolinho, ela resolveu comer em uma pequena praça perto do apartamento. Não tinha pressa alguma de ir para o trabalho e encarar a prima.

Sentada na praça, com pedestres andando ao redor, sua mente ficou repassando o que tinha acontecido. Será que James a amava de verdade? E será que Poppy estava mesmo tendo um caso? Rowan não conseguia imaginar, mas achava que tudo era possível. Não tornava o que tinha feito mais perdoável, claro. Mas certamente explicava por que James tinha corrido para ela.

Finalmente, quando não conseguiu mais adiar, ela levantou e desceu a Hudson Street. Vinte minutos depois, entrou na Harrison e parou de repente. Cavaletes da polícia bloqueavam o cruzamento da Harrison com a Greenwich. O prédio da Saybrook, uma fachada brilhante de calcário cinza e vidro que ficava especialmente bonita contra o céu azul-claro, ficava na esquina. A fita amarela da polícia cercava a entrada principal e algumas ambulâncias e caminhões dos bombeiros estavam estacionados na frente, com as luzes piscando.

Rowan foi caminhando com cautela pela calçada, coração acelerado. A fita da polícia isolava um pequeno retângulo na calçada, perto do prédio. Os paramédicos estavam em volta de alguma coisa coberta com um lençol. Ela ergueu os olhos. Do outro lado da rua havia gente nas varandas, homens de camisa social, mulheres de vestido primaveril, com as mãos na frente da boca, olhando fixo para o chão.

Corinne apareceu saída do meio da multidão, muito pálida. Ela correu para Rowan e agarrou o braço dela.

— O que está acontecendo? — gritou Rowan.

Corinne olhou fixo para Rowan, como se nem a enxergasse. Então desabou nos braços dela e começou a soluçar. O relógio da igreja, alguns quarteirões mais à frente, tocou a meia hora.

— Corinne, o que foi? — perguntou Rowan. — O que foi?

Corinne se virou para Rowan com os olhos vermelhos.

— É Poppy — disse ela com a voz rouca e entrecortada. — Ela morreu.

# 7

— Corinne! — chamou alguém quando ela saiu do Lincoln Town Car dos pais, na segunda-feira de manhã. — Pode comentar sobre o suicídio da sua prima?

— Aster, ela tem histórico de uso de drogas? — perguntou outra pessoa, mirando a câmera em Aster. — Tinha alguma doença mental?

Corinne apertou a bolsa de cetim preto contra o corpo, agarrou a mão da mãe e apressou mais o passo para a Catedral de São João, o Divino, na Amsterdam Avenue. Havia uma banca de jornal na calçada. O rosto de Poppy estava espalhado por todas as primeiras páginas. "Quilate, Lapidação, Clareza, Calamidade", dizia um título. "Cidade em luto por um diamante perfeito", dizia outro. "Um anjo caído". Havia uma foto de Poppy em uma festa de gala no Met, olhando para o nada, olhos grandes, lábios enrugados e maxilar tenso. Outro jornal mostrava uma foto da silhueta de Poppy sob o lençol na calçada diante dos escritórios da Saybrook.

Corinne não conseguia tirar da cabeça a manhã da morte de Poppy. Ela chegou na Saybrook apenas seis minutos depois de Poppy pular, ainda zonza por ter visto Will Coolidge na véspera. Havia uma multidão na entrada do prédio e, de início, ela ficou aborrecida. Mas então notou um paramédico debruçado sobre alguém na calçada.

Corinne abriu caminho entre as pessoas e de repente um guarda da Saybrook a agarrou.

— Para trás, Corinne — disse ele com voz firme.

Era um irlandês muito gentil, Colin, que sempre convidava Corinne e Dixon para beber com ele e os amigos no dia de São Patrício.

— O que está acontecendo? — Corinne quis saber, o coração disparado.

Colin olhou para ela e só formou o nome com os lábios. *Poppy.*

Anos atrás, em um parque de diversões em Cape Cod, Poppy tinha convencido Corinne a andar em um brinquedo chamado Rotor, um barril que girava e girava até que, de repente, o fundo caía de baixo dos pés e as pessoas ficavam agarradas às laterais com a força centrífuga. Foi assim que ela se sentiu ao ver o corpo de Poppy esparramado na calçada. Já tinham se passado alguns dias agora, e toda manhã ela esperava acordar e ver um e-mail de Poppy, ou uma chamada perdida. Tinha de ser um engano, ela pensava, mesmo estando dolorosamente claro que não era.

— Rowan! Houve algum escândalo nos negócios? — gritou outro repórter para Rowan, que estava atrás de Corinne. — Problema no casamento?

— Ela estava deprimida com a morte dos pais? — perguntou outra repórter.

— Ela deixou um bilhete?

O coração de Corinne se apertou. A polícia tinha vasculhado o escritório de Poppy, e lá estava, em um documento do Word na tela do computador dela. "Eu simplesmente não aguento mais", dizia. "Desculpem. Adeus." Prova de que Poppy, a que parecia a mais equilibrada das primas, tinha tirado a própria vida.

Assim que todos estavam longe da imprensa, já dentro da catedral bem ventilada, de pé-direito alto, Corinne se aproximou de Rowan e abraçou-a com força. Ela estava absurdamente pálida. Rowan não fora trabalhar a semana toda, e agora Corinne imaginava se o baque estava sendo maior para ela do que para os outros. Aster estava ao lado de Rowan, olhando para o chão.

Corinne tocou o braço da irmã.

— Oi — disse ela baixinho, a voz entrecortada.

Agora a briga das duas parecia insignificante.

Aster levantou o rosto. Abriu um pouco a boca. Corinne abriu os braços e Aster se entregou ao abraço.

— É tão horrível — soluçou Aster no ouvido da irmã. — Não tem sentido. Ela tinha *tudo*.

— Eu sei — sussurrou Corinne.

Luzes de diversas cores entravam na catedral pelas janelas com vitrais. Os enlutados de preto estavam em pequenos grupos, alguns consultando o celular, outros secando os olhos com lenços. Uma bacia grande com água benta ficava de um lado; algumas pessoas molhavam a ponta dos dedos e se benziam com o sinal da cruz.

A família Saybrook não era religiosa, mas o teto altíssimo da catedral e o espaço fresco e escuro sempre fez Corinne se sentir calma e em paz. Era menos exuberante do que a St. Patrick, onde foi realizado o memorial de Steven Barnett, cinco anos antes.

Ela se lembrou do funeral do avô. Tinha sido no início do que já estava provando ser um verão horrível — Dixon tinha anunciado que ia para Londres estagiar em uma companhia do Financial Times e da Bolsa de Valores de Londres e que, ah, sim, estava terminando o namoro com ela. Duas semanas depois, ainda completamente perdida, Corinne recebeu a notícia de que seu avô havia morrido de repente. Tinha acabado de ver Alfred em Meriweather, dias antes. Ele deu a ela um par de brincos com diamantes em forma de gota, de três quilates. Quando Corinne perguntou qual era a ocasião especial, ele só sorriu e deu-lhe um beijo no rosto.

— Simplesmente porque você é minha queridinha.

Ela ainda podia sentir o cheiro de charuto e sabonete da pele dele. Ainda ouvia sua voz grave. Ainda sentia o cheiro do limão no gin tônica dele.

O caixão do avô estava fechado, por isso Corinne não pôde dar um beijo de despedida e botar os brincos embaixo do travesseiro de cetim. Uma foto de Corinne chorando apareceu no *Abençoados e amaldiçoados* no dia seguinte. Alguém tinha tido a coragem de enviar uma foto de dentro da igreja.

Hoje, um guia entregou um programa para Corinne e apontou para uma porta. Corinne foi andando feito um zumbi para a frente da igreja, olhos turvos sobre o mar de pessoas reunidas na entrada. Havia gente do trabalho, colegas de outros impérios de joias, modelos, atores, músicos e designers. Um editor de moda da *Vogue* estava encostado na parede, perto de uma mulher loura muito séria de terninho.

Os enlutados correram para oferecer a Corinne palavras de consolo. Winston e Sullivan, primos adolescentes da Califórnia, a abraçaram forte. A mãe deles, tia Grace, que quase nunca ia a Nova York, se aproximou e abraçou Rowan. Os irmãos de Rowan, Michael e Palmer, chegados do aeroporto, a puxaram para abraços de urso.

— Que tragédia — disse Beatrice, de 25 anos, prima em segundo grau de Poppy, por parte da mãe.

As palavras dela pareceram especialmente vazias. Corinne imaginou se era porque Poppy a tinha desconsiderado para uma promoção, alguns meses atrás.

Corinne abraçou mais algumas pessoas da Saybrook e uma editora de acessórios da *Vogue*. As pessoas passavam por ela e seus rostos iam se misturando. Danielle Gilchrist agarrou sua mão.

— Eu sinto muito... não consigo acreditar — murmurou ela.

E a mãe de Danielle, Julia, ao lado da filha, com os olhos marejados e triste. Corinne não via Julia há anos, desde o divórcio, mas parecia que ela não tinha envelhecido nada.

— Meus pêsames — disse Julia.

— Ligue se precisar de qualquer coisa — murmurou a sra. Delacourte, a antiga babá de Poppy, que devia ter quase 80 anos.

— Uma coisa horrível — fungou Jessica, assistente pessoal de Edith, antes de partir apressada para a frente da igreja, onde Edith tinha se sentado.

— Ah, querida — Deanna veio em seguida, e deu um abraço apertado em Corinne. — Se você quiser, podemos conversar depois, sobre algumas entrevistas. Mas só se você estiver disposta.

— Não estou — disse Corinne, recuando.

Deanna era assim. Parte mãe exigente, parte viciada em trabalho e implacável, sempre pensando na reação da mídia. A *People* ia fazer um especial sobre a maldição da família e com certeza ia criar uma história sem ter qualquer fonte. Mas àquela altura Corinne não via sentido em dar entrevistas. Já tinha feito uma breve declaração explicando que não tinha ideia do motivo de Poppy cometer aquele ato horrível. Não tinha mais nada a acrescentar.

Então outra mão tocou suas costas e ela viu o rosto de Jonathan York, presidente da Gemologique Internationale, uma das maiores competidoras da Saybrook. Ele também já tinha sido tio de Corinne por laços de casamento, mas ele e tia Grace se divorciaram anos atrás. Jonathan era alto e magro, usava terno preto, tinha cabelo grisalho e duros olhos azuis. Não estava de braço dado com a esposa-troféu, Lauren. Corinne tinha ouvido dizer que os dois tinham se separado recentemente. Por isso ficou surpresa de vê-lo ali. Ele era a única pessoa com quem Poppy nunca conseguiu se dar bem. Os dois às vezes tinham de tratar de negócios e em mais de uma ocasião, depois de um encontro com Jonathan, Poppy aparecia na sala de Corinne exasperada e zangada.

— Corinne — disse Jonathan, tocando a mão dela. — Nem imagino o que sua família está passando. Que tragédia.

Corinne sorriu secamente.

— Obrigada pela gentileza.

Ela quis se afastar, mas ele segurou sua mão.

— A recuperação leva tempo — ele disse, a boca perto da orelha dela. — A empresa estará sempre lá. Queria ter dito isso para Poppy. Sei que ela estava tendo dificuldades.

Ele a encarou pacientemente, como se Corinne devesse saber do que estava falando. Que dificuldades? A morte dos pais dela? E será que ele estava sugerindo que Corinne, ou os Saybrook em geral, simplesmente deixasse os negócios de lado? A Gemologique adoraria isso. Talvez ela devesse amarrar as ações da empresa com um belo laço de fita e entregar para eles.

Corinne seguiu pelo corredor da igreja. A maior parte da sua família estava nos bancos da frente. Edith, Mason e Penelope sentados no primeiro banco, com os pais de Natasha, Candace e Patrick, que soluçavam de tanto chorar. James também estava lá, os olhos perdidos, enquanto Briony ensaiava uns passos pelo corredor central. Uma das babás, Megan, correu atrás da menina. Skylar estava sentada educadamente ao lado de James, com ar ausente.

Corinne foi para o segundo banco, sentindo o coração doer. Pôs a mão sobre o peito e entendeu de onde vinha a expressão *coração partido*. Aquelas menininhas iam crescer sem a mãe, ela ia envelhecer sem a prima, e isso parecia impossível. Corinne se lembrou de andar pela fazenda da família de Poppy trocando os nomes de todos os porcos gordos e do gado. Poppy era muito diplomática, deixava as primas se revezarem escolhendo os nomes, de Natasha até Rowan, mas os dela eram sempre os mais bonitos. Corinne ainda se lembrava de muitos: *Briar Rose*, *Hadley*, *Elodie*. A mãe de Poppy tinha dado tinta e deixado as meninas pintarem uma parede do celeiro com todos os novos nomes. Pelo que Corinne sabia, ainda estavam lá.

Dixon esperava por ela na ponta do banco, com o cabelo todo penteado para trás. Usava um terno preto e mocassins. Ela se sentou ao lado dele, Dixon pôs o braço nos ombros dela e a apertou contra si.

— Você está bem? — perguntou ele baixinho.

— Não — disse Corinne com tristeza.

Ela olhou para o programa. Havia uma foto de um buquê funerário com rosas brancas na capa. Dentro, uma foto recente de Poppy, algumas mechas de cabelo louro sopradas pelo vento, e, embaixo, as datas de nascimento e morte. A garganta de Corinne ardia profundamente.

Do outro lado de Dixon, Natasha se inclinou e olhou para Corinne. Olhos arregalados, o cabelo escuro arrumado e as unhas roídas até o sabugo. Lágrimas melodramáticas escorriam pelo rosto dela e a garota parecia não ter dormido nada. Tinha o mesmo programa no colo.

— Oi — sussurrou ela.

— Oi — respondeu Corinne friamente, olhando fixo para a frente.

Depois de anos ausente, a presença de Natasha ali era quase uma invasão.

Anos atrás, elas todas eram muito unidas, dançavam na areia da praia particular, ensaiavam anúncios inventados da Saybrook no sótão, riam dos meninos mais velhos que iam às festas da família. Filha única, Natasha se aproximou mais de Corinne e confidenciou que a considerava uma irmã mais velha. E Corinne via Natasha como a irmãzinha que desejava que Aster fosse. Mas tudo isso mudou quando Natasha se deserdou. Ela não queria saber da família, nem mesmo de Corinne. Não atendia às suas ligações e começou a fazer comentários maldosos sobre a família para a imprensa. Corinne levou para o lado pessoal. O que tinha feito para Natasha agir daquela maneira?

Ao mesmo tempo, quase conseguia ouvir Poppy sussurrando em seu ouvido para dar uma chance a Natasha, para incluí-la na sua festa de casamento, como Poppy tinha feito.

— Somos família — insistira Poppy. — Um dia vocês vão se reconciliar e você vai se arrepender do fato de que ela não estava do seu lado.

— É inacreditável. — A voz de Natasha estava embargada.

— Hum-hum — murmurou Corinne.

— Não consigo acreditar naquele bilhete... — continuou Natasha.

Corinne assentiu discretamente. Não soava como Poppy.

— Ela desabafou com você? — perguntou Natasha.

Corinne olhou sério para a prima.

— Não, Natasha — disse ela, e ouviu sua voz ficar mais alta. — Porque, se tivesse desabafado, eu teria ajudado e ela ainda estaria aqui.

Começaram a tocar o órgão e o clérigo na frente da igreja fez sinal para todos ficarem de pé. Corinne se levantou e observou o resto da congregação fazer o mesmo. E então todos eles começaram o ritual de despedida da Saybrook mais perfeita de todas.

Duas horas mais tarde, depois de uma recepção no University Club, Corinne e os primos, incluindo Winston, Sullivan e até Natasha, desceram de carros na esquina da Seventy-Third Street com a Park Avenue e subiram os degraus da mansão estilo Queen Anne de Edith.

A casa tinha doze metros de fachada de tijolo e mármore, com uma porta imponente azul-pavão. Só que naquele dia Corinne mal notou, nem parou para sentir o perfume de suas peônias favoritas no jardim da frente, para admirar a escadaria no hall de entrada, nem para se deslumbrar com o enorme lustre de cristal que, secretamente, esperava herdar um dia. O salão oferecia uma vista direta dos fundos da propriedade, que se abria para um jardim maravilhoso e uma gloriosa queda d'água de dois andares, mas Corinne não viu nada disso enquanto atravessava o hall e seguia para a sala de estar onde estavam todos reunidos.

Megan tentava encurralar Skylar e Briony perto da primeira das duas lareiras de mármore da sala. James estava sentado perto delas em um longo sofá, parecendo zonzo. A mãe de Corinne e os pais de Rowan estavam ao lado dele, segurando canecas de café. Os pais de Natasha estavam no sofá em frente. Uma mulher loura de terninho estava parada perto de uma janela, quase engolida pelas volumosas cortinas de seda de Edith.

— Quem é aquela? — sussurrou Corinne para Rowan, lembrando que também a tinha visto na igreja.

Edith tinha dito para os Saybrook se reunirem ali, enfatizando que era só para a família.

— Não tenho ideia — disse Rowan, ainda muito pálida.

Corinne, Rowan e Aster se sentaram em um sofá do outro lado de James e dos pais de Rowan. Winston e Sullivan se encostaram na parede, remexendo no colarinho das camisas e em suas jubas desgrenhadas e louras de surfistas. Natasha se instalou em uma poltrona perto da segunda lareira da sala, pegou seu celular e examinou a tela enquanto todos se acomodavam.

Finalmente, Edith se levantou de sua poltrona na frente da sala, apertando o xale de pele, e dispensou um dos empregados que empurrava um carrinho de bebidas de prata.

— Sei que não sou a única que tem dúvidas sobre a morte de Poppy — disse ela, muito séria. — Trouxe vocês todos aqui para dizer que Poppy não cometeu suicídio. Ela foi assassinada.

James se levantou de um pulo e rapidamente fez sinal para Megan levar as crianças para outra sala. Tia Grace olhou para Winston e Sullivan e também indicou que saíssem. Por um momento, todos ficaram em silêncio.

— Mãe — disse Mason baixinho do sofá —, nós já passamos por isso.

Edith apertou o maxilar.

— Não sou a única que acredita nisso. — Ela se virou para a loura perto da janela. — Ela vai provar.

A desconhecida se adiantou. Era pouco mais velha do que Corinne, tinha grandes olhos azuis e corpo atlético.

— Katherine Foley, FBI — disse ela com voz firme, então enfiou a mão no bolso e exibiu o distintivo em forma de escudo.

Mason fez uma careta.

— Mãe, você não fez isso...

Os olhos de Edith faiscaram.

— Certamente que fiz. E, de todo modo, confio na srta. Foley. Eu a conheço.

Todos se surpreenderam.

— Conhece? — perguntou Aster.

— Como? — ecoou Mason.

— Tenho certeza de que a conheço, mas... — Edith pareceu confusa.

A agente Foley pigarreou.

— Acho que a sra. Saybrook deve ter me confundido com outra pessoa — disse ela com delicadeza. — Mas vocês estão em ótimas mãos.

Ela puxou uma cadeira Chippendale do canto perto de Edith e abriu um notebook.

— Edith me procurou no dia em que Poppy morreu, e minha equipe investigou algumas coisas, inclusive o bilhete.

Ela digitou alguma coisa no notebook e virou a tela de frente para o círculo dos Saybrook. Era o bilhete de Poppy, com uma janela de diálogo ao lado.

— A assinatura eletrônica no arquivo mostra que Poppy escreveu esse bilhete às 7h07 da manhã. Mas algumas testemunhas dizem que o corpo de Poppy estava na calçada às 7h05. Uma câmera de segurança no prédio do outro lado da rua, que pegou a parte final da queda, também registrou essa hora.

James abaixou a xícara de café.

— O que isso significa?

Edith levantou as mãos.

— Uma mulher não pode escrever um bilhete suicida depois de morta.

— Os relógios não podiam estar atrasados? — perguntou Mason, incrédulo.

Foley virou o notebook de volta para si.

— Verificamos isso, mas o relógio no computador de Poppy marcava exatamente a mesma hora da câmera de segurança do prédio em frente. Temos de aceitar a possibilidade de que outra pessoa escreveu o bilhete para fazer com que a morte de Poppy parecesse suicídio.

Aster se inclinou para a frente.

— Espere aí. Como assim?

— Alguém a empurrou? — perguntou Rowan, e Corinne achou que ela parecia quase aliviada.

— Não queremos tirar nenhuma conclusão precipitada — disse Foley. — Infelizmente, a câmera de segurança do prédio do outro lado da rua não chegava tão alto a ponto de nos dar a visão do escritório de Poppy. Não há testemunhas.

O irmão de Rowan, Michael, pôs a mão na testa.

— Ninguém?

— Ainda estamos investigando. Ainda é cedo.

— E a autópsia? — perguntou James.

— O relatório completo ainda não ficou pronto, mas até o momento não temos nada conclusivo para qualquer hipótese — disse Foley. — Poppy caiu de cerca de quinze metros e isso é tudo que os resultados mostram. Mas a discrepância entre a hora da morte e a hora do bilhete suicida é preocupante. Pode-se argumentar que havia alguém no escritório dela o tempo todo, que digitou o bilhete a pedido de Poppy depois que ela pulou. Mas por que essa pessoa não se apresenta? Não tem sentido. E, por causa disso, vamos abrir uma investigação oficial de assassinato.

— Eu sabia que não foi suicídio — disse Edith, tensa. — Mas quem faria mal à nossa Poppy?

— Temos de descobrir o que aconteceu exatamente com Poppy na manhã da sua morte. Quem estava na sala dela? E por qual motivo? Sabemos se alguém estava com raiva de Poppy por causa de alguma coisa? Alguém de dentro da empresa, por exemplo? Ou talvez um rival nos negócios? — perguntou Foley.

Corinne ficou arrepiada. O sorriso falso de Jonathan York. *Eu sei que ela estava tendo dificuldades*.

— Não estou concluindo nada — Foley apressou-se em dizer. — Infelizmente, a sala de Poppy não tem uma câmera, e a câmera dos elevadores não mostra ninguém saindo de nenhum deles na hora do assassinato. Mas a pessoa pode ter usado a escada, onde não há câmeras.

Rowan pigarreou.

— Os seguranças nos andares não notaram ninguém saindo da sala da Poppy?

— Fora do horário comercial temos apenas uma equipe de segurança reduzida. A maioria das pessoas, inclusive muitos guardas e todos os assistentes de Poppy, não tinha chegado para trabalhar ainda, por isso não temos o quadro completo. Estamos verificando dados eletrônicos dos cartões de acesso usados para entrar no prédio e em certos andares. Vamos entrevistar qualquer pessoa que estava no prédio naquela hora.

Corinne franziu a testa.

— E o vídeo de segurança do saguão de entrada?

Foley remexeu na gola da camisa.

— Ainda não acabamos de examinar. Mas vamos bater as pessoas no vídeo com os dados dos cartões de acesso também.

— E impressões digitais no teclado do computador de Poppy? — disse Natasha, e sua voz rouca e embargada surpreendeu a todos — Se outra pessoa digitou o bilhete, devem estar lá, certo?

Foley meneou a cabeça como se tivesse antecipado a pergunta.

— Verificamos o teclado. Mas as únicas impressões identificadas foram as de Poppy. Não havia outras. Mas o assassino pode ter usado luvas. E isso indicaria que o assassinato foi premeditado; o assassino deve ter planejado matar Poppy antes de entrar na sala dela. O clima não está muito para luvas. — Ela apontou para o céu ensolarado lá fora e pigarreou. — Com base em tudo isso, vou precisar conversar com cada um de vocês em separado.

Natasha pareceu aborrecida.

— Mas eu nem trabalho na Saybrook.

Corinne mal conseguia processar tudo que estava ouvindo. Poppy não tinha se matado. Fora assassinada. Quem fez isso estava dentro da sala na Saybrook e sabia que Poppy chegaria bem cedo para trabalhar.

— Acha que *nós* somos suspeitos? — perguntou Corinne.

— Claro que não — disse Foley, mas sem encarar ninguém. — Mas preciso saber onde todos vocês estavam aquela manhã, porque é de praxe na investigação. Também quero saber se vocês sabem de alguma coisa sobre Poppy que possa indicar o motivo de alguém querer matá--la. Se ela cometeu erros no trabalho, ou se usava drogas, se, por acaso, se envolveu com pessoas perigosas que poderiam querer machucá-la.

— Poppy? — gaguejou Rowan. — Poppy era... perfeita — completou ela, com tristeza.

*E era mesmo*, pensou Corinne. Imaginou Poppy ali, seu espírito flutuando de um lado para outro, agradecendo a todos por terem vindo, lembrando dos menores detalhes da vida de cada um, nomes de animais de estimação, planos para o verão, o velho iate que o pai de Natasha estava reformando.

— Nunca se sabe — disse Foley. — E não pretendo preocupar todos vocês, mas existe também a possibilidade de que isso tenha sido um ataque pessoal aos Saybrook.

Mason franziu a testa.

— Como assim?

Foley pigarreou.

— Vocês são uma família proeminente. Muitos têm inveja de vocês. Alguém pode querer prejudicá-los pelo poder que têm, pela riqueza, influência... ou talvez só para rebaixá-los um pouco.

Mason abanou a mão.

— Por favor...

— Eu levaria isso a sério — avisou Foley.

Ela digitou de novo no notebook e virou a tela outra vez. Um website conhecido apareceu. *Aquele* website.

Foley rolou a página. Sob o nome do site havia uma grande manchete que ocupava a tela toda. "Uma herdeira a menos", dizia. "Faltam quatro."

Todos ficaram em silêncio. O estômago de Corinne se contraiu e a cabeça ficou vazia. O único ruído vinha da brincadeira das filhas de Poppy na sala dos fundos.

— Que... quem escreveu isso? — gaguejou Rowan.

— Não sabemos — disse Foley. — Estamos tentando descobrir. Rastreamos a última publicação do site ao endereço de IP de um computador da Biblioteca Pública de Nova York. Eles não mantêm registros exatos de quem usa os computadores de lá, mas estamos tentando conseguir vídeos das salas para ver se descobrimos alguma coisa. Isso pode ser só especulação popular, alguma piada de mau gosto. Mas também pode ser muito mais sinistro.

— Está dizendo que podemos ser as próximas? — perguntou Corinne baixinho.

— Estou dizendo que devem levar isso a sério, e que se for uma ameaça, nós as manteremos em segurança — disse Foley, fechando o notebook com um clique definitivo.

Ela se virou para Edith.

— Muito obrigada por ter me recebido na sua casa, sra. Saybrook. Manterei contato.

Mason, Penelope, Edith e a mãe de Rowan, Leona, se levantaram para acompanhar a agente à saída. James saiu da sala para ver as filhas. Logo só restaram as primas. A cabeça de Corinne girava.

*Uma herdeira a menos, faltam quatro.*

Rowan finalmente conseguiu respirar fundo.

— Quem ia querer matar Poppy?

— Quem ia querer *nos* matar? — murmurou Aster.

Natasha tinha o olhar parado, fixo, a expressão determinada. De repente, uma coisa que tinha dito à revista *People* quando se deserdou passou pela sua cabeça. *Os Saybrook não são o que parecem. Preciso me cercar de pessoas mais confiáveis.*

Natasha enfim baixou os olhos, mas Corinne ainda estava profundamente abalada. Não conseguia raciocinar sobre nada daquilo, mas uma coisa estava clara. Alguém tinha matado Poppy. E uma delas podia ser a próxima.

# 8

Alguns dias depois, Rowan estava diante da porta de James no corredor do edifício Dakota. Quando esteve ali para o aniversário de Skylar, a atmosfera era festiva e alegre. Agora alguém tinha deixado um buquê de flores para Poppy na entrada. Rowan pegou as flores e tocou a campainha.

James abriu a porta de cabelo desgrenhado e olheiras profundas. Estava de jeans azul-escuro, camiseta e descalço.

— Muito obrigado por ter vindo — disse ele.

James tinha ligado para ela quinze minutos antes, em pânico, dizendo que a babá teve de sair para atender a uma emergência de família, que Briony estava enjoada e Skylar precisava levar bolinhos para a escola no dia seguinte. Rowan sentiu um tremor — de todas as pessoas na vida dele, James ligou para ela. Mas no mesmo instante ficou horrorizada de ter pensado uma coisa tão mesquinha, e recuou para a culpa e a tristeza que a tinham consumido a semana inteira. A prima estava morta e Rowan a havia traído em suas últimas horas de vida.

Ela não encarou James ao entrar no apartamento e ir ao encontro das crianças na sala de estar. Estava passando um desenho da Disney na TV de tela plana; purpurina e massinha cobriam a pesada mesa de centro de madeira. Briony estava sentada no chão, olhando desanimada para um brinquedo eletrônico que cantava o abecedário. Skylar estava no sofá, com um vestido de princesa de cetim cor-de-

-rosa, tiara prateada e segurando uma varinha de condão. Lágrimas escorriam por seu rosto.

Ao ver Rowan, Skylar correu para ela e abraçou suas pernas. Mesmo com apenas 3 anos, ela já era uma pequena herdeira em treinamento.

— Tia Rowan, eu estava com saudade.

Rowan pegou Skylar no colo. A menina a abraçou com força e Rowan sentiu mais uma onda de tristeza pensando que Skylar nunca mais ia receber um abraço da mãe.

— Papai falou que eu preciso de bolinhos? — perguntou Skylar quando Rowan a pôs no chão. — É a minha vez!

— Que tal irmos à padaria Magnolia? — sugeriu Rowan. — Ou à Crumbs?

Manchas cor de rosa apareceram no rosto de Skylar.

— Mamãe sempre faz os bolinhos.

O coração de Rowan parou. Ela se ajoelhou para ficar da altura da menina e olhou bem nos olhos dela.

— Bom, então hoje vou fazer os bolinhos também. Sou a melhor cozinheira de bolinhos desse lado do rio Hudson.

Ela estendeu a mão para fazer cócegas em Skylar, o que normalmente fazia a menina ter um ataque de riso, mas dessa vez Skylar só se encolheu para escapar.

— Onde está a mamãe? — perguntou ela, a vozinha aguda e inocente.

Lágrimas fizeram os olhos de Rowan arder. Ela olhou para James, mas ele olhava fixo para as próprias mãos.

— Ela teve uma queda muito séria — improvisou Rowan. Mas está sempre vendo vocês. E se vocês falarem com ela, ela vai ouvir sempre.

O rostinho de Skylar registrou uma mistura improvável de obediência e confusão.

— Papai disse que podemos pintar minhas unhas dos pés, se eu quiser — ela disse depois de alguns segundos.

— Bom — Rowan pegou a mão dela —, eu acho legal. Também posso fazer maquiagem e cabelo.

— *Você?* — duvidou James. Rowan olhou feio para ele, que deu de ombros. — Desculpe. Skylar, Rowan vai deixar você linda.

Isso pareceu animar Skylar e ela foi para a cozinha com Rowan. James também foi e ficou parado ao lado da ilha, olhando para uma caixa fechada de massa de bolo. Parecia muito indefeso e confuso. Rowan achava que nunca tinha visto James daquele jeito e foi tomada pelo desejo de cuidar dele também.

Virou-se para Briony, que tinha ido atrás deles para a cozinha e estava apertando a bochecha vermelha na porta de aço da geladeira.

— Você está bem, meu amor? — disse Rowan baixinho, e pegou a menininha no colo.

Briony passou as pernas pela cintura de Rowan e começou a chorar.

— Parece que ela está com febre — disse Rowan para James por cima do ombro da menina.

James fez que sim.

— Dei Tylenol para ela há dez minutos.

— Vou ficar com ela no colo até fazer efeito. E fazer cócegas!

Rowan fez cócegas no pescoço de Briony até a pequena finalmente dar um sorriso.

O celular de James tocou em cima do balcão, uma série de notas ao piano ecoando pelo apartamento. O aparelho estava mais perto de Rowan na ilha e ela olhou sem pensar. Um número de telefone com o código de Nova York apareceu na tela.

— Você precisa atender? — perguntou Rowan, e segurou Briony mais firme.

James olhou para o número e apertou "ignorar".

— Não. Afinal de contas, estamos no meio de uma emergência de bolinhos — disse ele com um sorriso fraco. — O resto pode esperar.

Rowan olhou para a caixa que James segurava.

— Você estava pirando por causa *disso?* Só precisamos de três ingredientes e um deles é água.

James abriu a geladeira e ficou olhando lá dentro.

— Estou meio sem cabeça. — Ele suspirou.

— Tudo bem, porque a minha cabeça está aqui.

Rowan se virou para Skylar e fingiu ajeitar a cabeça no pescoço. Skylar achou graça e sorriu. Rowan voltou à caixa de massa pronta.

— Muito bem, papai. Pegue ovos. Lembra como eles são? Redondos, brancos? Que vêm das galinhas?

Ela olhou de novo para Skylar, levou os dedos às axilas e fez o movimento das asas das galinhas. Skylar riu.

— Esses? — James pegou um pacote de manteiga, entrando na brincadeira.

— Isso não é ovo! — gritou Skylar.

James olhou para a manteiga fingindo estar confuso.

— Eu podia jurar que eram ovos.

Então ele abriu a gaveta de verduras e legumes e tirou um pepino.

— Isso é um ovo?

— Papai! — gritou Skylar, e marchou para a geladeira — Isso é que é ovo!

— É mesmo? — James parecia atônito. — Skylar, você é a menina mais inteligente do mundo.

Rowan disfarçou um sorriso, pegou a embalagem de ovos de James e ensinou Skylar a quebrar três em uma tigela.

Quando os bolinhos já estavam em suas pequenas formas, assando no forno, ela examinou a geladeira. Estava entupida de coisas em recipientes de plástico, em quentinhas e em embalagens do Dean & DeLuca — de vizinhos e parentes, imaginou. Pegou uma caixa branca e espiou o que tinha dentro. Eram três peitos de frango temperados e acompanhamento de purê de batata com alho. Perfeito.

Rowan acendeu o segundo forno elétrico, passou Briony para James e botou a refeição em uma assadeira. James ficou fora do caminho, mas ela sentia o olhar dele enquanto se movia na cozinha. Ele não atendeu o celular quando tocou outra vez.

James puxou uma cadeira e virou para Skylar.

— O que você acha, Sky? Tia Rowan deve ficar aqui?

— Deve! Por favor! — Skylar juntou as mãos e implorou com os olhos.

Rowan pensou no seu apartamento tranquilo e se sentou na cadeira vazia, a cadeira de Poppy.

Foi mais fácil distrair as crianças do que Rowan teria imaginado. Ela fez seu truque de equilibrar uma colher no nariz. James fez várias moedas desaparecerem dos bolsos. Rowan cantou a música da dona aranha com a voz do Pato Donald, que ela e o irmão Michael tinham passado horas aperfeiçoando. As duas meninas riram felizes e comeram bem. O forno apitou, Rowan tirou os bolinhos e, depois que esfriaram um pouco, pôs a cobertura com a ajuda de Skylar.

Quando o sol se pôs sobre o Hudson, Briony tinha adormecido nos braços de Rowan, no sofá. Ela pôs a menina gentilmente no berço e viu Skylar atrás dela, pedindo que lesse um livro da série Madeline — uma primeira edição, autografada para Adele, mãe de Poppy, pelo autor. James pôs Skylar na cama.

— Tia Rowan na cama também — insistiu Skylar, e James recuou para Rowan poder se acomodar.

Ela enfiou as pernas sob a coberta, de coração partido ao ver a delicadeza dos lençóis rendados de Skylar e como a menininha agarrava uma tartaruga de pelúcia que Poppy tinha comprado para ela em Meriweather, no ano anterior.

— Tudo bem, tia Rowan? — perguntou Skylar.

Rowan olhou para ela e percebeu que tinha lágrimas nos olhos. Estava olhando para uma página do livro, mas não tinha começado a ler.

— Estou ótima — disse ela rapidamente, engolindo o soluço. — Estou feliz de estar aqui com vocês.

Finalmente Skylar dormiu. Rowan apoiou a cabeça da menina delicadamente no travesseiro, puxou o cobertor para cobrir seus ombros e saiu do quarto na ponta dos pés. James estava esperando no corredor, de braços cruzados.

— Obrigado.

Rowan olhou para o chão.

— Não foi nada.

Ela foi para a cozinha. Havia uma pilha de pratos na pia.

— As meninas parecem bem, apesar de tudo — disse ela, enchendo a pia de água com sabão.

James se aproximou. Rowan sentiu o perfume conhecido do sabonete de menta que ele usava.

— Bem, Briony não entende a situação, e não sei até que ponto Skylar entende também. Mas ela realmente sente falta da mãe.

Rowan fez que sim.

— Claro que sente.

E isso nunca ia passar. Mesmo aos 32 anos, Rowan ainda ligava para a mãe algumas vezes por semana e procurava visitar a casa da sua infância em Chappaqua pelo menos uma vez por mês. Para Leona, era importante a família manter contato, especialmente com seus dois filhos morando tão longe. Aquela manhã mesmo Leona tinha ligado para contar que sua lilás no quintal estava começando a florir.

James se afastou da pia e secou as mãos em uma toalha.

— Procurei no memorial... você sabe... por *ele*. Qualquer um que parecesse... desconhecido.

Rowan levantou a cabeça abruptamente.

— Você ainda acha que ela estava tendo um caso?

James passou a mão pelo cabelo.

— Sei que não devia pensar nisso agora, mas não consigo parar. Só fico imaginando ela cochichando ao telefone. Foram tantas noites em que ela não voltou para casa... — Ele espiou pela janela. — Eu estava prestes a falar com ela.

Não havia mais pratos para lavar, mas Rowan continuou com as mãos dentro d'água.

— Você contou isso para o FBI? — perguntou ela.

Rowan tinha falado com Foley na véspera.

— Contei. Achei que deviam saber.

— Ah. — Rowan engoliu em seco. — Você disse a eles... onde você estava aquela manhã?

James pegou um prato para secar.

— Não disse a eles onde eu acordei. Achei que você não ia querer que eu falasse.

Rowan sentiu um nó na garganta. Sem tirar os olhos da torneira, ela meneou a cabeça.

— É. — Tentou soar firme e indiferente. — Afinal, quero dizer, aquilo... não *significou* nada.

Ela também não tinha contado para Foley, apenas disse que estava a caminho do trabalho quando aconteceu. Podia não ter empurrado a prima, mas Rowan não se sentia inocente.

Uma sirene soou na rua. Rowan se encolheu, preocupada que acordasse as meninas, mas não ouviu nada dos quartos. James pegou um passarinho de vidro no peitoril da janela. Era uma lembrança da lua de mel com Poppy na Tailândia. Tinham encontrado na suíte do hotel e Poppy achou que lhes daria sorte.

James fez um ruído baixo do fundo da garganta.

— Que coisa horrível — disse ele com voz embargada. — Como isso foi acontecer?

Rowan sentiu um aperto no peito.

— Eu não sei — sussurrou ela.

Um copinho infantil de plástico que estava no escorredor ao lado da pia caiu de repente. Quando Rowan olhou para ele de novo, James a encarava fixamente. Ele respirou fundo e disse:

— E como você está com tudo isso?

Na mesma hora, Rowan olhou para o chão.

— Você não devia pensar em mim agora.

— Não devia?

As palavras ficaram pairando no ar. A possibilidade se abria em muitas direções. Mas quando Rowan olhava em volta, só via Poppy, sua coleção de folhetos de restaurante, de taças de vinho e de livros de culinária orgânica. Fotos de Poppy, de James e das meninas. Listas de compras de mercado e lembretes escritos com a letra bonita de Poppy.

— Preciso ir — balbuciou Rowan, e atravessou a cozinha em disparada.

Tentou destrancar a porta, mas se atrapalhou com a fechadura. James, que a tinha seguido, abriu a porta para ela com facilidade.

— Muito obrigado pela ajuda com as meninas. — A voz dele falhou.

Rowan pendurou a bolsa no ombro.

— De nada. Disponha.

Ele ficou ali parado, com as mãos nos bolsos. Um segundo depois, Rowan saiu para o corredor atapetado. *Me peça para ficar*, ela desejou em silêncio, surpresa com a ferocidade com que, apesar de tudo, queria isso.

Mas alguns passaram segundos e James não disse nada.

— Bom — disse Rowan, esfregando as mãos. — Até logo, James.

— Até logo — disse ele baixinho.

O elevador chegou e a porta se abriu. James ainda não tinha fechado a porta do apartamento e Rowan não conseguia fazer a pergunta. Por isso acenou para ele sem jeito, desceu no elevador até o térreo e voltou para seu apartamento sozinha.

# 9

Quarta-feira de manhã, Aster, em um vestido curto de renda com mangas boca de sino, desceu da sua limusine na Hudson Street. Homens de terno, carregando pastas de couro de crocodilo passavam andando rápido, sem reparar nela, apesar do vestido exibir suas pernas definidas pelo pilates. O dia estava fresco e tudo tinha uma sensação incomum de objetividade. Aster entendeu por que era tão estranho: ela não acordava tão cedo assim há anos. Todos corriam para o trabalho, coisa que ela jamais tinha precisado fazer.

Até hoje.

Ela marchou pela calçada, olhando feio para as outras abelhas trabalhadoras indo para seus escritórios. Olhou em volta à procura de repórteres. A polícia tinha acabado de revelar os detalhes do assassinato de Poppy para a imprensa naquela manhã e Aster sabia que não ia demorar para o circo começar.

*Assassinato*. Quando fechava os olhos, imaginava a cena grotesca de alguém invadindo a sala e jogando Poppy da sacada. Tentava não pensar nisso, mas seu cérebro desenvolvia a cena, imaginando a coluna de Poppy quebrando ao bater na calçada, os órgãos explodindo, seus belos olhos saltando das órbitas. Alguém tão boa, tão bonita... destruída.

Aquela mensagem no site também não saía da sua cabeça. *Uma herdeira a menos, faltam quatro.* E se alguém estivesse atrás *delas*, de todas elas? Mas por quê? Por inveja? E como era possível que a polícia não soubesse quem administrava aquele site? *Tudo* era "hackeável" hoje em dia, não era?

Alguma coisa fria encostou no braço de Aster, que gritou e se virou bem a tempo de ver alguém de capa desaparecer em uma porta metálica em um beco. Seu coração batia forte nos ouvidos. Será que aquela pessoa tinha encostado nela de propósito? Será que estava andando em Manhattan com um alvo nas costas?

O celular tocou com uma mensagem e ela pulou assustada de novo. Mas era apenas Clarissa. *Boa sorte hoje!*, dizia. *Você está bem?*

Claro que não estou bem, pensou Aster. Que pergunta ridícula. Mas ela só escreveu: *Tudo certo*. Pelo menos Clarissa estava sendo gentil de querer saber.

*Você tem intervalo para almoço?*, perguntou Clarissa. *Podemos ir ao Pastis?*

Aster ficou com o coração apertado. Poppy estava planejando levá-la ao Pastis hoje. *Talvez*, ela digitou de volta e o celular começou a vibrar com uma ligação. Aster franziu a testa ao ver o nome na tela: Corinne. Respirou fundo e atendeu.

— Que bom, você está acordada — disse Corinne em uma voz tensa.

Aster deu alguns passos na direção do prédio da Saybrook.

— Infelizmente.

— Já está trabalhando?

Então aquilo era um lembrete de que ela tinha que ir para o trabalho.

— Estou na porta do prédio — respondeu Aster, irritada.

— Tudo bem. Só queria garantir — disse Corinne, e Aster cerrou os dentes. — Aviso logo — continuou Corinne, com um outro telefone tocando ao fundo — que o astral aqui está um pouco... esquisito.

— Esquisito?

Aster olhou para o alto do prédio de pedra que abrigava os negócios da família há quase setenta anos. O lugar em que Poppy tinha caído continuava isolado com a fita amarela. Alguém tinha deixado flores ao redor. Aster procurou afastar a imagem do corpo quebrado de Poppy e empurrou a porta dupla. E parou na mesma hora. O saguão era um formigueiro de policiais e de cães da polícia. Todos pareciam tensos, alertas e muito nervosos.

— Meu Deus — ela cochichou ao telefone.

— A polícia está mantendo os repórteres longe do prédio por enquanto. — A voz de Corinne soava solene. — Mas é melhor nos prepararmos para mais um monte de perguntas. — Ela suspirou. — Boa sorte hoje.

— Obrigada — disse Aster, pega de surpresa pelo raro toque de bondade de Corinne.

Ela desligou e foi para as roletas que davam no elevador, onde ficou sabendo que não podia passar por elas sem um cartão de identidade. Aster não tinha ideia de que o escritório deles, que qualquer escritório, tinha tanta segurança. Eles realmente pensavam que as pessoas iam tentar invadir para *trabalhar*? E como alguém podia ter invadido para matar Poppy?

— Tudo bem, srta. Saybrook — disse o segurança, escaneando o cartão dele para ela passar. — Vou abrir uma exceção para a senhorita.

Aster deu-lhe seu melhor sorriso de modelo para agradecer. Ele devia tê-la reconhecido do anúncio da campanha que ainda estava pregado em todo lugar.

Ela entrou no elevador e foi para o oitavo andar, onde devia encontrar o departamento de RH para saber onde ia trabalhar.

— Aster?

Danielle Gilchrist estava no saguão, usando um vestido branco, verde e laranja e sapatos que pareciam muito caros. O cabelo ruivo caía liso e brilhante pelas costas e uma coleção de pulseiras com berloques lhe cobria os braços.

Aster ficou confusa na hora, imaginando o que sua velha amiga fazia ali. Depois notou a pasta roxa e prateada com o logotipo Saybrook na capa.

— Bem-vinda à família Saybrook! — cantarolou Danielle.

Claro. Aster lembrou. Mason tinha conseguido um emprego no RH da Saybrook para Danielle quando ela se formou na NYU. A ideia fez o estômago de Aster dar cambalhotas.

— Já sou da família Saybrook — disse ela, recuando um passo.

Danielle ruborizou um pouco e logo se recuperou.

— Certo. É só maneira de falar. — Ela deu meia-volta. — Então venha. Vamos começar.

Ela abriu a porta de uma grande sala de conferência com vista para o rio Hudson. Nas paredes havia retratos de celebridades de Hollywood usando os diamantes da Saybrook. Aster parou na porta e finalmente entendeu o que estava acontecendo.

— Espere aí. É *você* que vai me orientar?

Danielle fez que sim enquanto ligava o computador e abria um PowerPoint.

— Sim, é política da empresa. Todos têm de passar por uma orientação. Até uma Saybrook. — Então ela sorriu. — Você estava no Badawi na outra noite, não estava? Eu *adoro* aquele lugar.

Aster fechou os olhos. Tinha evitado interagir com Danielle por um longo tempo. Atravessava a rua quando a via, ficava longe das festas que tinham Danielle na lista de convidados. Fazia qualquer coisa para evitar pensar naquele verão. Mas a lembrança voltou de uma vez.

— Oi, Aster — disse uma Danielle Gilchrist de 13 anos, se aproximando saltitante de Aster na praia, em Meriweather.

Aster a conhecia desde sempre — ela era filha do caseiro —, mas naquele verão ela estava diferente.

Você tem xarope para tosse?

— Por que teria? — perguntou Aster com arrogância.

— Porque dá um barato ótimo — respondeu Danielle. — Você nunca experimentou?

Foi a vez de Aster se sentir idiota. Ela balançou a cabeça. Danielle se virou para a água. Ela era bonita, Aster percebeu de repente. Alta e magra, cabelo ruivo comprido e ondulado, olhos azuis.

— Acho que vou roubar na farmácia. Quer vir comigo?

Aquela noite, elas beberam o xarope e Aster curtiu um barato pela primeira vez. Invadiram o quarto de Corinne para ler seu diário, que era bem sem graça, como tinham imaginado.

— Ela é muito... organizada, não é? — perguntou Danielle, examinando o quarto com expressão de deboche.

Aster riu.

— Você quer dizer chata.

Era divertido caçoar da irmã. Corinne podia ter protegido Aster, quando mais nova, mas ao crescerem ela passou a brigar com a irmã o tempo todo. E Aster não podia falar de Corinne com nenhuma das primas.

Danielle dormiu na casa dela aquela noite, e na manhã seguinte estava escrevendo furiosamente em um caderno.

— O que você está fazendo? — questionou Aster.

— Sempre escrevo meus sonhos — disse Danielle. — Depois analiso o simbolismo deles.

Durante aquele verão, Danielle apresentou Aster a vodca, a passar trote por telefone e a como obter uma identidade falsa pelo correio. Elas passaram todas as noites cochichando segredos e piadas indecentes, assistindo a filmes franceses que faziam Aster corar. Escapavam para o Finchy, um bar do outro lado da ilha, e diziam ser irmãs; deixavam os homens mais velhos paquerá-las e comprar doses de uísque que ardiam suas gargantas. Mantiveram contato todo o ano seguinte, trocando mensagens sobre rapazes que tinham beijado e festas a que tinham ido, e seus planos grandiosos de morarem juntas na Bleecker quando completassem 18 anos. Quando as duas entraram na NYU, resolveram dividir um dormitório.

Mas então a Saybrook precisou de um rosto novo para sua marca e Aster parecia ser a pessoa certa. Mason ficou muito entusiasmado e isso bastou para convencer Aster — talvez *aquele* fosse o caminho dela. Uma semana antes de partir para a Europa para uma sessão de fotos, Aster esteve com Danielle em Meriweather, na praia em frente à casa. Danielle bebeu um gole da vodca com limão que Aster tinha preparado para elas na cozinha de casa e então falou:

— Minha mãe disse uma coisa muito estranha hoje. Me fez ficar pensando.

— O que foi? — perguntou Aster, meio sem jeito.

Ela sempre se sentia constrangida de falar sobre os pais de Danielle. Eles estavam sempre brigando — Aster ouvia os gritos. E naquele verão as brigas ficaram ainda mais violentas. Danielle tinha certeza de que iam se divorciar.

— Só coisas esquisitas — disse Danielle, riscando a areia com um dedo do pé pintado de azul.

— Venha para a Europa comigo — disse Aster de repente.

Por que não tinha pensado naquilo antes?

— Vou para Paris, Londres e Milão. Eu pago tudo, só vem. Você precisa de um tempo longe daqui.

Era difícil ler os olhos por trás dos óculos escuros Gucci que Aster tinha comprado para ela. Danielle brincou com a pulseira de diamante que Aster tinha lhe dado de presente de aniversário.

— Não sei.

— Ah, vamos... — implorou Aster — Podemos beber sangria aos baldes, ficar com homens europeus, pegar um bronzeado em Saint-Tropez...

Aster parou de falar porque notou alguma coisa com o canto do olho. Era o pai dela, parado na beira do pátio, olhando para as duas.

Aster esboçou um aceno, achando que o pai estava à sua procura. Mas Mason não parecia enxergá-la. Aster olhou para o pai de novo e percebeu que ele olhava fixamente para Danielle, não para ela. Virou-se para a amiga e então se deu conta de que ela usava apenas um biquíni bem pequeno. Danielle tinha desamarrado as tiras do pescoço enquanto pegava sol e o tecido repousava precariamente sobre os seios dela.

Aster teve uma sensação desagradável. Mas quando olhou novamente, Mason tinha ido embora.

Danielle pigarreou. Aster voltou ao presente. O passado não tinha importância. Aquilo tinha acontecido muito tempo atrás.

— Vamos acabar logo com isso — disse ela, em um tom casual, entrando na sala de reunião e se sentando. — Faça o que tem de fazer.

Danielle largou a pasta na mesa e olhou para Aster como se quisesse dizer alguma coisa. Aster virou a cara deliberadamente.

Depois de um segundo de silêncio constrangedor, Danielle pigarreou de novo e começou um discurso sobre a política de trabalho da Saybrook. Então apagou a luz e botou um filme na tela. Com música clássica ao fundo, apareceram as palavras "Saybrook: Legado de Família".

— Quero apresentar o trabalho do falecido Alfred Saybrook — entoou a voz de Donald Sutherland. — O pai dele, Monroe, abriu a Saybrook & Browne Joalheiros em Boston, Massachusetts, em 1922. Era um estabelecimento local que lidava principalmente com ouro. Monroe nunca fez planos de expandir.

Apareceu uma imagem da loja que o bisavô de Aster tinha aberto perto de Beacon Hill. A fachada dos anos 1920 era modesta, com escrita antiga na vitrine e diamantes minúsculos nos balcões.

Aster olhou irritada para Danielle.

— Eu já sei de tudo isso.

O avô dela contava essa história sem parar.

Danielle disse "sinto muito" baixinho, mas não pausou o DVD.

— Monroe morreu de tuberculose em 1938 — continuou Sutherland. — Alfred se viu obrigado a tomar o lugar dele.

Em seguida, apareceu uma foto de Alfred na frente da loja. Uma Edith muito jovem, provavelmente ainda adolescente, estava ao lado dele, de braços dados. Mesmo na foto em preto e branco, era aparente que Edith era loura, e que usava batom escuro.

— Mas em pouco tempo teve início a Segunda Guerra Mundial e Alfred bravamente se voluntariou para lutar.

Na foto seguinte — a mesma foto que Mason tinha em seu escritório —, Alfred usava farda militar e estava com seu amigo Harold.

— Edith manteve a loja funcionando nos Estados Unidos da melhor forma que pôde, mas eram tempos difíceis. Ninguém queria comprar diamantes durante a guerra. E então as coisas mudaram. Quando Alfred estava fora do país, ele encontrou... isso.

Uma pedra amarela apareceu na tela. *Tá bom, tá bom*, pensou Aster. Claro que ela adorava o gigantesco Diamante Corona amarelo-canário que seu avô tinha encontrado em um bazar em Paris. Mas tinha praticamente nascido sabendo aquela história.

O vídeo continuou explicando de que forma o Diamante Corona levou a empresa a um novo patamar. Alfred abriu uma loja matriz na Quinta Avenida e escritórios em Tribeca, para expandir os negócios. Logo a Diamantes Saybrook se transformou no lugar da moda para comprar anéis de noivado, alianças e pulseiras. Celebridades exibiam seus diamantes nos tapetes vermelhos. Dignitários compravam joias para suas esposas. Havia uma foto famosa de Jackie Kennedy usando um pingente Saybrook em um baile presidencial, e uma citação de que ela havia dito que a Saybrook era o único lugar para se comprar algo precioso.

— A morte de Alfred Saybrook abalou a comunidade internacional de joalheiros — explicou o vídeo, e mostrou uma foto de Alfred logo antes de sua morte, cinco anos atrás, com seu terno preto que era a marca registrada e óculos redondos pequenos. — Mas agora a empresa está mais forte do que nunca e a Saybrook segue os princípios de Alfred de integridade, qualidade e profissionalismo.

Então a tela escureceu e as luzes acenderam. Danielle pigarreou.

— Hum... espero que tenha achado o vídeo informativo.

Aster a encarou.

— Está falando sério?

— Desculpe. Esse é o meu script de RH. — Danielle passou a mão pelo cabelo ruivo e comprido, com uma expressão ilegível. — Olha, eu sei que você não quer estar aqui, mas é uma empresa muito boa para se trabalhar. E sinto muito por Poppy.

Aster emitiu um ruído baixinho do fundo da garganta.

— E ouvi dizer... você sabe. — Os olhos de Danielle iam de um lado para outro. — Que pode ter sido assassinato. Em geral, eu chego cedo para trabalhar, mas tive intoxicação alimentar no dia... que aconteceu. Se estivesse aqui, talvez tivesse visto alguma coisa. — Aster não respondeu e ela suspirou. — Espero que não tenha nada a ver com os problemas no trabalho...

Aster inclinou a cabeça, se perguntando do que Danielle estava falando. Mas não queria perguntar nada a ela, por isso se levantou.

— Então, onde é que vou trabalhar?

Danielle examinou a papelada de Aster.

— Grupo de clientes particulares — disse ela, apontando para os elevadores. — São negócios feitos em reuniões com clientes de alta liquidez procurando por peças únicas. Você vai trabalhar para Elizabeth Cole.

Danielle fez uma expressão estranha, mas Aster resolveu não perguntar nada sobre isso também.

O setor de clientes particulares era um andar acima e separado por portas transparentes. Lá dentro, a música era um pouco mais alta e havia um carrinho de bar bem servido e várias garrafas de cristal em um canto. *Bonito*, pensou Aster, examinando a coleção. Tinha Gin Hendrick's e conhaque Delamain, e três tipos de vodca. Aster se aproximou e começou a abrir a tampa de uma. Um golinho definitivamente melhoraria o que já estava sendo uma manhã muito louca.

— Nem pense nisso.

Uma mulher de cabelo louro-prateado, olhos cinza alongados e terno preto sob medida marchou até Aster. Ela era familiar, pensou Aster. Devia tê-la encontrado em alguma festa dos Saybrook. Conhecia quase todos da empresa.

— Acho que vou ficar com isso também. — Ela tirou o iPhone da mão de Aster.

— Ei!

— Nada de celulares no trabalho. — A mulher se virou para voltar para o que devia ser a sala dela. — Eu também não tolero perfumes fortes, saídas antes do fim do expediente por qualquer motivo, ou roupas como essa. — Ela fez cara feia para o vestido de renda de Aster, fixando o olhar no comprimento.

Aster fechou mais as pernas.

— É Valentino.

A mulher a encarou.

— Eu sou Elizabeth Cole. A partir de hoje, você trabalha para *mim*, e não me importa qual seja o seu sobrenome.

Elizabeth marchou para uma sala espaçosa decorada de branco e cinza, cheia de linhas retas e ângulos marcantes. Três paredes eram cobertas de fotos dela posando com diversos clientes importantes — a maioria empresários esnobes que Aster não conhecia, mas Steven Tyler estava em uma delas, e Beyoncé em outra. Janelas dramáticas que iam do chão ao teto davam vista para o rio Hudson, que naquele momento estava cinza sob o céu nublado. Combinava perfeitamente com o humor de Aster.

Elizabeth jogou sobre a mesa uma pilha de papéis, pegou uma caneca de café e estendeu para Aster.

— Com leite desnatado, sem espuma, e um pãozinho sem glúten da padaria na esquina da Greenwich com a Harrison.

Aster ficou olhando para a caneca.

— Você quer que eu vá pegar seu café?

Elizabeth franziu o cenho.

— Há muitas mulheres qualificadas *querendo* esse cargo. Não dondocas com empregos arranjados pelo papai. Se não está aqui para trabalhar, faça o favor de ir embora.

O que Aster mais queria era ir para casa e passar o resto da vida embaixo do edredom. Mas alguma coisa a impediu de se mover. Já estava ali. Tinha acordado cedo, enfrentado as lembranças dolorosas de Poppy e o aparecimento surpreendente de Danielle Gilchrist, e continuava firme. Pensou em Poppy, que sempre acreditara em seu sucesso.

— Você é inteligente, Aster — dissera Poppy depois que Mason cortara sua mesada. — Mais inteligente do que pensa. Pode fazer coisas importantes, eu tenho certeza.

— Vou ficar — disse Aster com firmeza.

Elizabeth ergueu a sobrancelha e assentiu.

— Muito bem.

Então ela deu meia-volta, passou por Aster e voltou para o corredor. Na metade do caminho, virou para trás e olhou fixamente para ela.

— Você não vem?

Aster a olhou sem entender, segurando a caneca de café.

— E o seu café?

— Depois — disse Elizabeth, irritada.

Ela levou Aster a um cubículo minúsculo com uma mesa baixa e um computador empoeirado. Um cara alto, magro e despenteado, de óculos estilo Clark Kent, estava digitando alguma coisa e franzindo os olhos para o monitor. Aster imaginou se teria de se sentar no colo dele.

Elizabeth o olhou de cara feia.

— Você ainda não terminou, Mitch?

Mitch chegou mais para a frente na cadeira.

— O servidor está esquisito de novo.

Elizabeth botou a mão na testa e olhou para Aster.

— Bem, quando ele acabar, eu quero que você comece isso aqui. — Ela apontou para uma grande pilha de papéis sobre a mesa.

Aster levantou a folha de capa e olhou para uma página. Era uma lista de nomes, endereços, números de telefone e outras informações pertinentes.

— O que é isso?

— A lista dos nossos clientes. Preciso que você ponha isso manualmente no Excel. — Ela franziu a testa com o olhar confuso de Aster. — Você sabe usar o Excel, certo?

— Claro que ela sabe — disse o cara do TI.

Aster se virou para ele. Nunca tinha usado o Excel, mas não ia admitir isso agora.

Elizabeth marchou de volta para o corredor.

— Não entre na minha sala quando eu não estiver lá. E nunca me ligue. Só mensagens internas, entendeu?

Aster não entendeu.

— O quê?

Elizabeth suspirou.

— Mitch, explique para a herdeira como funciona um computador, por favor. — Então ela olhou ameaçadoramente para Aster.

— Garotas como você sempre acabam tendo o que merecem — acrescentou ela, e foi embora.

Aster fez uma careta quando Elizabeth bateu a porta de sua sala, no final do corredor.

— Uau. Ela resolveu bancar a vilã da Disney com você. — Mitch, o cara do TI, se virou para Aster.

Ele tinha olhos castanhos, cabelo louro e a ponta no nariz empinada de um jeito fofo. Diferente de todos na Saybrook, usava tênis e nada de gravata.

— Espere aí, eu conheço você! — exclamou Aster. — Você estava na festa de Natal do ano passado, não estava?

A festa de Natal da empresa costumava ser chata, mas Aster lembrava que no ano anterior tinha flertado com um nerd bonitinho. *Aquele* nerd bonitinho.

— Boa memória. — Mitch se animou. — Bem-vinda à empresa. E... — ele se interrompeu para tossir com a mão na frente da boca — ... sinto muito pela sua prima. Todos gostavam dela aqui.

— Você a conheceu?

— Um pouco. — Mitch encolheu os ombros. — Ela era gentil comigo. Algumas pessoas ignoram os caras da tecnologia.

Mitch inclinou a cabeça e apontou dramaticamente para a porta da sala de Elizabeth.

Aster deu uma olhada nos papéis em cima da mesa. A pilha era maior do que uma lista telefônica.

— Faço isso *antes* ou depois de pegar o café para ela?

— Pegue o café primeiro. Esses dados vão levar *dias*. — Mitch chegou mais perto. — A propósito, o Excel é um editor de planilhas. Não é difícil de entender. Posso ajudar, se você quiser.

— Obrigada — disse Aster, tentando sorrir, mas sentindo lágrimas nos cantos dos olhos. Estava fora do seu elemento.

— Ei. — Mitch se aproximou mais. Ele cheirava a sabão em pó e limão. — Você vai se dar bem. É sério, eu posso ajudar com qualquer coisa técnica. Sou muito bom nisso — acrescentou ele com timidez.

— Vou lembrar disso. — Aster respirou fundo e se virou para o corredor. — Muito bem, vou pegar o café.

— Boa sorte — disse Mitch.

Aster suspirou. Sentia que ia precisar.

MEIA HORA e um café derramado depois, Aster correu de volta para o prédio da Saybrook e subiu ao nono andar. Não havia uma padaria na esquina da Greenwich com a Harrison, mas Aster tinha encontrado uma na esquina da Greenwich com a King que pareceu simpática. Esperava que fosse a que Elizabeth tinha mencionado.

Bateu na porta da sala de Elizabeth e ninguém atendeu, então timidamente Aster a abriu. Não havia ninguém na sala. Ela deixou rapidamente o café com leite e o pãozinho na mesa e já estava se virando para sair quando uma imagem na estante de Elizabeth chamou sua atenção. Era uma foto emoldurada da mulher de vestido de noiva. Isso era estranho, porque Aster podia jurar que ela não estava de aliança, mais cedo.

Ela avançou para examinar a foto mais de perto. Elizabeth parecia bem mais nova, a pele lisa e os olhos sem rugas. Ao lado dela estava o noivo, um homem alto de cabelo escuro todo penteado para trás, um sorriso maroto e ombros largos.

O sangue de Aster gelou nas veias. Ela conhecia aquele homem. Era Steven Barnett.

Por isso Elizabeth parecera familiar. Aster sempre soube que Steven era casado com alguém chamada Betsy... que era, evidentemente, apelido de Elizabeth. Elizabeth — Betsy — certamente também estava na festa de fim de ano, cinco anos atrás. No ano em que ele morreu. O ano em que ele foi visto pela última vez na praia com Aster.

— *A-rã*. O que eu disse sobre entrar na minha sala quando não estou?

Elizabeth estava atrás de Aster, na porta, de cara feia. Aster recuou rapidamente.

— Hum, desculpe — gaguejou ela, então deu meia-volta desajeitadamente. Mas antes de sair ainda notou que Elizabeth estava olhando para a foto do casamento.

Apressando o passo no corredor, Aster podia jurar que ouviu Elizabeth dar uma risadinha.

# 10

Alguns dias mais tarde, depois do trabalho, Corinne estava sentada em uma poltrona Luiz XIV na sala de estar do seu apartamento no Upper East Side. A poltrona era uma antiguidade com entalhes intrincados na madeira dos braços e das pernas, e o estofado era de pelo de camelo novo em folha, mas não era muito confortável. Vinha da bisavó de Dixon, que pertencera à nobreza francesa e a quem a família chamava de *grand-mère*. Muitas outras poltronas e sofás na grande sala eram da família Saybrook, junto com um tesouro de luminárias Tiffany, gravuras botânicas, uma aquarela de Monet e uma vasta coleção valiosa de porcelana e vidro. Dixon também queria na sala uma imagem do rancho da família dele no Texas, mas o decorador de Corinne, Yves, insistira que o quadro arruinaria o estilo do século XIX.

Evan Pierce estava sentada na frente dela, com um grande fichário de couro no colo.

— Então temos hidrângeas e peônias para o altar — repetiu ela.

— Isso — respondeu Corinne, cruzando as pernas que pareciam pálidas e cheias de celulite ao lado das pernas lisas e finas de Evan. — E quero acrescentar lírios nas mesas.

— As favoritas de Poppy. — Evan suspirou, prendeu um cacho do cabelo preto atrás da orelha e marcou a flor no caderno com sua caligrafia comprida.

Mesmo sem nunca ter entendido a amizade das duas, Corinne achava um consolo saber que Evan também era próxima de Poppy. Naquele dia Evan usava um anel grande de platina com uma enorme pedra de ônix. Corinne se perguntou quem o teria dado a ela. O fato era que ela pensava muito em Evan. Imaginava seu apartamento como um set de cinema futurista, todo branco, com linhas retas. E como seria viver solteira? Evan namorava muito, especialmente homens mais velhos e ricos, mas em geral era ela quem terminava. E havia alguma coisa em seus movimentos, lânguidos como os de uma gata. Por isso Corinne achava que Evan devia ser uma amante voraz.

— E você vai escolher o vinho esta noite? — disse Evan, ainda olhando para a lista. — O chef do Coxswain vai encontrar você lá.

O estômago de Corinne deu uma cambalhota. Evan tinha combinado uma degustação no St. Regis, onde Will era amigo do mestre sommelier.

— O plano é esse — disse Corinne, trêmula, e então pigarreou. — Mas queria saber por que você escolheu o Coxswain.

Evan franziu a testa.

— É *o* restaurante do momento. Achei que você fosse gostar.

— Eu gostei! Só que...

Ela não terminou a frase. O que podia dizer? *Não quero esse restaurante porque tive um caso há cinco anos com o chef?* Evan não sabia. Poppy jamais contaria para ela o que aconteceu.

Dixon entrou na sala com passos largos, recém-saído do chuveiro da academia e com uma toalha branca felpuda pendurada no pescoço. A pele dele cheirava aos produtos Kiehl masculinos e o cabelo estava todo para trás, descobrindo o rosto.

— Olá, belas senhoritas — cantarolou ele.

— Estou indo — disse Evan, levantando de um pulo.

Ela beijou Corinne, depois Dixon, e foi para o hall de entrada. Em segundos a porta da frente bateu.

Dixon abriu o console de mídia e pegou o controle remoto. Depois de verificar as bolsas na CNBC, mudou para a Série Mundial de Pôquer, que era seu programa favorito desde os dias da universidade.

— Olha, eu sinto muito, mas não posso ir à degustação hoje à noite.

Corinne se espantou.

— O quê? Por quê?

— Um dos nossos contratos deu errado. Preciso fazer umas ligações, apagar alguns incêndios.

Os pensamentos dela se embaralharam.

— Outra pessoa não pode fazer isso?

Ela queria que Dixon servisse como um escudo com Will. Ela *precisava* que ele fosse.

Dixon parecia arrasado.

— Meu amor, desculpe, mas vou te recompensar. Qual é o próximo compromisso? Florista? Designer? Experimento o seu vestido, se quiser.

— Já fiz minha última prova. — Corinne fez bico, sem humor para piadas.

Ela quase chorou. Não podia ir àquela degustação sozinha. Simplesmente *não podia*. E o que era pior, não podia explicar a Dixon o motivo.

Dixon examinou o rosto dela.

— Qual é o problema?

Corinne apertou os lábios. Talvez pudesse contar a ele. Tinha acontecido há muito tempo. Certamente ele teve seus casos naquele ano também. Mas e se contar aquilo exigisse que ela explicasse todo o resto?

— Por que você terminou comigo aquele verão? — disse ela, e ficou surpresa consigo mesma.

Dixon abaixou o controle remoto.

— De onde saiu *isso*?

Corinne encarou o tapete.

— Eu só estava pensando. Nós nunca conversamos para valer sobre isso, e estamos prestes a nos casar.

Ela sabia o que estava fazendo. Ver Will tinha revivido muitas lembranças, a maior parte delas desagradável. Ela queria descobrir um jeito de reescrever aquela história, manipular as coisas até Dixon se tornar responsável por tudo que deu errado. *Se ele não tivesse terminado comigo, eu jamais teria conhecido Will. Se ele tivesse respondido às minhas ligações, minha vida não teria saído tão loucamente dos trilhos.* Não era justo. Ela sabia que não era. O que fez com Will foi decisão dela, inclusive o resultado.

Dixon esticou os braços atrás da cabeça.

— Não sei se vale a pena mexer nisso, para ser sincero.

— Certo — disse ela com arrogância, e enfiou a mão na bolsa para pegar sua agenda com capa de couro.

Precisava anotar o novo compromisso que Evan e ela tinham acabado de acertar. Não tivera nem tempo de anotar a degustação daquele dia e sabia que alguma coisa ia desandar se não escrevesse logo. Mas a agenda não estava lá. Corinne procurou pela sala. Talvez tivesse deixado na escrivaninha do canto? Mas quando foi verificar, também não encontrou.

Ela franziu o cenho e olhou para Dixon.

— Você viu minha agenda?

— Você tem uma agenda? — Dixon achou graça.

— Margaret esteve aqui esta manhã?

A faxineira deles era meticulosa e colocava tudo no lugar.

Dixon balançou a cabeça.

— Acho que não.

Que estranho... Ela nunca perdia nada. Mas podia ter deixado no escritório.

— Devo estar ficando louca — resmungou ela.

Dixon deu de ombros.

— Bom... — disse ele, com um sorriso brincalhão.

Corinne o encarou com cansaço.

— Vejo você daqui a pouco — disse ela, e saiu para o corredor.

MAIS TARDE AQUELA NOITE, quando a umidade, incomum para maio, começou a diminuir, Corinne passou apressada pelas lojas do

Rockefeller Center, a caminho do Hotel St. Regis. A calçada estava cheia de turistas e algumas ruas adiante estava acontecendo um show ao ar livre. Havia no ar um cheiro de frutos do mar frescos vindo do restaurante na pista de patinação do Rockefeller. Ela olhou para seu reflexo nas vitrines da 30 Rock e fez uma careta. Talvez não devesse ter posto uma saia tão curta. Devia ao menos ter vestido um suéter. Então achou que estava pensando demais naquilo tudo. Não devia ter mudado nada. Estava indo degustar vinho para o seu casamento, não a um encontro.

— Corinne!

Natasha estava do outro lado da loja J.Crew. Usava uma calça de ioga e tinha uma bolsa de lona com estampa de tigre pendurada no ombro, o cabelo preto estava preso em um rabo de cavalo e o rosto anguloso e bonito sem maquiagem.

Corinne tentou pensar em um jeito de escapar, mas Natasha se aproximou rápido demais para isso.

— Tudo bem? — perguntou ela, beijando o rosto de Natasha com falsidade.

— Ah, tudo ótimo. E você? — perguntou Natasha, mas não esperou a resposta. — Você vai a uma degustação de vinho, não é?

— Oi? — disse Corinne, e todos os ruídos cessaram, até a fanfarra do show. — Como você sabe? — perguntou, abalada.

Natasha continuou sorrindo ao pegar o celular e abrir a imagem do site *Abençoados e amaldiçoados*. "Como uma herdeira planeja o casamento", dizia o título. A primeira foto era da capa de uma agenda de couro.

Corinne rolou a página para baixo e foi arregalando os olhos cada vez mais. Cada foto era uma página da sua agenda. Havia listas de reuniões com a florista e a confeiteira, pontos do acordo de uma nova filial em Bangkok, o número do celular de quem fazia sua limpeza de pele. E havia também coisas pessoais. Como o nome *Lexapro* com um ponto de interrogação na frente. A terapeuta tinha sugerido que ela experimentasse, para a ansiedade. Havia até listas do que Corinne tinha comido em determinado dia e um lembrete que dizia "treinador de pilates três vezes essa semana!" em uma autoritária caneta vermelha. E no último dia, hoje, havia palavras escritas com tinta azul: "degustação de vinho, 20h".

Corinne quase deixou o celular cair. Era sua letra, só que ela ainda não tinha escrito aquilo. Como foi que imitaram sua caligrafia com tanta perfeição? Ou será que Dixon tinha razão e ela estava realmente enlouquecendo?

— Está tudo bem?

Natasha a observou atentamente. E então entendeu.

— Ah, meu Deus. Não foi Deanna que armou para essas páginas aparecerem no site, foi?

Corinne fechou os olhos, detestando que logo Natasha estivesse vendo sua reação.

— Não — admitiu ela. — Mas tudo bem.

— Esses imbecis. Será que ainda não enjoaram de nós?

Mas havia um timbre estranho na voz de Natasha, quase divertido.

— De qualquer maneira, tenho de correr. Divirta-se na degustação! E nos vemos fim de semana que vem, na festa de despedida de solteira — gritou ela, já desaparecendo na multidão.

Corinne estava atônita. *Vá para casa*, disse uma voz na cabeça dela. Tinha um mau pressentimento. Devia ir para a cama, se esconder debaixo do cobertor e esperar para acordar casada. Mas ela se voltou para o leste, passou pela Quinta Avenida e chegou ao St. Regis. Respirou fundo quando entrou no saguão cintilante pela porta dupla dourada. Ao ver Will à sua espera perto do concierge, ela olhou para baixo e contou os quadrados do piso xadrez enquanto atravessava o saguão. Com o coração disparado.

— Desculpe o atraso — disse a Will ao se aproximar, procurando não olhar diretamente para ele.

Will estava lindo, como sempre. Lindo demais.

Ele espiou atrás dela.

— Onde está seu noivo?

Ele disse "noivo" como diria "pedófilo".

Corinne engoliu em seco.

— Surgiu um imprevisto.

*Infelizmente*, quis acrescentar.

— Não tem problema — respondeu ele, em um tom casual e meio frio.

Eles desceram uma escada atapetada, passaram pelo King Cole Bar, onde Corinne tinha passado horas com Dixon e os amigos dele, e depois desceram mais um lance para entrarem em uma sala pequena que parecia uma gruta, iluminada por centenas de velas tremeluzentes. Prateleiras de carvalho para acomodar as garrafas de vinho ocupavam as paredes em volta deles e o lugar cheirava a uva, óleo e um pouco de fumaça de charuto. Havia um bar montado nos fundos da sala. Com dois banquinhos.

Will olhou para Corinne.

— Bem-vinda à sua degustação particular. — Ele se sentou em um dos banquinhos. — Acho que, como Dixon não pôde vir, eu vou ajudá-la.

Corinne sorriu nervosa para o homem que saiu de dentro da adega. Ele cumprimentou Will com um abraço forte e apertou a mão de Corinne.

— Andrew Sparks. Sou o sommelier do hotel.

Ele examinou o cardápio que Will tinha escolhido para Corinne e Dixon e entrou de novo na adega para pegar algumas garrafas. Quando ele sumiu no abismo de vinhos, Corinne se esforçou para parar de mexer o pé.

Will se virou para ela.

— Fico contente de vocês terem aprovado o cardápio.

Corinne engoliu em seco.

— Sim, acho que vai ser ótimo.

*Pelo menos ele não está me ignorando*, pensou ela. Não sabia o que esperar, mas depois do gelo dele no restaurante, podia ser isso.

Andrew voltou e começou a servir pequenas taças para cada um deles experimentar; uma variedade de tintos, brancos e rosés combinando com cada prato do menu. Corinne deu um gole na primeira taça, um chardonnay frutado, depois mais um. Sentiu que Will a observava de novo. Viu na ponta da mesa um pequeno copo que servia para cuspir as provas. Mas depois do encontro com Natasha, e encarando aquele passado há muito esquecido, ela precisava de um drinque. Pegou sua taça e bebeu rapidamente o resto do vinho.

— Esse é delicioso — disse ela ao pôr a taça vazia na mesa, já se sentindo mais leve.

Will deu risada.

— Dia difícil?

— Às vezes parece que foram décadas difíceis — disse Corinne, surpreendendo a si mesma. Não sabia como aquele pensamento tão sincero tinha escapado dos seus lábios.

Will se remexeu no banco.

— Fiquei triste quando soube da sua prima. Nós só nos encontramos umas duas vezes, mas lembro que vocês eram próximas.

Pronto. Lá estava. Corinne sentiu um nó se desfazendo no peito. Claro que aquele verão não era segredo para nenhum dos dois, mas ouvir Will falar dele acabou tirando um grande peso dos seus ombros. Ela se lembrou de Poppy naquela época, dançando com um dos amigos de Will na noite em que se conheceram, sem se importar com o que pensavam dela e ao mesmo tempo conseguindo que todos só pensassem as melhores coisas.

— Obrigada — disse Corinne baixinho, um pouco mais calma.

*Vai ficar tudo bem*, pensou. *Continue respirando. Acabe logo com isso.*

Em seguida experimentaram um tinto da região de Lagrein e depois um Barolo encorpado, e alguns vinhos de sobremesa. Em pouco tempo a postura de Corinne já não estava mais tão ereta e ela não secava a boca depois de cada gole. Olhava fixo para Will, que conversava animado com Andrew, acertando as escolhas finais. Um tesão súbito a dominou. De repente, quase podia sentir a areia fria sob os pés descalços, a maresia cobrindo sua pele, na primeira noite em que se conheceram. E agora, vendo os lábios rosados e sensuais de Will, ela lembrou distintamente o que sentiu quando se beijaram.

Andrew deu dois beijos de despedida em Corinne e deixou os dois com as garrafas de vinho abertas. E eles logo se serviram de mais uma taça. E outra. A cabeça de Corinne girava, como se estivesse flutuando. E mesmo sabendo que devia ir para casa, não conseguia dar a ordem para o corpo se levantar do banquinho.

Will olhou para ela e sorriu.

— Você trabalha na Saybrook, não é?

— Trabalho — disse Corinne, tentando manter a compostura. — Sou responsável pelos negócios no exterior.

— Responsável. — Will não pareceu surpreso. — Claro que é.

Corinne abaixou a cabeça, achando que talvez tivesse soado arrogante.

— Bem, ajuda ter o sobrenome da empresa.

— Não faça isso. — Ele segurou a mão dela com uma força surpreendente. — Tenho certeza de que você merece a posição. Bom para você. Já pensou em trabalhar em outro lugar?

Corinne ficou confusa.

— Nunca pensei nisso.

— É mesmo? Nunca?

Novamente ela relembrou aquele verão. Pouco depois de se beijarem na areia, os dois se reencontraram enquanto ela fazia compras na cidade. Will a viu do outro lado da rua, se aproximou e pôs um bilhete na mão dela.

"O estaleiro na esquina da Carson com a Main. Meia-noite", dizia.

A noite estava quente e úmida. Corinne estava sozinha no cais, usando uma saia longa e sandálias de couro caras demais. Mas então Will apareceu no nevoeiro, segurou sua mão e a levou a um pequeno barco de pesca na metade do pontal. Corinne não tinha perguntado de quem era o barco. Nem pensou nisso. Ela se sentou no casco. E, em vez de beijá-la, Will tocou no chaveiro de Corinne, que era do Meriweather Yacht Club.

— Você tem um barco?

— É da família.

Na verdade, não era apenas um barco. Era um iate enorme com hospedagem para doze, mas ela esperava que ele não soubesse disso. Will tinha sido muito cuidadoso com seus tênis perto da água, com medo de molhá-los, e Corinne, que calçava sandálias de quinhentos dólares, nem pensara nisso.

— Claro. Da sua família — disse Will.

Corinne o encarou. Não era surpresa que ele soubesse da sua família. O que a surpreendeu realmente foi que ele se importasse.

— Desculpe. Não quero saber da sua família. Não quero nem saber quem são. Quero conhecer você. Quem você é *de verdade*.

Quem você é de verdade. Era um conceito que ela não entendia bem. Havia o básico, que era óbvio. *Eu sou Corinne Saybrook. Estudei em um internato em Exeter. Tive média 3,87 em Yale. Jogo hockey de campo, lacrosse, e pratico montaria. Passo o verão em Meriweather e vou para Portofino ou St. Barts nas férias da primavera. Li todos os livros de Jane Austen duas vezes. Acabei de terminar o namoro com Dixon Shackelford e, a partir do mês que vem, vou trabalhar no departamento de negócios no exterior da empresa da minha família.*

Então ela contou tudo isso, inclusive a parte sobre Dixon. Will a olhou intrigado.

— Isso parece um currículo. Você é mais do que isso.

Será que era? Mas de repente ela começou a contar coisas que ninguém mais sabia. Que a professora da primeira série a odiava, por algum motivo — ela nunca soube qual —, mas para os pais ela sempre dizia que era a queridinha da turma. Contou que a mãe a fazia caminhar com um livro na cabeça e ir a todos os eventos de caridade da cidade, apesar de as outras meninas não serem muito simpáticas com ela. Disse que o pai parecia preferir Aster. Até admitiu que havia rumores de que a irmã estava se metendo em encrencas na Europa e que ela se preocupava muito com isso. Mas também sentia raiva.

Ela não sabia por que contou tudo isso a Will. Mas contou, e naquela noite um pensamento inconveniente ocupou sua cabeça. *Já estou amando você*, alguma coisa sussurrou lá no fundo.

No presente, Corinne olhou para Will, sentado no bar. Ele continuava olhando para ela.

— Nunca pensei em trabalhar em outro lugar porque nunca achei que iam me deixar — disse ela, abrindo as comportas da confissão mais uma vez. — Sempre fui uma boa menina. Sempre fiz o que meus pais pediam. E isso incluía trabalhar para a família. Frequentar as melhores escolas, usar as roupas certas e casar... — ela não completou a frase.

— Casar...? — perguntou Will, inclinando a cabeça.

Corinne baixou os olhos.

— Casar bem — admitiu.

Will a encarou e ficou em silêncio bastante tempo. Então pegou a taça de vinho.

— Desculpe ter sido frio com você no outro dia — disse ele, titubeando um pouco na palavra "frio". — E posso parecer um babaca falando isso, mas você nunca mais terá que me ver depois desta noite, então vou falar. — Os lábios dele tremeram um pouco e o coração de Corinne disparou. — A vida é curta demais para dar importância a casar bem.

Ela apertou sua taça. Queria defender Dixon, mas subitamente Dixon parecia muito distante. Corinne não conseguia nem visualizar o rosto dele, o formato dos olhos, se tinha covinhas, qual era seu cheiro. Por outro lado, sempre guardara uma imagem mental de cada linha do rosto e do corpo de Will. Poderia desenhá-lo perfeitamente, se alguém pedisse. Talvez isso significasse alguma coisa. Conseguir desenhar alguém que já havia sumido. Lembrar dele perfeitamente. Saber seu reflexo, depois de tanto tempo...

Ela esfregou os olhos e borrou a maquiagem. O que estava fazendo? Pegou um guardanapo e se levantou.

— Acho que bebi demais. Devo estar horrível.

Will se levantou também.

— Você está maravilhosa.

Ele segurou o braço dela. A cabeça de Corinne zumbia. E de repente foi como se flutuasse para fora do corpo e observasse tudo de cima, de algum outro plano. Ela se imaginou sentada na primeira fila de um teatro, Poppy ao lado, as duas com as mãos em um balde de pipoca, boquiabertas, enquanto Corinne estendia os braços para Will, puxava-o para perto. Ele a abraçou, sua boca sedenta buscando a dela. Embolados, recuaram para uma das adegas, um espaço seco e escuro. Will fez Corinne se deitar e olhou embevecido para ela. Abriu a boca como se fosse falar alguma coisa, mas ela a cobriu com a mão. Ele agarrou a cintura de sua saia, desesperado.

A noite no barco lhe voltou mais uma vez. Depois de contar para ele todos os seus segredos, Will a abraçou. Foi como se alguma coisa crescesse dentro dela... e se não acontecesse naquele momento, ela ia explodir.

Lá na adega, Will beijou seu pescoço enquanto lhe arrancava o suéter, e Corinne arqueou as costas no chão surpreendentemente frio. Ele levantou a saia até sua cintura e então ofegaram um contra o outro, as bocas com gosto de vinho.

— Ah, meu Deus — dizia Will, parando várias vezes para olhar para ela.

Os olhos de Corinne se encheram de lágrimas, apesar de não estar triste. Era a lembrança de Will fazendo a mesma coisa na primeira vez que ficaram. Olhando para ela daquele jeito, como se não acreditasse no que estava acontecendo.

Naquela primeira noite, o barco balançou com os movimentos deles. Os gemidos ecoaram por toda a baía. Para Corinne, sexo nunca tinha sido muito apaixonante, mas com Will em cima dela, cobertos pelas estrelas, alguma coisa aconteceu. Uma coisa bem diferente. Talvez um alinhamento dos planetas. Um big bang, criando um universo.

E foi isso. Eles tinham, de fato, criado alguma coisa aquela noite. Tinham criado *alguém*.

## 11

Rowan estava sentada à sua mesa, às sete da noite de quarta-feira, olhando sonolenta para um contrato na tela. Ainda estava claro lá fora, o entardecer se alongando à medida que avançavam para maio. Uns poucos telefones tocavam nos cubículos das baias fora de sua sala. De vez em quando um assistente jurídico aparecia, mas quase todos se preparavam para ir para casa.

Ela olhou para a tela de novo, prestes a abrir outro documento. Mas então o cursor começou a se mover para baixo e para a esquerda no monitor, sem que ela tivesse encostado no mouse. Rowan endireitou as costas e rolou a cadeira para trás alguns centímetros. Ficou vendo a pequena flecha migrar lentamente para o ícone do Windows no canto esquerdo inferior.

— Oi? — ela chamou, sem saber a quem.

Como aquilo tinha acontecido?

Ouviu uma tosse no corredor, depois uns passos.

— O-Oi? — chamou Rowan, se levantando da cadeira. A sala tinha ficado silenciosa demais de repente, vazia demais. — Tem alguém aí?

Rowan pulou de susto quando Danielle Gilchrist pôs a cabeça para dentro com uma cara preocupada.

— Ai, meu Deus, eu não pretendia te assustar.

Rowan alisou o cabelo.

— Sem problema. Está tudo bem?

Ela deu um sorriso trêmulo ao ver o cabelo ruivo comprido e o vestido moderno de lã preta e rosa de Danielle. Ela e Danielle trabalhavam juntas de tempos em tempos. Como consultora jurídica, Rowan de vez em quando precisava dar orientações sobre admissões e demissões.

Danielle olhou para trás primeiro, depois entrou na sala e fechou a porta.

— Não consigo tirar uma coisa da cabeça.

— Sente-se — disse Rowan, apontando para o sofá na frente da sua mesa.

Danielle se sentou na ponta de uma almofada e juntou as mãos no colo, com expressão meio angustiada. Levou alguns segundos para começar a falar.

— Andei pensando muito no assassinato de Poppy, e em quem poderia querer fazer isso com ela... e lembrei de uma coisa. Não sei se o FBI sabe disso.

Rowan sentiu uma onda de choque.

— Como assim?

Danielle respirou fundo.

— Eu era amiga da assistente de Poppy, Shoshanna. Você se lembra dela, não é? Aquela que praticamente administrava a vida de Poppy? Fui eu que a contratei. Ela veio muito bem recomendada.

— Claro — disse Rowan.

Tinha entrado muitas vezes na sala da prima e visto Shoshanna, uma mulher magra de cabelo preto encaracolado, rosto comprido e predileção por vestidos estilo princesa, informando Poppy sobre isso ou aquilo.

— Ela saiu da empresa há poucos meses, certo? Foi para a De Beers?

— Isso mesmo. Ela recebeu uma oferta ótima no departamento de RP, maior do que poderíamos cobrir. — Danielle pigarreou. — Mas antes de ela sair, deixou escapar uma coisa sobre Poppy.

Pela janela, a luz de um holofote iluminava o céu de um lado para outro. Rowan observou o feixe por um tempo, depois se virou de novo para o computador. O cursor não tinha se movido mais.

— O que Shoshanna disse?

— Pode não ser nada, mas ela mencionou algumas... discrepâncias na agenda de Poppy. Poppy começou a anotar compromissos misteriosos, coisas vagas como "reunião", sem especificar com quem. E quando Shoshanna perguntava, porque era função dela saber, Poppy dizia que estava tudo sob controle. Shoshanna disse que ela ficava meio irritada com o assunto.

— Certo — disse Rowan, tamborilando na mesa. Nada daquilo lhe soava tão estranho.

Danielle mordeu o lábio.

— Ou então ela escrevia coisas como "almoço com James", e aí James ligava no horário de almoço, sem saber de nada. Shoshanna tinha que arrumar desculpas.

Rowan se recostou na cadeira. Isso *era* mesmo estranho. Mas Poppy podia ter errado a data, ou James podia ter esquecido. Havia muitas explicações.

— Hum.

— Shoshanna disse que ela começou a receber ligações misteriosas de números bloqueados. E uma vez ela tentou pegar o telefone para anotar um recado para Poppy e levou uma bronca. Ela não explicou de quem eram as ligações, nem o assunto. Mas acho que Shoshanna tirou algumas conclusões. — Danielle pressionou a língua na bochecha.

Rowan examinou a expressão dela. A única coisa que se ouvia na sala eram os zumbidos e cliques do HD do computador. O cérebro dela parecia ter se apagado.

— Você acha que Poppy estava tendo um caso? — perguntou por fim.

Danielle apertou os lábios.

— Eu não sei. E talvez haja outra explicação. — Ela pôs as mãos no colo de novo.

Rowan observou a mulher sentada diante dela no sofá, visualizando por um segundo a jovem que costumava levar Edith para passear em Meriweather em um carrinho de golfe. Ela era amiga de Aster, não de Rowan, mas Rowan sempre achou Danielle divertida. Em um verão, estavam todas sentadas na praia e viram um casal mais velho brigando e andando pela beira da água. O vento não as deixava ouvir o que eles diziam, mas Danielle adotou uma voz aguda e fanhosa para a mulher e um resmungo catarrento para o homem.

— Eu disse para você não usar essa sunga — disse ela com a voz fanhosa.

— Está preocupada com a concorrência? — respondeu fazendo a voz rouca, abrindo os braços junto com o velho.

Rowan conhecia o casal da briga — os Cooper eram das poucas pessoas que viviam lá em Meriweather — e Danielle tinha imitado as vozes deles com perfeição. A mãe de Danielle, Julia, passou por elas em sua corrida matinal bem naquela hora.

— Comporte-se, Danielle — repreendeu ela, com seu cabelo brilhante e ruivo voando ao vento.

— Você contou isso para o FBI? — perguntou Rowan.

Danielle balançou a cabeça.

— Eles não me procuraram. E em vez de ir diretamente até eles, achei melhor contar para você primeiro. Ainda mais porque nem sei se isso é importante. Espero ter agido certo.

— Claro que agiu. — Rowan se remexeu na cadeira. — Você fez o que qualquer pessoa da família faria, e agradeço. — Ela se remexeu de novo. — Você não tem nenhuma ideia de quem fazia essas ligações bloqueadas?

Danielle balançou a cabeça.

— Shoshanna talvez tivesse, mas não me contou.

Rowan espiou pela janela. Luzes brilhavam no prédio do outro lado da rua.

— Fico pensando se Foley viu a agenda de Poppy. Talvez esses compromissos sejam uma pista para saber com quem ela estava se encontrando — murmurou ela, mais para si mesma, mal acreditando no que tinha dito.

Rowan achava que a teoria de James sobre Poppy ter um caso era só isso mesmo: uma teoria. Uma ideia que justificava a traição dele. Mas havia outra pessoa ecoando a suspeita. Só que a ideia de Poppy ter um caso ainda não fazia sentido.

Uma batida na porta e James enfiou a cabeça pela fresta.

— Ah, desculpem. Estou interrompendo?

— Ah, oi. — Rowan ficou confusa ao vê-lo. — Hum, não, claro que não.

— Estávamos terminando aqui. — Danielle se levantou e alisou o vestido justo. — Bom, se precisar de alguma coisa é só me chamar, ok?

— Chamo, sim — disse Rowan, e Danielle saiu da sala.

Rowan se virou para James.

— O quê você está fazendo aqui?

— Estou vindo do trabalho — explicou James. Ele enfiou as mãos nos bolsos da calça jeans e pareceu tímido de repente. — As crianças estão com Megan. Achei que você ainda estaria aqui. Eu só queria ver como você está...

Rowan ficou confusa.

— Como entrou aqui?

James deu de ombros.

— Minha esposa era presidente. Eles sempre me deixam entrar.

Rowan assentiu. Sim, claro.

Ela esfregou os olhos.

— Meu Deus, desculpe. É que está muito silencioso aqui. Meio assustador.

Ela imaginou se James tinha ouvido a conversa que acabara de ter com Danielle. Mas ele estava bem natural, com um meio sorriso que revelava a covinha que ela não via há muito tempo.

Ela levantou as mãos e coçou a cabeça. Será que devia dizer a ele o que Danielle tinha contado? Compromissos trocados, ligações secretas... realmente parecia um caso. Talvez os sinais que James tinha percebido existissem, de fato. De repente, Rowan se sentiu ofendida, de certa forma, como se fosse ela a traída. A mulher que considerava sua amiga mais íntima parecia tão estranha como qualquer pessoa em um bar.

A raiva de Rowan provocou uma ardência na pele. Ela olhou fixo para uma foto com Poppy que ficava em cima da mesa, e de repente teve vontade de virá-la para baixo. Seus olhos se encheram de lágrimas e imediatamente ela se arrependeu de pensar aquilo. Sua prima, sua melhor amiga, tinha sido *assassinada*. Não podia sentir raiva dela.

— Ei, está tudo bem? — James se adiantou e estendeu a mão como se fosse tocar o braço de Rowan, depois desistiu, talvez achando que ela fosse afastá-lo.

— Está, foi apenas um dia cansativo — disse ela, piscando para afastar as lágrimas. — Como vão as meninas?

— Briony está melhor.

James se sentou no sofá.

— E você, como está?

Ele a encarou por um tempo que pareceu uma eternidade.

— Quer saber a verdade?

— Claro.

Ele respirou fundo.

— Não consigo parar de pensar em você.

Rowan apertou as laterais da cadeira. Sua boca tremeu e sentiu o rosto ficando vermelho. James se levantou, atravessou a sala e foi até a mesa de Rowan. Sentou-se na beirada e continuou olhando fixo para ela. Rowan teve medo de se mexer, que dirá falar. Como se fosse duas pessoas em uma: a Rowan que morria de saudade da prima... e a Rowan que tinha ido para a cama com James... e que queria fazer aquilo de novo.

Então o celular dele tocou. Os dois pularam de susto.

— Você precisa atender? — perguntou Rowan.

James balançou a cabeça.

— Não é importante.

— Mas e se for a babá?

Ele fez um gesto com a mão.

— Não é.

— Pode ser importante.

Ele sorriu e balançou a cabeça.

— Saybrook, você não entende? Ninguém é mais importante do que você.

Rowan sentiu um arrepio na espinha mesmo enquanto protestava:

— James, não podemos fazer isso.

Ele chegou mais perto e passou a mão no cabelo.

— Podemos, sim.

James a beijou e o corpo dela derreteu contra ele. James a pôs em cima da mesa, desabotoou um por um os botões da camisa social cinza, expondo o sutiã de renda preta, e beijou tudo. Em segundos tinha tirado a camisa e o sutiã e acariciava os seios dela com as duas mãos.

— Mais — gemeu Rowan, envolvendo-o com as pernas e abrindo a calça dele.

James ergueu sua saia até a cintura e com um movimento rápido a penetrou, explorando o corpo dela todo com os lábios e as mãos. Ele começou lentamente, mas em pouco tempo estava se movendo com urgência, e ela seguiu seu ritmo, os olhos sempre nos dele.

— Mais — disse outra vez. — *Por favor.*

Mas acabou muito rápido e logo James vestiu a calça e amarrou o cadarço do sapato.

— Vá lá em casa amanhã — sussurrou no ouvido dela.

Ele apertou a mão dela uma vez, deu-lhe um longo beijo e foi embora.

James fechou a porta sem fazer barulho e Rowan ficou olhando em volta, com o coração disparado no silêncio repentino.

Um minuto se passou e só então ela notou seu computador. Devia ter acionado sem querer o aplicativo iMovie; uma janela pequena mostrava a visão de cima do monitor, onde ficava a webcam. Um cronômetro seguia marcando o tempo, a câmera ainda estava funcionando. Rowan observou a imagem na webcam, viu sua pele avermelhada, o cabelo despenteado, os lábios inchados. Apertou o botão de parar com dedos trêmulos, em pânico.

Então recuou o vídeo até o início. Por alguns segundos só dava para ouvir respiração pesada, então a cabeça de Rowan apareceu no campo da câmera. Depois um pedaço do seu seio, o torso nu, o pescoço arqueado. Um homem em cima dela, seu rosto fora de vista. "Mais", Rowan pedia, ofegante. "Por favor."

O rosto de Rowan queimou. Ela apertou pausa, constrangida com sua demonstração de paixão. Moveu o mouse para o topo da tela e com um clique final e horrorizado apagou o vídeo para sempre.

## 12

Aster terminou a última coluna do Excel e recostou com um suspiro de satisfação, cruzando os dedos atrás da cadeira e esticando as costas até estalar. Nem estava acreditando. Depois de mais de uma semana de inserção de dados, finalmente tinha terminado. Não foi fácil — o Excel era terrível, mas Elizabeth era pior. Todas as interações eram cheias de tensão. Será que ela sabia de Aster e Steven? E até que ponto?

Verificou o relógio de pulso: seis horas em ponto. Mal teria tempo suficiente para correr para casa, jogar umas roupas em uma mala e chegar ao aeroporto de Teterboro a tempo de partir para o fim de semana da despedida de solteira de Corinne. Normalmente, a simples ideia de passar três dias inteiros em atividades nupciais planejadas por Corinne faria Aster revirar os olhos, mas naquele momento o que mais queria era estar em Meriweather. Estava ansiosa para despencar em sua cama lá e dormir até a hora que quisesse.

Enviou o relatório por e-mail para Elizabeth, levantou e começou a juntar suas coisas.

— Aster! — Ouviu Elizabeth gritar da sala dela.

Aster rapidamente ajeitou seu maxi-vestido rosa, um dos poucos vestidos do seu guarda-roupa que atendia ao rígido regulamento de Elizabeth de comprimento até os joelhos, correu para a sala da chefe e tropeçou em uma pilha de papéis no caminho.

— Suponho que esteja de saída, não é? — perguntou Elizabeth, sem nem se dar ao trabalho de levantar a cabeça e olhar para ela.

— Sim, e amanhã não venho — disse Aster, cerrando os dentes.

Tinha pedido aquelas folgas no primeiro dia, e foi tudo pré-aprovado pelo RH. Elizabeth sabia, estava só querendo provocar Aster. Elizabeth suspirou dramaticamente, como se a licença de Aster em uma sexta-feira fosse o pedido mais ridículo do mundo.

— Bem, não saia ainda. Quero fazer nossa lista de afazeres para segunda-feira. Sente aqui enquanto eu vejo meus e-mails.

Aster se sentou na pontinha da cadeira, com bloco e caneta na mão, enquanto Elizabeth examinava a tela do computador de cara amarrada. Toda noite elas faziam uma lista das coisas que Aster precisava fazer no dia seguinte: marcar portadores e entregas, responder chamadas, reservar passagens para convidados importantes. Aster nunca tinha feito uma reserva na vida. A primeira vez que Elizabeth lhe pediu para fazer uma, ela tentou enviar mensagem de texto do celular para a companhia aérea. Tinha aprendido muita coisa naquelas últimas semanas, pensou ela, com uma estranha sensação de orgulho.

Aster olhou para a mesa de Elizabeth. Havia uma revista *Us Weekly* aberta perto do telefone, com uma matéria de página inteira sobre o rapper Ko. Outra revista tinha uma foto de Ko e uma mulher bonita. Aster se espantou ao perceber que era Faun, com quem tinha procurado apartamento. Ela e Ko estavam namorando? Desde quando?

— Você é fã do Ko? — perguntou Aster.

Elizabeth desviou os olhos da tela por um segundo.

— Estamos tentando criar uma aliança para a garota que ele está vendo esta semana. — Ela apontou para uma foto de Faun na revista, com ar de desprezo. — Eles vieram algumas semanas atrás e disseram, basicamente, "nos impressione". Esses são os piores clientes, os que não têm ideia do que querem. Quase nunca compram o que nós criamos.

Alguém bateu na porta. Era Mitch.

— Posso dar uma espiada no seu computador um segundo, Elizabeth? — pediu ele. — Preciso dar uma escaneada rápida. Juro que leva só um minuto.

— Tudo bem — disse Elizabeth, irritada. — Aster, não vá ainda.

Mitch entrou na sala e deu um sorriso simpático para Aster, que retribuiu. Até então, Mitch era a única coisa boa naquele emprego. Ele falava com ela todos os dias, enviava mensagens com piadas e levava balinhas de goma, suas preferidas, para ajudá-la a enfrentar aquela droga de planilha. Foi ele que se sentou com ela para ensinar como usar o Excel, e para recuperar o arquivo quando ela o deletou sem querer. Na antiga vida de Aster, ela já teria dado uma festa em sua homenagem, àquela altura.

Elizabeth digitava furiosamente em seu celular, evidentemente imersa no próprio mundo. Aster ficou olhando para a foto de Faun e Ko na *Interview*. Eles estavam na frente do Chateau Marmont, um dos lugares preferidos de Aster em Los Angeles.

— A família de Faun tem dinheiro também — disse ela, pensando em voz alta. — A mãe dela patenteou uma nova técnica de cirurgia plástica e fez fortuna com isso. Ela morreu há poucos anos. Faun ainda está arrasada.

Elizabeth levantou a cabeça bruscamente.

— Onde você leu isso?

— Não li. Ela me contou. — Aster pensou um pouco. — Sabe, a mãe dela tinha uma das coleções de joias mais loucas que já vi. Você devia tentar usar isso para a aliança de Faun. Quem sabe fazer uma peça vintage inspirada em alguma coisa da coleção? Aposto que consegue encontrar uma foto antiga na *Vogue*, por exemplo.

Mitch olhou para ela com a cabeça inclinada.

— Ótima ideia.

Elizabeth fez um gesto de desdém.

— Concentre-se na inserção de dados, Aster. Deixe a administração dos clientes com os profissionais.

— Acabei aqui — interrompeu Mitch, e endireitou as costas.

Ele se virou para a porta e piscou para Aster na saída.

Tentando não entrar em pânico, Aster olhou para o relógio quando Elizabeth entrou de novo no e-mail. Corinne ia surtar de vez se ela atrasasse o voo. Pior ainda, deixaria Aster para trás e ela teria de pegar um ônibus.

— Aster — chamou Elizabeth com a voz gelada —, essa planilha não está completa.

Aster se empertigou na cadeira.

— O quê? — perguntou, confusa.

Tinha repassado cada conjunto de dados repetidamente, não havia como ter esquecido alguma coisa.

Elizabeth bateu com a unha na tela, e as rugas em volta da boca aprofundaram.

— Não estou vendo compras antigas aqui em nenhum lugar.

Aster olhou para ela sem entender.

— Você não pediu compras antigas.

— Bem, então terá de acrescentar — disse Elizabeth. — Pode fazer isso amanhã.

— Não estarei aqui amanhã.

Elizabeth a olhou por um longo tempo, tão longo que Aster ficou sem saber o que fazer.

— Você acha que pode ir e vir sem mais nem menos, não é? — disse Elizabeth.

— Desculpe. — Aster procurou não elevar a voz. — Eu estou tentando, estou mesmo. Prometo que pego nisso assim que chegar, segunda de manhã. Mas eu já tinha dito que precisava desse dia das minhas férias amanhã, por isso...

Elizabeth levantou a mão e a interrompeu.

— Você pensa que está tentando? Isso é uma piada, minha querida. — Os olhos dela faiscavam. — Sua família inteira é assim, mas você é a pior de todos. Você pensa que não existem regras. Faz o que quer sem se importar com o que acontece aos outros no caminho.

— Então por que você trabalha para nós? — retrucou Aster.

Elizabeth empinou o queixo.

— Isso não é da sua conta.

As veias incharam no pescoço da mulher mais velha. E então, de repente, Aster entendeu. Elizabeth não estava falando de trabalho. Ela *sabia*.

Poucos dias antes de Aster ir para a Europa trabalhar como modelo, ela voltou a Meriweather para ver Danielle. Não podia partir naquele verão sem se despedir da sua melhor amiga. Danielle não sabia da visita. Seria uma surpresa.

Os pneus do carro amassaram o cascalho na longa entrada e pararam diante da propriedade da família e da casa do caseiro. Aster fechou a porta do carro sem fazer barulho, segurando uma torta Magnolia — a favorita de Danielle — em uma mão e uma garrafa de prosecco na outra. Subiu o caminho pé ante pé, passou pela bicicleta de Danielle e por vários vasos de cerâmica. Já ia entrar pela porta da frente quando duas pessoas se mexeram na frente da janela. Aster parou ao perceber: Danielle estava com um homem.

Resolveu bater na porta mesmo assim — afinal, Danielle tinha interrompido um número razoável de encontros de Aster —, mas então espiou de novo. Danielle estava lá dentro com Mason. O braços do pai de Aster a abraçavam com força.

Aster ficou lá paralisada um bom tempo. Lembrou-se do pai olhando fixo para Danielle, duas semanas antes. Como era idiota.

Correu às cegas para a casa, soluços irrompendo do peito. *Seu pai e sua melhor amiga.* Parecia enredo de algum programa de quinta. Como poderia encarar qualquer um dos dois novamente? Aster bebeu a garrafa inteira de prosecco sozinha, com o olhar vazio na parede da cozinha, e soube que a resposta era que não podia.

Aster só durou uns dois meses em Paris. Todas as fotos ficavam incríveis, mas a maioria dos fotógrafos se recusava a trabalhar com ela de novo. Aster não podia condená-los, levando em conta que tinha insultado a todos, aparecia bêbada em quase todas as sessões e quase ateou fogo em um dos estúdios. Quando aterrissou de volta nos Estados Unidos, no final do verão, não queria nem ir à festa anual da família no feriado do Dia do Trabalho. Disse para os pais que ia para Hampton. Para sua surpresa, foi Edith que ligou e insistiu que fosse.

— Aster — comandou a avó —, não me importa quais sejam seus motivos para não querer vir, você estará em Meriweather para a festa do fim do verão. Sem desculpas. Esse ano vamos homenagear Poppy. Venha por ela, pelo menos.

— Está bem — respondera Aster, acuada.

Ninguém dizia não para Edith.

E assim Aster foi para Meriweather, com o estômago revirado de receio.

E se pegasse Mason e Danielle juntos de novo? Será que ainda estavam se encontrando? Alguém mais sabia?

Aster conseguiu evitar os pais durante grande parte da festa. Mas finalmente Mason e Penelope foram ao seu encontro. Estavam com Steven Barnett, diretor de criação da Saybrook e há muito tempo braço direito de vô Alfred. Aster ficou pensando se ele estaria aborrecido com a promoção de Poppy. Antes da morte do avô, muita gente pensou que ele seria o próximo presidente. Mas ele parecia satisfeito, sorria de orelha a orelha segurando um copo de bourbon.

— Ora, ora, olá, Aster — disse Penelope com frieza, reparando no vestido branco e curto demais da filha.

Ela sabia de toda a encrenca que Aster arrumara na Europa. Estava escrito em seu rosto.

Mason a encarou com um misto de confusão, mágoa e raiva.

— A conta no George V foi astronômica.

— Dei algumas festinhas — disse Aster, tensa, cruzando os braços.

— Ah, você pode pagar, Mason — disse Steven Barnett, sorrindo para Aster. Ele estava falando arrastado e Aster quis saber até que ponto estava bêbado. — E só se é jovem uma vez.

Mason só olhou fixo para Aster. E ela o encarou também.

— Preciso de outro drinque — ela anunciou, e deu meia-volta para se afastar dos pais sem olhar para trás.

— Eu também — disse Steven, e para surpresa dela, foi caminhando ao seu lado até o bar. — Então, pode me contar a verdade.

Você fez loucuras em Paris porque estava querendo superar um coração partido?

Aster fungou.

— Mais ou menos.

Era dolorosamente próximo da verdade.

— Pobrezinha — murmurou Steven, em um tom leve e implicante.

Ele a encarou por bastante tempo. Aster sabia que estava sendo despida mentalmente e se surpreendeu ao gostar disso.

Sem falar nada, os dois se viraram e foram se afastando da festa.

— E que história é essa de que você vai desistir de trabalhar como modelo? — perguntou Steven.

Aster brincou com o colar comprido que pendia sobre os seios.

— Não vou desistir, exatamente. É mais o fato de que me pediram para nunca mais modelar.

— Tsc. — Steven estalou a língua e ela sentiu seu hálito quente no rosto, o cheiro de uísque e de chiclete de menta. — Nós nem chegamos a trabalhar juntos.

As notas graves do palco ecoavam alto nos ouvidos dela. Aster deu um tapinha amigável nele, mas Steven agarrou sua mão e apertou com força. O estômago dela deu uma cambalhota. Quando ele estendeu a mão e tocou sua nuca, Aster estremeceu.

Steven indicou os juncos na água com um movimento de cabeça.

— Quer ir conhecer o meu iate?

— Você diz isso para todas? — Aster deu risada.

De repente, se sentiu irresponsável e idiota, e não deu a mínima. Era como se sentia em Paris depois de cheirar uma carreira de coca. Deu a mão para Steven e foi atrás dele em direção à praia, como se não estivesse fazendo nada de errado. Ouviu alguém ofegar e hesitou por um instante. Poppy estava paralisada, com um drinque na mão, olhando para Aster com expressão preocupada. Mas então Aster lembrou tudo que seu pai tinha feito e decidiu que não ligava para nada, nem para o julgamento de Poppy.

Seu coração estava disparado enquanto seguia Steven para a praia. Sim, ela resolveu, ia transar com Steven Barnett, um homem mais velho e gostoso, mesmo que fosse terrivelmente inapropriado — talvez por esse motivo mesmo. O pai e Danielle não eram os únicos que podiam fazer o que bem entendessem e se safar.

Agora, na sala de Elizabeth, Aster fechou os olhos e tentou se acalmar.

— Podemos parar de enrolar. Nós duas sabemos do que se trata.

— Ah, é? Por favor, me explique.

— A noite com Steven. — Aster encarou Elizabeth. — Você sabe que ele e eu...

Elizabeth se recostou na cadeira, subitamente fria e analítica. Não parecia surpresa.

— Eu sinto muito, ok? Se ajuda, não foi por Steven. Foi mais para irritar meu pai e...

— Meu Deus. *Pare.*

Elizabeth abriu um sorriso estranho.

— Você acha que eu ligo para isso? Você foi uma entre muitas, minha querida. E essas foram só as que fiquei sabendo, as que vivem aqui da cidade.

Aster olhou para o chão, sem saber o que dizer.

— Ah, hum...

— Para ser sincera, estou feliz que meu marido tenha morrido. Sua prima fez um favor a todos nós.

Aster ficou atônita.

— Espere aí. O quê?

Elizabeth inclinou a cabeça.

— Sua prima Poppy fez um favor a todos nós matando Steven.

Aster piscou com força, sem entender.

— Como é que é?

Elizabeth tinha acabado de dizer que Poppy *matara* Steven? Aster começou a rir.

— Isso é loucura.

Elizabeth achou graça.

— Você não sabia?

Aster passou a língua nos dentes.

— Steven Barnett bebeu demais e se afogou.

— Ah, isso foi o que os jornais disseram. Mas eu vi aquela maluca parada ao lado do meu marido na marina da sua família, na noite daquela festa. Ele estava definitivamente morto... e só havia ela por perto.

— *O quê?* — disse Aster devagar.

Elizabeth só olhou para ela, muito séria. Não estava brincando, percebeu Aster.

Mas aquilo não podia ser verdade. Aster se esforçou para lembrar aquela noite. Steven a tinha levado para a praia, eles tiraram a roupa. Ela ficou na areia muito tempo depois que ele foi embora, admirando as estrelas. Onde Poppy estava naquele intervalo? Seguindo Steven até o iate dele? *Matando* Steven?

Aster olhou atônita para sua chefe.

— Você contou isso para mais alguém?

Elizabeth balançou a cabeça.

— Sou a única que sabe, querida. Acho que sua prima não saiu por aí contando para todo mundo. E tenho certeza de que se alguém da sua família soubesse, guardaria segredo... como vocês Saybrook sabem fazer. — Ela deu uma risadinha maldosa.

— Você falou com Poppy sobre isso?

Elizabeth bufou.

— Poppy e eu não éramos exatamente amigas. Mas como eu disse, Poppy me fez um favor. Fiquei contente por ele ter morrido.

Aster fez um gesto largo com o braço, indicando a sala.

— Então por que deixa a foto do seu casamento exposta?

Alguma coisa ali não encaixava. Ela teve um pensamento horrível e se afastou de Elizabeth, apavorada de repente.

— Foi você que matou Poppy? Por vingança?

Elizabeth revirou os olhos.

— Não, srta. Detetive. Eu estava em Los Angeles na manhã da morte dela. E não sou uma assassina. — Ela apontou para a foto do casamento. — Guardo isso como homenagem, eu acho. Steven era um babaca, mas eu o amei. E adoro ter herdado tudo.

Aster se sentia ofegante.

— Está bem, está bem. Se o que você diz é verdade, por que não contou nada para a polícia?

— Meu Deus, você é lerda. — Elizabeth pegou um maço de Parliament dentro da gaveta da mesa e bateu para pegar um cigarro. — Eu já disse que acho bom ele ter morrido. Só queria que tudo acabasse.

As palavras dela provocaram um arrepio em Aster.

— Está parecendo que foi você quem matou Steven, e não Poppy.

Elizabeth riu.

— Bem que eu gostaria. O que sua prima fez foi brilhante mesmo... eu jamais teria imaginado empurrá-lo na água e fazer parecer afogamento. — Os olhos dela cintilaram. — Meus planos sempre foram um pouco mais... gráficos.

Aster espiou o rio Hudson pela janela.

— Mas... por que Poppy mataria Steven?

Afinal, Poppy tinha acabado de ser promovida. Ela conheceu James naquele verão. Pouco depois daquela festa eles ficaram noivos. Ela tinha muitos motivos para viver... e muito a perder.

Elizabeth deu uma longa tragada e soprou um anel de fumaça.

— Talvez você não seja a única da família guardando segredos, querida Aster.

— Então está querendo dizer que Poppy estava escondendo alguma coisa?

Elizabeth deu de ombros.

— Pode ser. Acho que nunca saberemos.

Aster se levantou com as pernas trêmulas.

— Vou embora — anunciou ela.

— Divirta-se com a *família* nesse fim de semana — disse Elizabeth, conseguindo fazer com que a palavra "família" parecesse um palavrão. — Você pode consertar essa planilha na segunda-feira. Ah, e mais uma coisa, Aster: eu manteria essa nossa conversinha em segredo, se fosse você.

## 13

Para Corinne, a propriedade de Meriweather sempre parecia surgir de uma névoa espessa, feito um castelo em um conto de fadas, e foi assim quando ela e as primas subiram a entrada de carros aquela noite, para o fim de semana da despedida de solteira. A mansão brilhava ao sol poente. Havia cheiro de maresia e de flores no ar. Narcisos muito coloridos explodiam de vasos enormes. Alguém tinha pendurado uma faixa sobre a porta que dizia "Feliz despedida de solteira, Corinne".

Aquilo a deixou sem jeito.

— Gente, não precisava...

— Não fomos nós. — Aster deu de ombros.

— Ah.

Aster olhou demoradamente para Corinne, depois pendurou a bolsa com monograma no ombro. Ela parecia estranha hoje; tinha olheiras e o rosto parecia emaciado, e não tinha falado quase nada no voo.

Talvez estivesse perturbada de ir para Meriweather sem Poppy. Ou talvez a abrupta mudança de estilo de vida estivesse cobrando seu preço. Corinne queria ajudar, mas quem era ela para dar conselhos? Tinha acabado de ir para a cama com um ex-namorado, semanas antes do casamento. No chão da adega do St. Regis, acrescentou mentalmente, como se aquele fosse o motivo de ser um ato tão chocante.

Aquela noite, foi a pé para casa, tropeçando pela Quinta Avenida em seus saltos. A calçada finalmente estava esfriando, mas o ar quente ainda era pegajoso. Que impressão deve ter dado para o porteiro quando atravessou tropegamente o saguão do prédio? Já em casa, encontrou Dixon dormindo ainda vestido de calça cáqui e camisa polo; havia uma cerveja na mesa de cabeceira e as luzes estavam acesas. Será que estava esperando por ela?

Mas enquanto se despia e tomava uma chuveirada, Corinne não conseguia parar de pensar em Will, nas mãos dele em cada centímetro do seu corpo. Ela estremeceu. Por mais que esfregasse a pele com força, ainda sentia onde ele havia tocado. O pior era que queria que acontecesse de novo.

*Não, não quer*, ela se forçou a pensar. Ou pelo menos achou que não tinha falado em voz alta, mas quando levantou a cabeça, viu Aster, Rowan e Natasha paradas na porta da frente, olhando para ela como se esperassem que terminasse a frase. Sorriu para elas. Se continuasse fingindo que não havia nada de errado, talvez pudesse se convencer de que era verdade.

*Finja até conseguir*, ouvia Poppy dizendo no primeiro dia de trabalho na cidade. *Se estiver confiante, eles esquecem o seu sobrenome e confiam que sabe o que está fazendo. Ora, talvez até saiba mesmo.* Poppy piscou para Corinne. Ambas sabiam que ela era mais do que qualificada para seu cargo. Tinha viajado muito, falava vários idiomas, mas o último ano a abalara. Enquanto todos pensavam que ela estava em Hong Kong, ela se escondeu na Virginia, guardando o maior segredo da sua vida.

Agora Corinne pegou suas malas, digitou o código na porta da frente e entrou na casa. O hall de entrada cheirava a lustra-móveis de limão e lavanda. Mesmo que permanecesse desocupada durante grande parte da baixa estação, a família mantinha uma equipe de empregados o ano inteiro na propriedade. Havia uma garrafa de vinho no balde de gelo e uma bandeja de mármore com queijo e cream crackers na mesa de centro. Ouviram um miado alto e Kalvin, o gato da casa, saiu de um quarto dos fundos e roçou nos tornozelos de Corinne.

Corinne acariciou o pelo branco e laranja do gato e sentiu uma pontada de tristeza. Poppy tinha encontrado Kalvin anos atrás, à beira da estrada, perto da fazenda da família, e levou-o para lá no avião particular do pai dela. Eles se revezaram dando leite e o levando para suas camas. O fato era que tudo naquele lugar — a poltrona de veludo em que Poppy se encolhia com um livro, as cortinas compridas atrás das quais Poppy se escondia quando brincavam de esconde-esconde, a escadaria que Poppy desceu no dia do seu casamento — fazia Corinne lembrar da prima. Ela olhou em volta e notou as expressões pensativas de Rowan e Aster. Deviam estar pensando em Poppy também.

— Muito bem, senhoritas — disse ela para as primas e para a irmã, levando todas para a sala de estar. — Vamos ao que interessa. Isso é para vocês. — Ela apontou para uma sacola que tinha levado, cheia de presentes embrulhados.

— Que simpático da sua parte — disse Rowan, a voz meio tristonha, como se estivesse prestes a chorar.

Natasha afundou em uma poltrona. A presença dela era perturbadora. Quando foi a última vez que estiveram juntas... tirando os enterros? Corinne sentiu uma pontada de tristeza ao lembrar como Natasha costumava ser adorável. Quando tinha uns 7 anos, ela resolveu que queria ser patinadora olímpica quando crescesse. Todas elas, até Poppy, que era muito mais velha, vestiram saias rodadas, tiraram as meias e patinaram pelo assoalho de madeira, dando seu melhor, mesmo sabendo que Natasha ia ganhar. "Um dez perfeito!" as primas gritaram para a menininha, cobrindo-a de beijos.

Agora Natasha estava rasgando o papel de embrulho.

— Bonita! — ela exclamou quando viu a pashmina. — Igual a que usamos no casamento de Poppy.

— Foi a minha inspiração — disse Corinne timidamente.

Poppy tinha se casado em Meriweather, quatro anos atrás. Elas se sentaram naquela mesma sala antes da cerimônia e Poppy deu a todas presentes parecidos. O casamento foi em dezembro, por isso as pashminas tinham bordas de pele. Ela também deu para a meninas luvas e gorros de pele. Todas subiram em uma carruagem puxada por cavalos para ir à igreja Old Whaling, na ilha principal. O solo estava coberto de neve fresca e intocada, as estrelas cintilavam no céu e a igreja já estava decorada para o Natal, com bolas prateadas e douradas por toda parte, o altar coberto de amarílis. Depois que Poppy e James se casaram, foram de volta para a casa de trenó, cantando músicas de Natal. Corinne e Dixon, na época namorando firme de novo, se aninharam juntos para se esquentar.

Os olhos de Aster se encheram de lágrimas. Rowan pôs o xale na caixa, com expressão de tristeza. Corinne tentou respirar, mas era como se tivesse o peito cheio de tijolos. Olhou para a porta e imaginou Poppy entrando e dizendo: *Haha! Foi tudo brincadeira!*

Aster pegou a garrafa de vinho e serviu quatro taças. Pegou uma e levantou.

— Um brinde a Poppy. Não sei o que vamos fazer sem ela.

Corinne pegou uma taça das três que restavam.

— A Poppy.

Todas beberam em silêncio e aquele humor estranho voltou a pesar sobre elas. Corinne encolheu a barriga, desejando que se animassem. Então o celular de Natasha, que estava na mesa de centro, tocou. Instintivamente Corinne olhou para ele. Havia um familiar número nova-iorquino na tela.

Aster também estava olhando para o aparelho.

— Agente Foley?

Natasha pegou o celular e silenciou a ligação.

— Ela quer me interrogar. Eu queria que ela desistisse.

Aster fez uma careta.

— Você ainda não conversou com ela?

Natasha deu de ombros.

— Alguma coisa sempre atrapalha.

— Mas todo mundo já falou com ela — disse Corinne baixinho, irritada com o descaso de Natasha, como se descobrir o assassino de Poppy fosse apenas uma grande inconveniência.

Natasha virou o celular com a tela para baixo.

— Para ser sincera, o FBI parece inútil. Vocês não acham? Eles não têm um único suspeito.

Todas trocaram olhares.

— Você não sabe — comentou Rowan.

Natasha cruzou os braços.

— E James?

Kalvin pulou no colo de Natasha e começou a afofar as pernas dela.

— Sempre ouvimos dizer que o marido é o primeiro suspeito. Talvez James tivesse um motivo.

— Não foi James — disse Rowan, descartando a ideia de pronto.

— Concordo — disse Corinne.

James parecia muito dedicado a Poppy, muito orgulhoso de tudo que ela havia realizado. Uma vez, quando estavam todos em Meriweather, Poppy foi alvo de uma reportagem de capa da revista *Time*. James se tinha levantado da cama às seis da manhã para ir de carro até o continente comprar os primeiros exemplares no dia em que a revista foi para as bancas, apesar de a família ter recebido cópias antecipadas no dia anterior. Ele estava muito animado quando voltou.

Aster cruzou os braços.

— Vamos falar de outra coisa.

— É, que tal ver as fotos? — disse Corinne, bem alto.

Ela queria escolher fotos da família para exibir no casamento. *O casamento*. Nem na cabeça conseguia chamar de *seu* casamento.

— Como pode ter tanta certeza? — insistiu Natasha, virando-se para Rowan. — A menos que... você estivesse *com* ele...

A expressão de Rowan foi de constrangimento.

— Acontece que eu estava mesmo, ok? — ela desabafou. — Ele estava no meu apartamento. Na minha *cama*. Está contente agora?

— Rowan escondeu o rosto nas mãos.

— Ah, meu Deus. — disse Corinne.

O silêncio foi completo, exceto pelo ronronar de Kalvin. Corinne olhou para a irmã. Pela primeira vez, Aster parecia tão chocada quanto ela. Corinne pigarreou e olhou para Rowan.

— Quero dizer, como isso aconteceu?

Ainda de cabeça baixa, Rowan explicou como James tinha ido à casa dela, convencido de que Poppy estava tendo um caso.

— Nós estávamos muito bêbados e uma coisa levou à outra... E quando cheguei no escritório e Poppy tinha morrido... pensei que fosse minha culpa. Pensei que James tivesse contado para ela... e ela tivesse pulado.

Corinne lembrou que Rowan pareceu quase aliviada quando soube que Poppy tinha sido assassinada. Não conseguia imaginar a culpa que ela andava carregando até aquele momento. E não podia condenar Rowan por ter ido para a cama com James. Não depois do que ela mesma tinha feito. Devia contar a elas, pensou Corinne, a ideia surgindo em sua cabeça.

Rowan soluçava.

— Não sei o que pensar agora. Eu só queria... — Ela não completou a frase, olhando para a escada.

— Vocês vão continuar? — perguntou Corinne.

Rowan olhou fixo para ela, olhos arregalados. Piscou uma vez, confusa, e olhou para o chão.

— Aconteceu outra vez — ela admitiu, e se encolheu constrangida. — Mas se Poppy estava com outro, talvez... ah, eu não sei.

Rowan balançou a cabeça. Corinne via as duas ideias guerreando na mente da prima: o que ela tinha feito era errado e imperdoável, mas se Poppy tinha feito primeiro, então talvez...

— Você acha mesmo que Poppy estava tendo um caso? — perguntou Corinne.

Rowan fez que sim e explicou o motivo da suspeita de James. Também contou que a antiga assistente tinha notado compromissos estranhos na agenda dela.

— Ela andava escondendo alguma coisa. Mentindo. Eu não sei.

— Alguém tem alguma ideia de com quem Poppy estava? — perguntou Natasha, com o cenho franzido.

Rowan bebeu o resto do vinho.

— Nenhuma ideia. Eu nem sabia que alguma coisa estava acontecendo.

— Nem eu — disse Corinne.

— Definitivamente não — concordou Aster.

— Mas digamos que ela *estava* tendo um caso — disse Natasha, agarrando o assento da cadeira. — Isso não é mais um motivo para suspeitar de James? Ele achava que ela estava tendo um caso. Talvez até tenha *visto* Poppy com alguém. Pode ter mais coisas nessa história.

Rowan a encarou, aborrecida.

— Ele está dizendo a verdade.

— Você pode achar isso porque agora está com ele — retrucou Natasha. — Precisa ver a situação por inteiro.

A voz na cabeça de Corinne ficou mais alta. *Você deve contar a elas. Não pode ficar aí calada, fingindo que é perfeita.*

Rowan balançou a cabeça veementemente.

— Saí de casa antes de James. Quando cheguei ao escritório, Poppy estava morta.

Natasha cruzou os braços.

— Bem, alguém o viu sair?

Rowan pulou da cadeira e foi até a janela que dava para o mar.

— Ele não matou Poppy, ouviu, Natasha? Não foi ele.

— Mas...

Corinne ouviu a voz de novo, e dessa vez estridente. *Conte para elas*, dizia. *Conte para elas, conte para elas, conte para elas.*

— Eu traí Dixon — ela soltou, só para silenciar a voz.

Todas se viraram para ela. Aster ficou boquiaberta, sua expressão a própria imagem da palavra "choque". Rowan empalideceu. Natasha franziu a testa.

— Com *quem*? — perguntou Rowan, voltando da janela.

Corinne bebeu da taça que estava diante dela.

— Will Coolidge. — Até pronunciar o nome dele era uma tortura.

Todas ficaram atônitas, sem entender. Natasha falou primeiro.

— O cara do Coxswain? O nome dele estava na sua agenda.

Corinne rilhou os dentes. Natasha devia ter realmente estudado a fundo aquela publicação no *Abençoados e amaldiçoados* para descobrir aquilo.

— É — disse ela baixinho. — Eu o conheci no verão em que Dixon e eu terminamos. — Ela pigarreou. — Só Poppy sabia do meu caso com ele.

Ela olhou para as primas e sentiu o rosto arder de vergonha. Rowan estava atônita. Natasha, de braços cruzados. E Aster piscava rapidamente, como se a visão tivesse embaçado e ela estivesse esperando o mundo se endireitar de novo.

— Agora ele é chef e vai fazer a comida do nosso casamento. Dixon não pôde ir à degustação do vinho e aí... — Ela não terminou a frase.

Corinne baixou os olhos, temendo a expressão nos rostos das outras.

— Não sei o que aconteceu.

Uma mão pequena tocou seu joelho. Aster olhava fixamente para a irmã.

— Está tudo bem. Todo mundo erra.

Corinne engoliu em seco.

— Mas *eu*, não — ela retrucou, e os olhos se encheram de lágrimas outra vez.

Rowan voltou para a cadeira e se serviu de mais vinho.

— Tudo bem, desculpe falar assim, mas você tem certeza de que quer se casar? Tem certeza de que Dixon é a pessoa certa?

— Claro que é — respondeu Corinne. — Tudo isso foi só um medo idiota. Eu precisava desabafar. Mas agora está tudo bem. Acabou. — Ela tentou respirar fundo, mas continuava com aquela pilha de tijolos no peito.

Natasha se recostou no sofá.

— Por que você e Will terminaram?

A lembrança a envolveu como uma onda do mar. Era a noite da festa de fim de verão, a mesma noite em que Steven Barnett morreu. Corinne estava descalça no chão de mármore frio do banheiro compartilhado com o quarto de Poppy. Todos os outros estavam lá embaixo no pátio, comemorando a promoção da prima, mas Corinne tinha subido porque precisava de privacidade. Ela tirou um teste de gravidez da embalagem plástica e ficou um tempo olhando.

Sentira-se zonza o dia inteiro, o estômago não suportou a salada de frango que a cozinheira fez para o almoço, os seios estavam inchados há uma semana e a menstruação atrasada... *muito* atrasada. Mais cedo, tinha ido de carro a uma farmácia do outro lado da ilha, com a intenção de comprar o teste, mas ficou tão apavorada de levá-lo para o caixa que acabou guardando no bolso do casaco de lã e saído sem pagar. Em um único verão tinha se transformado em uma mulher que não reconhecia.

Sentou-se na privada, fez xixi no palito e se levantou com o teste na mão. A tintura encheu a janela do resultado lentamente. A linha de controle apareceu, e a segunda linha logo em seguida, um rosa alegre e forte. O coração dela disparou. Os ouvidos pareciam molhados e entupidos, como sempre se sentia quando estava prestes a desmaiar. Os dedos começaram a tremer. *Eu sou tão burra*.

Uma onda mais forte estourou nas pedras e Corinne levantou a cabeça.

— Eu tinha um plano para a minha vida. E tudo sempre seguiu de acordo com esse plano.

*Até aquele verão*, acrescentou mentalmente.

— Will não fazia parte do plano. Por isso Dixon e eu voltamos e eu fui trabalhar em Hong Kong.

Acidez subiu à garganta de Corinne ao pensar no segredo que não podia revelar. O que tinha acontecido depois.

— Poppy disse a ele que eu ia viajar. Eu estava ocupada demais para fazer isso pessoalmente — mentiu ela.

Aster a encarava fixamente.

— Eu também tenho uma coisa maluca para contar a vocês. É sobre a minha chefe, Elizabeth. Esposa de Steven Barnett. Ela me contou uma coisa... esquisita. Sobre Poppy. — Ela alisou o vestido. — Elizabeth disse que viu Poppy parada ao lado do corpo de Steven na noite da festa. Disse que *Poppy* o matou.

Corinne levou um susto.

— O quê? Isso é loucura.

— Ridículo — concordou Rowan.

— Bem, Elizabeth parecia ter certeza. E quando perguntei qual seria o motivo, ela insinuou algum segredo da família. Alguma coisa que ela acha que Poppy estava escondendo. Ela me disse para não contar para ninguém, só que vocês tinham de saber.

Natasha tossiu ruidosamente.

Rowan franziu o nariz.

— Steven se afogou. Não havia segredo nenhum. E Poppy não era uma assassina.

— Não mesmo — disse Corinne, trêmula.

Poppy *matar* alguém? Seria como descobrir que Edith tinha afogado filhotes de cachorro na banheira. Nenhum Saybrook jamais faria algo assim. Mas então ela pensou naquele verão, e no ano que passou longe da família. No bebê que deu para alguém criar em segredo. Na noite que passou com Will. Uma Saybrook também não faria nada disso.

— Pode ter sido um acidente — sugeriu Aster, mas então franziu a testa. — Só que Poppy teria falado para a polícia.

Natasha bateu com o pé no chão.

— E se Poppy *realmente* matou Steven? E se o assassinato dele teve a ver com a morte de Poppy?

Aster inclinou a cabeça para o lado.

— Como?

— Bem... — Natasha pensou um pouco. — E se alguém próximo de Steven viu? E se essa pessoa quis vingança?

— Quem, por exemplo? — perguntou Rowan.

Todas se entreolharam sem entender. Natasha se levantou.

— Eu não sei, mas parece uma informação bem importante. Precisamos contar para alguém.

Corinne balançou a cabeça e continuou sentada.

— Não deve ser verdade. Até onde a gente sabe, *Elizabeth* pode ter matado Steven.

— Ela disse que não foi ela — rebateu Aster, mas desviou o olhar. — Mas disse que se sentia feliz com a morte dele.

— Estão vendo? É isso — disse Corinne, com uma história se desenrolando na cabeça. — E se Elizabeth só disse isso esperando que você fosse contar para a polícia? Lembrem que Poppy tomou o cargo de Steven... lá no fundo, Elizabeth podia estar ressentida. Talvez ela culpe Poppy pela morte de Steven porque, se ele tivesse sido promovido no lugar de Poppy, talvez não tivesse bebido tanto aquela noite e caído do barco. Mas ela diz que Poppy o matou querendo manchar a reputação dela. A polícia vazaria para a mídia, toda a nossa família ficaria constrangida e o nome de Poppy cairia em desgraça.

Aster inclinou a cabeça.

— Vocês imaginam a festa que a imprensa faria com isso? Poppy, uma assassina secreta todo esse tempo.

— Estou com Aster — disse Corinne. — Não vamos sujar o nome de Poppy.

— Mas e se for uma pista séria? — reclamou Natasha. — E se Steven realmente soubesse um segredo que Poppy não podia revelar?

Rowan semicerrou os olhos.

— Você parece muito segura dessa teoria. Tem alguma coisa que não nos contou?

Natasha desviou rapidamente o olhar.

— Por que *eu* saberia alguma coisa?

Aster se levantou também e botou as mãos na cintura.

— Se anda escondendo alguma coisa de nós, Natasha, agora é a hora de contar.

— Não sei do que vocês estão falando — rosnou Natasha, impaciente. — É que todo mundo é tão positivo sobre Poppy. Ela não era perfeita. Era humana. Olhem o que James disse, que ela estava traindo. Talvez mentisse sobre outras coisas também.

Corinne se irritou. Natasha só estava ali graças a Poppy.

— O que você tem contra ela? Ela era ótima com você, só Deus sabe o motivo.

Natasha se empertigou.

— Estou só tentando fazer vocês enxergarem. Vocês são todas ovelhas. Vão para onde devem ir. Pensam o que devem pensar. Mas sabem de uma coisa? Às vezes as coisas não são o que parecem.

Rowan bateu os braços nos lados do corpo.

— O que foi que aconteceu, Natasha? Por que nos odeia tanto? Nós éramos próximas e, até onde eu saiba, nenhuma de nós te fez nada. Talvez você possa me explicar, porque estou muito confusa.

Natasha ficou chocada e boquiaberta um bom tempo. Depois olhou para o chão.

— Não houve nada, não é? — disse Aster. — Você se isolou para chamar atenção? Foi o seu jeito de conseguir mais atenção da imprensa? Nunca suportou ficar fora dos holofotes.

Um lampejo de fúria passou pelos olhos de Natasha. E naquele instante Corinne não aguentou mais.

— Vamos acabar com essa conversa agora! — disse ela, elevando a voz.

Aster e Rowan pararam e a encararam.

— Vamos?

— Sim — disse Corinne, trêmula, sentindo as lágrimas aflorarem. Todas aquelas confissões horríveis... era coisa demais.

— E não vamos contar nada para ninguém — ela acrescentou. — Até sabermos se alguma coisa é verdade.

Natasha suspirou.

— Está bem — resmungou ela, voltando desanimada para o centro da sala e pegando sua taça de vinho na mesa. — Mas acho que estão cometendo um grande erro.

Lá fora, gaivotas gritavam. Corinne pensou em um jeito de mudar de assunto, mas sobre o que iam falar agora? Já tinham falado demais. E de repente não acreditava que tinha confessado a elas. Não acreditava que agora elas sabiam sobre Will. Dali a duas semanas elas estariam atrás dela no altar, sabendo que era uma falsa. Iam pensar: *Não acredito que ela vai até o fim com isso, pobre Dixon*. Já dava para sentir os olhares condenatórios nas suas costas. Ela se levantou e pegou as taças vazias.

— Sabem do que mais? Não acho que este seja o fim de semana certo para uma despedida de solteira.

— Como assim? — perguntou Aster.

— Eu vou embora.

Corinne marchou para a cozinha e pôs as taças na pia. Voltou para a entrada e pegou a mala com monograma que sempre levava para Meriweather.

— Acho que nós todas devíamos ir.

— Corinne — Aster a seguiu até a porta —, nós acabamos de chegar.

Mas Corinne estava decidida.

— Nós vamos embora — disse ela, pegando o chaveiro e abrindo a porta. — Não é assim que quero comemorar meu casamento.

Ela saiu para a varanda e respirou o ar quente e úmido. Uma tempestade estava chegando e as árvores eram formas escuras contra o céu nublado. Galhos raspavam nos tijolos e soavam como lamentos agudos. Por uma fração de segundo, Corinne pensou ter visto um vulto.

Mas então a porta foi aberta de novo e sua irmã, Rowan e Natasha também saíram para a varanda. Quando Corinne olhou para aquela área arborizada de novo, os galhos estavam imóveis. Ou talvez nunca tivessem se movido.

# 14

Aster pendurou a bolsa no ombro e seguiu a irmã pelo caminho de cascalho aplainado recentemente. Corinne caminhou decidida para o carro de estilo SUV que mantinham na ilha.

— Corinne, por favor — chamou Aster. — Devíamos ficar. Ainda podemos nos divertir.

Corinne se virou para ela com os olhos vermelhos e abatidos.

— Eu só quero ir embora — disse ela, com voz fraca.

Aster se sentiu como Alice quando entrou no espelho e o mundo ficou de cabeça para baixo e de trás para a frente. Poppy podia ser uma assassina, Rowan estava transando com o marido de Poppy, e a perfeita Corinne tinha traído Dixon. Aster nem imaginava como tinha sido difícil para a irmã admitir aquilo em voz alta. Pouco tempo atrás, teria ficado satisfeita de ver que Corinne finalmente cometera um erro. Mas agora se sentia mal por ela.

— Eu sinto muito — disse ela, sabendo que aquelas palavras não bastavam.

— A culpa não é sua. — Corinne parou e endireitou a mala com rodinhas que puxava.

— Não... sinto muito por... mim. Eu não te apoiei o suficiente.

Corinne parou e olhou para Aster com um sorriso de surpresa. Abriu a boca algumas vezes, mas não saiu nenhuma palavra.

— Obrigada — disse ela, finalmente. — Mas ainda quero dar o fora daqui.

— Está bem. Mas assim que chegarmos à cidade vamos comer batata-frita com queijo e molho.

Quando elas eram pequenas, Mason sempre comprava batata-frita bem gordurosa com molho e quatro tipos de queijo.

— Desde que entreguem em casa.

— Combinado.

Aster segurou a mão da irmã e Corinne reagiu apertando a dela, com um sorriso triste. Foram para o carro andando juntas. Assim que Corinne apertou o botão para destrancar as portas, Natasha alcançou as duas.

— Posso dirigir — ofereceu ela. — Por favor. Apenas sente no banco de trás e descanse.

Corinne olhou para Natasha com ar de cansaço, depois deu de ombros e entregou as chaves para ela. Natasha pegou o chaveiro e foi para o carro. Ouviram um *ping*, e ela pegou o celular para responder a uma mensagem, seus dedos voando sobre a tela.

Aster se irritou. Depois de tudo que tinha acontecido, tudo que acabaram confessando e discutindo, Natasha estava trocando mensagens?

— Com quem você está falando? — perguntou, irritada.

Natasha parou de digitar.

— Um cliente. Já que vamos embora, achei que podia marcar algumas sessões particulares amanhã. Tudo bem?

Aster lançou um olhar mortífero para as costas de Natasha. Depois de Corinne ter sido muito gentil de convidá-la, ela criara tantos problemas que estavam indo embora. E o que era pior, todas tinham desabafado... mas Natasha ficou lá sentada feito um Buda, absorvendo tudo, sem revelar nada.

Aster se sentou no banco de trás com Corinne, e Rowan foi na frente. Aster olhou triste para a casa quando partiram. Não tinha nem chegado a subir para ver seu antigo quarto. Viu a casa do caseiro do outro lado do gramado. Parecia vazia, nenhuma luz nas janelas. Ficou pensando se o pai de Danielle ainda morava lá. A mãe de Danielle, Julia, tinha se mudado dali no verão que Aster passou na Europa. Aster sempre quis saber se tinha sido porque ela descobriu o caso de Mason e Danielle, ou se o casamento simplesmente acabou.

O carro desceu o longo caminho até o portão, beirando a praia, passando pelas quadras de tênis e finalmente dando vista para o cais particular da família. O *Edith Marie*, veleiro dos Saybrook, era a única embarcação ali na água, com mastros nus e uma grande lona cobrindo o convés. O resto do píer estava vazio e a água lambia a praia, indiferente. Aster ficou olhando para aquela faixa de areia. Sabia que as outras também estavam olhando. Foi lá que o corpo de Steven Barnett foi encontrado, cinco anos antes.

Natasha parou o carro um momento. Ela não disse nada, nem as primas, mas era óbvio o que estavam pensando. Depois de alguns segundos, ela olhou para a frente de novo e seguiu.

O único caminho para a ilha principal era pela ponte de aço que atravessava o estreito canal. A ponte estava deserta quando Natasha se aproximou. O céu parecia ainda mais escuro. O capim alto dos dois lados da estrada balançava para lá e para cá. Névoa subia da água e envolvia o carro em nuvens ralas.

— Acenda os faróis — pediu Aster, aflita.

Natasha encontrou o botão dos faróis e entrou na ponte.

— Olha, eu não fui completamente sincera com vocês — começou Natasha, com a voz estranhamente aguda e ofegante. — Tem uma coisa que vocês precisam saber.

*Ah!*, pensou Aster, triunfante.

— O que é?

Natasha engoliu em seco. O motor do carro roncava.

— É sobre Poppy. E sobre...

— Cuidado! — berrou Corinne, nervosa, apontando para alguma coisa no para-brisa.

Faróis brilhavam na frente delas, subitamente perto demais. Um carro vinha direto para cima delas, ocupando a ponte inteira. A visão de Aster ficou toda branca quando o outro carro se aproximou. Sem pensar, Natasha virou a direção para a direita, pisou no freio e tocou a buzina.

O carro delas derrapou, rodou de traseira. Ouviram uma pancada quando alguma coisa as atingiu e depois o ruído de esmagamento. Aster sentiu o corpo sendo jogado para a frente e bateu com o rosto no encosto do banco de Natasha. Alguém gritou. Aster se sentiu momentânea e inesperadamente sem peso, e de repente ouviu um baque forte e foi jogada para trás. Finalmente o carro parou e tudo ficou estranhamente silencioso.

Aster recuperou a consciência no chão do banco de trás, de pernas para cima. O interior do carro estava escuro. Aster espiou pela janela e viu... *bolhas*. Ela se endireitou rápido, horrorizada.

Estavam dentro d'água e afundando rápido.

— Ei! — berrou ela. Estava tão escuro dentro do carro que ela só via sombras cinza. — Está todo mundo bem?

Ninguém respondeu. Aster estendeu a mão e sentiu alguma coisa molhada. Sangue? Coração disparado, ela se esforçou para não entrar em pânico.

— Rowan? — gritou ela. — Corinne?

Viu um movimento no banco da frente.

— O que aconteceu? — Era a voz de Rowan.

— Ai, meu Deus — disse Corinne, ao lado de Aster, e então mais urgente: — Ai, meu *Deus*!

— Onde está Natasha? — berrou Aster, tateando no escuro.

O couro do banco guinchou quando Rowan se mexeu.

— Ela está aqui — disse Rowan do banco da frente. — Natasha? *Natasha!*

Nenhuma resposta.

— Ela está... — Corinne não completou, tremendo.

Aster foi tateando e encontrou o vidro duro e liso da janela. Começou a socar, mas nenhum cedia. Sentiu a água empoçando nos pés. O carro estava começando a encher, a água entrava por uma rachadura no chão.

— Merda! — gritou Corinne.

Aster experimentou as maçanetas das portas, mas elas não cediam. Virou-se para trás, para o que pensava que era atrás, subiu no encosto do banco e foi tateando no bagageiro, passando os dedos pelo estofamento. Finalmente tocou em alguma coisa dura, de metal, pesada. Uma chave de roda.

— Todo mundo aqui atrás! — ela gritou. — Precisamos quebrar essa janela.

Ela ouviu o barulho da irmã e da prima passando por cima dos bancos. Rowan bufou alto, arrastando Natasha com ela. Mesmo no escuro, Aster viu que a cabeça de Natasha estava caída para trás, inerte.

Quando estavam todas no bagageiro, Aster deu silenciosamente a chave de roda para Rowan, que era a mais forte. Rowan a ergueu acima da cabeça e golpeou o vidro da porta da mala. O vidro estalou. Ela respirou fundo e bateu outra vez. E dessa vez quebrou.

Água gelada encheu o carro e fez com que elas fossem empurradas para trás. Aster cerrou os dentes e lutou contra a enxurrada, fazendo toda força para passar pela janela e sair para o canal.

— Vamos! — ela berrou para as primas, e estendeu a mão para puxá-las para o buraco no vidro.

Juntas, elas agarraram Natasha e a levaram para a água escura. Aster segurava com força a panturrilha da prima com uma das mãos, e com a outra remava furiosamente. Seus pulmões logo imploraram por ar. Ela tentou abrir os olhos embaixo d'água, mas tudo que viu foi escuridão. Sentiu que Natasha estava escapando e a agarrou pela cintura com toda força que tinha. Rowan e Corinne batiam os pés logo embaixo dela, cada uma segurando um braço de Natasha.

Finalmente, com os pulmões em fogo, Aster chegou à superfície cuspindo água e ofegando.

Sentiu o ar quente no rosto. Ondas quebravam de leve em volta delas. Tossindo, Aster olhou para a ponte lá em cima, à luz da lua. Havia um enorme rombo no lugar em que o carro tinha passado pela amurada. Não havia ninguém na ponte.

Rowan apareceu um segundo depois, com o peso morto de Natasha nos braços. As três arrastaram a prima para a praia e a puseram deitada na areia. Natasha caiu de costas, de braços abertos. A pele dela tinha uma palidez acinzentada e os lábios estavam azuis.

— Ela está viva? — perguntou Corinne histericamente.

Rowan montou no corpo de Natasha e encostou a orelha no peito dela.

— Acho que sim — disse ela, parecendo assustada. — Mas precisamos de uma ambulância.

Corinne apalpou os bolsos.

— Meu celular ficou... lá. — Ela apontou para as bolhas subindo na água.

Àquela altura, o carro já devia estar no fundo do canal.

— O meu também — sussurrou Aster.

— Idem aqui. — Rowan parecia prestes a chorar. — Natasha! Natasha, acorde, por favor!

— Natasha. — Lágrimas escorriam no rosto de Aster. — Natasha, por favor...

Os últimos momentos com Natasha lhe voltaram à lembrança. Quando ela começou a contar alguma coisa sobre Poppy.

— Por favor, acorde — murmurou Aster.

Mas, por mais que gritassem, os olhos da prima continuaram bem fechados.

# 15

Quando Rowan abriu os olhos, estava sentada em uma cadeira de plástico cor de laranja. Uma reprise de *Friends* passava em uma televisão pendurada na parede do outro lado da sala. Perto dela, um relógio marcava onze e meia, provavelmente da noite, porque estava escuro lá fora. As primas estavam amontoadas em um sofá, com roupas hospitalares em que se lia "propriedade do Hospital Martha's Vineyard".

Então ela viu uma mulher em um leito ao lado, com tubos no nariz e um respirador sobre a boca. Ela estava de olhos fechados, as mãos relaxadas ao lado do corpo e um monitor registrando batimentos cardíacos firmes.

Natasha.

Rowan engoliu em seco. Depois de chegarem à costa, um carro acabou aparecendo na ponte, elas fizeram sinal e chamaram uma ambulância. Suas roupas estavam ensopadas, por isso os paramédicos lhes deram as roupas hospitalares para vestirem.

Corinne esfregou os olhos e pegou a garrafa de água.

— O que aconteceu? — disse ela, grogue, olhando para Natasha. — Ela está...

— Não. Mas continua inconsciente — disse Rowan, feito um robô, olhando para a prima imóvel.

Ela parecia tranquila, quase como se estivesse dormindo. Mesmo assim, Rowan não conseguia afastar o pressentimento de que havia algo muito errado ali. Quais eram as chances de um carro bater no delas exatamente na hora em que Natasha disse que tinha de confessar uma coisa? Será que havia mesmo outro carro? Tudo aconteceu tão rápido que Rowan não tinha certeza. Achava que tinha visto faróis. E tinha certeza de ter ouvido uma buzina. Mas será que foi a buzina do carro delas?

A porta abriu e Katherine Foley entrou correndo, de blusa cinza do FBI e calça cáqui. Rowan se levantou e guardou o celular que uma das enfermeiras tinha feito a gentileza de emprestar para ela falar com a família.

— Eu vim assim que soube. — Foley parou na porta. — Seu carro caiu de uma ponte?

Rowan olhou para as primas.

— Isso mesmo.

Foley olhou para Natasha e pareceu preocupada.

— Ela estava dirigindo?

— Sim. — Corinne assentiu.

— O que aconteceu?

Rowan ficou olhando para a cerâmica do chão.

— Acho que apareceu outro carro na contramão. Natasha tentou desviar, mas perdeu o controle.

— O que aconteceu com o outro motorista?

Rowan olhou para as primas.

— Não temos a menor ideia — disse Aster.

— Vocês reconheceram o veículo?

— Foi tudo confuso — admitiu Rowan, percebendo que soava patética.

Foley parecia indecisa. Ela olhou de novo para Natasha. Aster pigarreou.

— Você sabe onde ela estava na manhã da morte de Poppy?

Foley pôs as mãos nos bolsos.

— Não. E agora... — Ela interrompeu a frase e botou as mãos na grade da cama de Natasha. — Bem, queria que ela tivesse explicado.

O estômago de Rowan revirou com a implicação do que Foley acabara de dizer. Foley olhou para as primas.

— Para onde estavam indo?

Rowan se levantou com cuidado para não se atrapalhar com os fios que serpenteavam do corpo de Natasha para as máquinas.

— Para o aeroporto. Estávamos na casa para a despedida de solteira de Corinne, mas resolvemos voltar para a cidade.

— O que fez vocês desistirem da despedida de solteira?

Houve uma pausa tensa.

— Nós não... — Corinne começou a explicar.

— Eu não... — disse Aster ao mesmo tempo.

E de repente Rowan não conseguiu mais se conter.

— O que você sabe sobre Steven Barnett?

Foley fez uma careta quando uma das máquinas começou a apitar ruidosamente. Um pequeno desenho de coração indicava que os batimentos de Natasha estavam abaixo de sessenta por minuto. Depois de um momento, voltaram ao normal e a máquina silenciou.

— O que tem Steven Barnett? — perguntou Foley, mexendo em um botão do casaco. — Pensei que ele estivesse morto.

— Está, mas ele queria o cargo de Poppy — disse Rowan. — Steven era o protegido do nosso avô. Eles eram próximos, e Steven era muito ambicioso. Comentavam que ele, não Poppy, seria o presidente. E se alguém estava com raiva de Poppy?

Foley se encostou na parede.

— Mas isso foi cinco anos atrás. Não acho plausível que alguém próximo de Steven matasse Poppy cinco anos depois por uma promoção perdida.

— Nós também achávamos isso — disse Rowan, olhando para as primas.

Aster e Corinne assentiram para indicar que ela continuasse. Depois do que tinha acabado de acontecer, não podiam mais manter segredo do que Elizabeth tinha dito.

— Até descobrirmos que Poppy pode ter matado Steven.

Foley ficou atônita. Ela não disse nada, apenas as encarou.

Aster contou o que Elizabeth tinha dito. A cada palavra, o rosto de Foley foi ficando mais vermelho.

— Vocês têm *certeza* disso? — ela balbuciou.

— Não temos certeza de nada — admitiu Rowan. — E preferimos que você não torne isso público, tanto por Poppy como por nós. Segundos depois de começarmos a falar sobre isso, um carro bateu no nosso. Como se alguém quisesse nos manter caladas. — Ela engoliu em seco. — Estou até meio preocupada por confessar isso para *você*.

Foley franziu a testa.

— Então você acha que alguém estava ouvindo, na casa? Alguém sabia que vocês iam para Meriweather esse fim de semana?

Aster deu de ombros.

— Todo mundo.

Foley fechou os olhos e ficou em silêncio por um tempo. Rowan trocou olhares de preocupação com as outras. Talvez tivesse sido um erro contar aquilo.

Finalmente a agente olhou para elas.

— Bem, obrigada pela teoria. É realmente... interessante.

— Interessante? — repetiu Aster, confusa. — Que tal assustadora? Ou perigosa? Ou plausível?

— Vocês vão investigar, não vão? — protestou Rowan — E se for por isso que alguém jogou o carro em cima de nós?

— Ainda não sabemos se alguém tentou provocar o acidente de propósito. — A expressão de Foley era distraída. — Mas vou investigar. Procurem descansar, está bem? Manterei contato.

— Espere! — gritou Rowan.

Foley voltou. Rowan queria mais... ouvir o que ela estava pensando, que conclusão tirava daquilo e o que achava de Poppy e Steven... mas não sabia como fazer as perguntas.

— Quanto a imprensa vai saber do acidente? — ela perguntou, em vez disso.

Foley enfiou as mãos nos bolsos, ainda com olhar distraído.

— A pessoa que vocês pararam na ponte já ligou para um repórter local. E obviamente as autoridades daqui vão relatar o estrago na ponte. Está fechada agora, e é o único caminho para entrar e sair da ilha.

Rowan fechou os olhos. Se a tal maldição Saybrook existia, era a imprensa.

— Tem alguma coisa que você possa fazer para manter os repórteres afastados?

Foley tamborilou com as unhas na grade do leito de Natasha.

— Apenas não comentem nada.

E então ela foi embora. Por um momento, o único som na sala era a canção tema de *Friends* com os créditos na TV. Rowan olhou para as outras com cara de espanto.

— Foi impressão minha, ou Foley estava agindo feito um zumbi?

Corinne arregalou os olhos.

— Foi como se ela tivesse caído no sono no meio da conversa.

— Acho que ela não acredita em nós sobre Steven — murmurou Aster.

Rowan remexeu em um furinho da roupa hospitalar.

— Pensando bem, talvez estejamos mesmo sendo precipitadas. Estamos falando de *Poppy*.

— Então você acha que Elizabeth está inventando coisas? — Aster mordeu a unha do polegar. — Eu não sei. E se Steven ameaçou Poppy e ela revidou?

— Mas eu nem lembro de ter visto os dois juntos aquela noite — argumentou Corinne. — Só bem no início da festa, quando Steven deu os parabéns a ela.

Rowan fechou os olhos. Ela também não se lembrava de ter visto Steven naquela noite, mas tinha visto Poppy muitas vezes. Apesar de ter ficado perto dos seus irmãos e um bando de outros homens, jogando bocha e pôquer, parecia que tinha um radar eficiente para ver Poppy e James de soslaio.

Então ela olhou para Aster.

— Você estava... com Steven, naquela noite — disse ela delicadamente.

Depois do funeral de Steven, Aster tinha confessado que transou com ele. Foi mais ou menos: "Eu transei com aquele cara e depois ele apareceu morto, isso não é superestranho?"

— Ele agiu de forma estranha? Ele falou de Poppy?

O rosto de Aster ficou vermelho.

— Nós não conversamos muito.

Rowan olhou fixo para uma lâmpada fluorescente no teto.

— Tudo bem, *se* Poppy fez isso, e *se* isso aqui tem alguma coisa a ver com o assassinato, quem era próximo de Steven? Quem pode ter feito isso com ela... e conosco?

Corinne estava com o olhar perdido.

— Eu não sei. Uma amante?

— Quando conversei com Elizabeth, ela disse que eu fui uma entre muitas. Talvez alguma outra garota gostasse muito dele. Talvez ela estivesse na festa também — sugeriu Aster.

— E o que Natasha queria nos contar? — sussurrou Rowan, olhando para a silhueta silenciosa de Natasha sob o cobertor.

Sempre que Natasha respirava, o respirador ficava cheio de vapor.

— O que vocês acham que ela sabia?

— E onde vocês acham que ela estava na manhã em que Poppy morreu? — murmurou Aster.

Corinne engoliu em seco.

— Podemos não saber nunca.

Rowan encostou a cabeça na parede.

— Ou talvez haja um jeito de descobrir isso por nós mesmas.

— Descobrir *o quê*? — perguntou Corinne.

— Bem, pelo menos se é plausível Poppy ter matado Steven. Alguém pode ter visto ela em outro lugar na hora da morte dele. E podemos tentar descobrir quem mais gostava do Steven. Mas se ela fez mesmo isso, talvez tenha contado para alguém. Como seu pai. Ou Evan.

*Ou James*, Rowan pensou com tristeza.

As outras pareciam céticas.

— Papai é capaz de saber — disse Aster em voz alta.

Rowan assentiu.

— E vou falar com James.

Corinne se levantou e se espreguiçou.

— Acho que posso perguntar para Evan. Vou falar com ela essa semana para acertar os últimos detalhes do casamento. — Ela se virou para a porta, os ombros caídos. — Preciso de um café.

— Vou ver se os pais de Natasha já chegaram. — Aster alisou a saia e verificou a hora no relógio de pulso.

— Fico aqui, caso ela acorde — disse Rowan.

A porta se fechou outra vez. Rowan se recostou na cadeira e ficou ouvindo o chiado das máquinas intravenosas. O líquido pingava lentamente nas veias de Natasha. Seus olhos continuavam fechados e nem os cílios se moviam. Em algum lugar por trás daquelas pálpebras havia um segredo trancado. Algo tão terrível que fez alguém jogá-las para fora de uma ponte.

Então o celular que Rowan tinha pegado emprestado emitiu um ruído e ela olhou para a tela. Ela abriu o e-mail pelo navegador e uma nova mensagem apareceu. NOVA PUBLICAÇÃO NO *ABENÇOADOS E AMALDIÇOADOS*, dizia um e-mail. VOCÊ NÃO PODE PERDER ESSA! Rowan ficou arrepiada. Que estranho. Ela nunca assinou nada para receber alertas do site. Clicou no link e de repente sentiu muito medo. E se fosse uma matéria sobre o acidente?

A página apareceu na tela. Mas a história principal era sobre outra coisa. "Insaciável no trabalho", dizia a legenda.

Um vídeo QuickTime carregou. Com dedos trêmulos, Rowan apertou o play e gritou de susto. Lá estava ela na mesa, arqueando as costas e gemendo "assim", agarrando as costas tensas de um homem. A placa com seu nome, "Rowan Saybrook, advogada", estava bem visível, junto com o logotipo da Saybrook. James caiu em cima dela quando gozaram juntos, mas a câmera não pegou o rosto dele.

Ela pausou o vídeo imediatamente. Ficou toda arrepiada. Tinha apagado aquele vídeo. Tinha até eliminado da lata de lixo. Não tinha?

Alguma coisa parecida com uma risadinha zombeteira soou do outro lado do quarto. Rowan olhou atônita para Natasha dormindo. As mãos continuavam ao lado do corpo, o cabelo espalhado no travesseiro e as pontas dos pés para cima. Mas uma coisa tinha mudado. Agora havia um levíssimo sorriso. Parecia provocação. Deboche.

*Ah, vocês são muito ingênuas e tolas*, parecia dizer. Como se Natasha estivesse pregando uma peça em todos.

# 16

Na segunda-feira seguinte, Corinne estava no escritório do pai, uma sala enorme de canto com duas paredes de janelas, teto abobadado, uma área separada de entretenimento e um banheiro pequeno, privativo, bem decorado. Rowan estava sentada ao lado dela, nervosa, balançando a perna definida. Aster estava no sofá com Rowan, olhando fixo para uma xícara de café, e Deanna na pontinha de uma poltrona de couro encostada na janela.

Mason estava à mesa dele, de cenho franzido e lábios apertados. Havia três latas vazias de coca diet perto dele. Desde que tinha parado de fumar — tirando um charuto de vez em quando —, Mason bebia coca diet sempre que ficava estressado.

— Nem sei por onde começar — disse ele, apertando a ponte do nariz. — Esse acidente não é exatamente o que precisamos agora.

Ele olhou muito sério para as três.

— Uma de vocês terá de dar entrevista para a CNN — disse Deanna, olhando para um iPad, um BlackBerry e um iPhone que tinha no colo. — Mas procurem não falar muito sobre o outro carro que bateu no de vocês, ok? Não precisamos alimentar os rumores sobre a maldição. E não deem muitos detalhes sobre o estado de Natasha.

— Eu faço a entrevista. — Rowan se ofereceu.

Mason olhou imediatamente para ela.

— Não, *você*, não. — Os olhos dele faiscavam. — Eu nem sei o que dizer sobre você e aquele vídeo. No *escritório* da Saybrook, Rowan.

— Eu sei — resmungou Rowan, de olhar baixo.

Ela parecia mortificada. Corinne ficou constrangida por ela. Não tinha assistido o vídeo, claro, mas podia imaginar.

Deanna virou uma página do bloco de notas.

— Na verdade, Mason, seria bom Rowan ser nossa porta-voz. Ela pode se desculpar pelo vídeo. Isso a tornaria mais humana. Talvez dizer quem é o homem misterioso... todos estão loucos para saber.

— *O quê?* — exclamou Rowan, parecendo que queria socar Deanna.

Corinne também ficou tensa. A publicitária às vezes exagerava.

— Não, obrigado — disse Mason, as narinas dilatadas. — Aster vai dar a entrevista.

— Eu? — Aster soou surpresa.

— Sim, você. — E então Mason olhou feio para Rowan. — E se eu pegá-la trazendo outro homem para o escritório, acabou para você. Entendeu?

— Claro — disse Rowan, muito vermelha.

— Está bem, então saiam todas da minha frente — disse Mason, fazendo um gesto de dispensa com as duas mãos. Elas se levantaram e foram para a porta. — Corinne, você fica — anunciou Mason quando ela já estava quase fora da sala.

Corinne virou para trás e encarou o pai. Ele tinha acabado de abrir a quarta lata de coca diet e de dar meia-volta na cadeira para ficar de frente para a janela com vista para o rio Hudson. Alguns caiaques oceânicos enfrentavam as águas. O relógio Colgate no lado de Nova Jersey dizia que passava um pouco das seis da tarde. Corinne deslizou a aliança de noivado para cima e para baixo no dedo anular, imaginando qual seria o assunto. Por uma fração de segundo, ficou aflita de pensar que Aster tinha contado a ele sobre Will, mas ela não faria isso... faria?

Mason girou a cadeira e olhou para Corinne.

— Eu só queria saber como você está com tudo isso.

— Eu? — Corinne pôs a mão no peito. — Por quê?

— Seu casamento está chegando. Eu sei que esse estresse não é bom. — Ele deu um sorriso triste. — Por isso pedi para a sua irmã fazer a entrevista no seu lugar.

— Ah.

Corinne tocou a gola da blusa de seda. Ouviu seu novo celular tocar dentro da bolsa. A tela branca iluminou o forro escuro de cetim.

— Bem, obrigada.

— Estou orgulhoso de você, sabia? — A voz de Mason estava um pouco embargada. — Fazendo seu trabalho difícil, planejando esse casamento... você é um exemplo para todos. Especialmente agora que Poppy se foi.

Corinne sentiu um nó na garganta. Por toda a vida o afeto do pai fora algo raro. Mas Corinne ainda precisava dele, e precisava mais *daquilo*, de ouvi-lo dizer que reconhecia como era difícil manter tudo em ordem.

— O-obrigada — disse ela, tentando sorrir.

O celular tocou de novo. Dessa vez ela olhou a tela. Duas mensagens tinham chegado. *Preciso te ver*, dizia a primeira. *Podemos nos encontrar?*

Will. Corinne parou de raciocinar de repente. Não podia ir. Ou talvez tivesse que ir.

— É importante? — perguntou Mason, olhando para o celular de Corinne.

— Acho que é — respondeu ela, levantando-se depressa e saindo correndo da sala antes que ele a elogiasse por mais alguma coisa.

Porque ela se deu conta de que não estava mantendo nada em ordem. Estava estragando tudo... e nem conseguia parar.

Meia hora depois, Corinne estava diante de um prédio discreto na Bank Street. Olhou para os números dourados na parede e depois viu o nome de Will. Só de ver o nome dele ali, ficou apavorada, correu até virar a esquina e tentou recuperar o fôlego. Um café parecia convidativo do outro lado da rua. Iria para lá pensar. E depois voltaria para o centro da cidade, que era o seu lugar.

Mas suas pernas não se mexiam... Ou melhor, se mexiam na direção errada, de volta para o prédio. Uma mulher de vinte e poucos anos saiu lá de dentro e Corinne recuou, temendo ser vista. O celular apitou. Ela olhou para a tela. Dixon.

Corinne apertou *silenciar*. Tinha enviado para ele uma mensagem dizendo que não ia jantar em casa aquela noite, mas não explicou por quê. Não podia falar com ele agora. A culpa seria óbvia em sua voz. Passou as mãos no rosto. Endireitou os ombros, virou para o painel do interfone e apertou o botão do apartamento de Will. A porta se abriu e ela a empurrou para entrar em um vestíbulo com piso de cerâmica, uma lâmpada fluorescente forte no teto e uma fileira de pequenas caixas de correio de metal ao longo da parede. Havia mais correspondência em cima de um aquecedor. E uma bicicleta de pneu furado encostada na parede do corredor.

Ela imaginou a cara de Dixon se ele soubesse que ela estava em um lugar como aquele. E o choque preconceituoso de sua mãe. Pensou no que ela havia dito para as primas: foi só um medo idiota.

Mesmo assim, ela subiu a escada.

Finalmente chegou ao quarto andar. Will estava na porta.

— Você está bem? — disse ele, e a puxou para perto.

Corinne se afastou, deixando um bom espaço entre os dois.

— Como assim?

Will estranhou.

— Eu li que você sofreu um acidente de carro. Fiquei muito preocupado.

Corinne olhou para o chão. Claro. Todos os jornais falavam do acidente.

— Estou bem — disse ela, tensa. — Foi só um acidente.

— E a sua prima? Ela vai ficar bem?

Corinne assentiu, desanimada. Não havia inchaço no cérebro de Natasha, por isso ela devia acordar logo. No entanto, alguns pacientes naquele estado jamais recuperavam a consciência.

Fez-se uma longa pausa. Corinne olhou para o tapete do hall e para uma porta vermelha na outra ponta.

— Bom, entre — disse Will, sem jeito, chegando para o lado e indicando que Corinne entrasse no apartamento. Corinne abaixou a cabeça e entrou.

A sala era pequena e tinha uma parede de tijolos aparentes. Em um canto havia um sofá cinza moderno, com uma mesa de canto dos anos 1950 de cada lado. Livros de culinária vintage e de capa dura compunham as prateleiras embutidas na parede de tijolos. Uma porta de vidro dava para a cozinha estilosa, com facas enfileiradas em uma faixa magnética na parede, panelas e caçarolas penduradas em um rack sobre as bocas do fogão. Corinne pensou que a maioria das pessoas em Manhattan acharia que Will estava bem de vida. Mas não as pessoas com quem *ela* convivia.

Na parede do fundo havia uma enorme placa de latão com o nome do restaurante de Vineyard onde Will tinha trabalhado, o Sextant.

— Ah, meu Deus — exclamou Corinne, baixando a guarda um minuto. — Essa é a placa da estrada?

— Ah. — Will sorriu timidamente. — É.

— Deixaram você ficar com ela?

— Não exatamente. Eu meio que... roubei.

O Sextant era tradicional na ilha desde mais ou menos 1920, mas a única vez que Corinne esteve lá foi com Will. Era o quarto encontro deles, o primeiro em que ousaram ir a um lugar público — só que certamente Corinne não seria vista lá. Ela se lembrava de ter perguntado por que os atendentes do bar não tinham varrido a serragem e os mariscos do chão, e Will respondeu rindo que era para ser assim mesmo.

Agora Will olhava para a placa como se estivesse com os pensamentos longe. Corinne imaginou se a placa o lembrava dela. Gostava da ideia de Will pensar nela enquanto cozinhava. E então, no mesmo instante, odiou ter pensado isso. Suas emoções estavam tão embaralhadas que sentiu lágrimas arderem nos olhos.

Will se aproximou.

— O que foi?

— Eu não sei — disse Corinne, se apoiando na parede. — Estou confusa. E menti para você.

Will a encarou.

— Eu sei.

— Sobre esse fim de semana. O acidente. Eu não estou bem. — Então Corinne levantou a cabeça. — Espere aí. Como você sabia que eu menti?

Will deu de ombros.

— Deu para perceber — disse ele, a voz falhando. — Quer me contar como foi?

Corinne balançou a cabeça e achou que talvez não devesse ter puxado o assunto. Tudo que saía da sua boca era um erro.

Will a fez se sentar no sofá.

— Ouvi dizer que o carro começou a afundar.

Os olhos de Corinne se encheram de lágrimas.

— Tudo aconteceu muito rápido. Ainda bem que minha irmã estava lá. Ela assumiu o controle da situação.

Então ela contou que nadou até a praia, correu para interceptar um carro passando na estrada, falou das ambulâncias chegando para levá-las para o hospital. Will ouviu pacientemente, olhando o tempo todo para o rosto dela.

Ele pigarreou.

— Você sabe que andam falando todo tipo de coisas. Depois do que aconteceu com Poppy... e aquele site. Algumas pessoas acham que tem alguém atrás de todas vocês.

Corinne fez uma careta.

— Não quero mais falar disso.

— Você está a salvo agora. — Will a abraçou. — Eu vou protegê-la.

Ele disse isso com muita ternura e Corinne se lembrou de repente daquele verão, da maneira como levantava a cabeça para encará-lo — Will era alto, bem mais alto do que Dixon — e se sentia segura nos braços dele. E agora percebia que aquela ternura faria dele um bom pai. *Podia ter feito*, ela se corrigiu. Foi como despertar de um sonho. *Meu Deus, você não contou para ele*, pensou ela.

Precisava sair dali. Já era péssimo estar traindo Dixon, só que era bem pior do que isso. Tinha traído Will também. Mais do que nunca precisava conversar com Poppy, perguntar a ela o que fazer. Poppy era a única pessoa no mundo que sabia de tudo — da parte que amava Dixon, que sabia que podia ser feliz com ele, em um futuro previsível e agradável. Da parte que se apaixonou por Will, que por um breve tempo imaginou uma vida totalmente imprevisível. E a parte que tinha deixado para trás na Virginia, o bebê que nunca teve a chance de conhecer.

Ela queria contar tudo isso para Will, queria que ele entendesse o desenho complicado da sua vida. Mas também queria ir embora, bater os calcanhares como uma feiticeira e se materializar no adorável apartamento de três quartos, cada cômodo climatizado e tudo em tons de cinza e greige. Mas quando ergueu os olhos de novo, o rosto de Will estava mais próximo.

*Um beijo só*, Corinne pensou. *Só um, de despedida.*

— Não devíamos fazer isso — murmurou ela, mas deixou Will tirar seu vestido pela cabeça.

— É, não devíamos — concordou Will ao levar Corinne para o quarto.

A cama de Will cheirava a sabonete e açúcar. Ele ficou por cima de Corinne e começou a beijar cada centímetro do corpo dela. Corinne fechou os olhos e tentou não sentir, mas estremecia com as mãos ásperas de Will acariciando sua pele nua. Ele era rápido, faminto e enlouquecido, rijo, desesperado e carente. Ele não tocou a cicatriz da cesárea. O mais importante foi que também não perguntou o que era. Corinne procurou não pensar em Dixon e naquele quarto escuro e trancado que era seu segredo. Mas logo nem precisou mais se esforçar para não pensar. Todo raciocínio sumiu e só restou o físico.

    Corinne esfregava os pés nos lençóis, as pernas trêmulas. Era como se Will a compreendesse, sem ela precisar dizer uma só palavra. Isso o diferenciava dos outros namorados que teve quando mais jovem. Todos eles tinham se atrapalhado, feito perguntas demais, dado risada quando não deviam. E Will... bem, ele simplesmente *sabia*.

Quando Corinne abriu os olhos, estava escuro lá fora. Devia ter cochilado. Will não estava na cama e ela ouviu barulho de panelas na cozinha. Ficou ali deitada um pouco, pensando no que tinha feito. O que tinha feito *outra vez*, lembrou. Mas em vez de sentir vergonha, a sensação de culpa da qual tinha tentado se livrar da outra vez, ela estava tranquila. Sentia-se luminosa. Ela se levantou, se vestiu e foi na direção do barulho.

    Will estava de cueca e descalço, cuidando de uma panela no fogão. Cabelo despenteado, pele corada e muito concentrado, virando alguma coisa na panela. Ele a viu na porta e sorriu.

— Fiz um lanche para nós. — Ele pôs um sanduíche em um prato. — Queijo-quente com azeite de trufas.

— Não precisava — disse Corinne baixinho, aceitando o prato.

    Apesar de saber que azeite de trufas, queijo brie e pão talvez fossem as piores coisas para quem não queria engordar, ela mordeu o sanduíche assim mesmo e se deliciou.

— Ah, meu Deus, isso está bom demais!

— Fique comigo e faço um desses para você todos os dias — disse Will quando ela se sentou em um banquinho alto.

— Eu ia engordar cem quilos.

— Então faço dia sim, dia não. — Will tocou o queixo dela e a fez virar o rosto para si.

— Você sabe que não é tão fácil.

— Então me conte. — Ele suspirou.

Will se levantou do banquinho, foi até uma mesa desarrumada e embutida em um canto da cozinha e pegou uma folha de papel do topo de uma pilha.

— Isso é para você.

Corinne limpou os dedos em um guardanapo e leu o que estava escrito. "Pedido", dizia no topo, perto do logotipo do Coxswain. "Clientes: Dixon Shackelford e Corinne Saybrook. Descrição do evento: ensaio de jantar (175 convidados) e casamento (260 convidados) na casa dos Saybrook em Meriweather, Massachusetts."

Ela sentiu um aperto no peito. Era quase perverso ver o nome dela, de Dixon e de Will em uma mesma folha de papel. Ela queria mudar tudo, ter Will como noivo e Dixon como prestador de serviço.

Will mordeu sua metade do sanduíche.

— Você vai mesmo até o fim com isso?

Os olhos de Corinne arderam com as lágrimas iminentes.

— Eu não sei.

— Você o ama?

Ela ficou com um nó na garganta.

— Não é só isso.

— Casamento não é sobre amor? Isso é novidade para mim. — A voz dele estava seca como nunca.

Corinne se concentrou no prato branco em que estava o sanduíche. Ela amava Dixon, sim, mas será que isso bastava? Será que era o tipo de amor para construir uma vida? Era o tipo de amor que durava para sempre?

— É complicado. — Ela riu com certa amargura. — Quero dizer, é óbvio — disse ela, olhando em volta.

Will voltou para perto do fogão.

— Eu não entendo. Se você o ama, por que está aqui?

— É, eu sei. É só que... — Ela suspirou e espiou pela janela. — Isso deixaria minha família arrasada.

Ela se lembrou da voz embargada do pai dizendo que estava orgulhoso.

— E eu também não sou assim. Preciso fazer a coisa certa. Casar com a pessoa certa.

Will arqueou as sobrancelhas.

— Não estamos na idade das trevas, Corinne. Os casamentos não são mais arranjados. — Will cruzou os braços. — Tem mais alguma coisa, não é?

Ambos ficaram em silêncio um tempo. Corinne desviou o olhar primeiro.

— Não — mentiu ela, com o segredo flutuando no peito.

Queria contar para ele, mas como começar a explicar? *Engravidei naquele verão. Nós temos um bebê em algum lugar por aí. Você é pai.*

Ele chegou mais perto.

— Você não quer ter uma vida honesta? Não quer que seus sentimentos e ações sejam *verdadeiros*?

Ela se encolheu, tentando se esconder.

— Não posso dar a resposta que você quer agora. Preciso de mais tempo.

— Você não *tem* muito mais tempo.

Alguma coisa quebrou na cozinha. Só quando viu o prato em cacos no chão foi que Corinne percebeu que Will o tinha quebrado. Ele estava parado, ofegante, os músculos dos ombros, bíceps e peito saltados e fortes. Corinne ficou de pé de um pulo.

— Você está me assustando — ela disse, de repente nervosa.

Will a encarou, dentes cerrados.

— Por que você não entende que não é a única com sentimentos? — A voz dele falhou. — Que não é a única pessoa nessa equação?

— Você faz parecer que eu sou muito egoísta. — Ela se virou para a porta, piscando para secar as lágrimas e procurando seu sapato.

— É isso que você pensa?

Will não respondeu. Corinne achou o sapato de salto alto Jimmy Choo e começou a calçar, com um nó na garganta. Não conseguiu enfiar o calcanhar na tira, por isso o deixou solto, desarrumado e bagunçado como ela se sentia.

— Vou embora — murmurou.

Will foi acompanhá-la até a porta, mas Corinne marchou alguns passos à frente e se recusou a olhar para ele. Will pigarreou.

— Corinne, pare. Desculpe. Eu quero ficar com você. E acho que você quer ficar comigo. Devia ser simples.

Corinne parou e deu meia-volta. Ele estava parado na porta com uma expressão angustiada.

— Bem, não é — ela sussurrou, e foi para a escada.

## 17

Depois de dar uma entrevista no estúdio da *New York CNN*, Aster voltou para seu minúsculo cubículo na Saybrook e ficou olhando para um enorme fichário sobre a mesa, com a lista de todas as gemas Saybrook que ainda estavam no depósito da empresa. O fichário tinha separação por cor e depois por quilates e outras características, como em que lugar o diamante fora encontrado e se estava lapidado. Elizabeth tinha pedido para ela digitalizar toda aquela informação e carregar as fotos em um servidor na nuvem, que ela não tinha ideia do que era. Mas Aster precisava de um minuto para respirar. Havia conseguido se controlar bem durante a entrevista — na verdade, achou que fez um ótimo trabalho —, mas falar sobre Poppy a afetara mais do que imaginava. Depois da entrevista, começou a chorar a caminho do banheiro. Entrou em um cubículo e soluçou em silêncio um minuto inteiro, então refez a pesada maquiagem antes de se despedir e sair do estúdio. Aster sabia que não podia deixar ninguém vê-la chorando.

O celular vibrou e ela viu a mensagem: *Nova publicação no Abençoados e amaldiçoados.* Mitch tinha ajudado Aster a assinar para receber aqueles alertas, algumas semanas antes. Podia até ser masoquismo ver alguém lavar toda a roupa suja dos Saybrook em público na internet, mas Aster achava que era melhor saber o que diziam do que ser pega de surpresa.

Ela respirou fundo para reunir forças e tocou no link. E sim, havia uma nova publicação. Duas fotos lado a lado na tela. À esquerda, a de uma figura coberta com um lençol em uma movimentada calçada de Manhattan, um cacho de cabelo louro aparecendo sob o pano, um sapato elegante de couro de cobra despontando na outra ponta. Aster prendeu a respiração. *Poppy*.

A outra foto era de Natasha em um leito de hospital. Com tubos saindo do nariz. Cabelo preto encaracolado emoldurando o rosto oval, e um sorriso estranho brincando em seus lábios. O queixo de Aster caiu. Como alguém conseguiu chegar assim tão perto para tirar aquela foto de Natasha?

"Duas herdeiras já foram, faltam três", dizia o título em letras vermelhas.

Aster ligou imediatamente para Foley, mas não conseguiu completar a chamada. Tentou se acalmar e rolou a matéria para ler os comentários embaixo. Alguns condenavam o autor e exigiam que o administrador do blog deletasse a postagem. Outros diziam: "Vocês não aguentam uma piada?" E mais gente comentava que Aster e as primas mereciam tudo aquilo. "Vagabundas esnobes", dizia um comentário anônimo. "Aqui se faz, aqui se paga."

O telefone vibrou e Aster se assustou. O site tinha desaparecido e o nome de Clarissa surgiu na tela. Aster ficou contente. Não via Clarissa desde antes da morte de Poppy, mas claro que a amiga apareceria na hora que ela precisava.

— Imagino que você me viu na CNN, não é? — disse Aster em vez de "alô", ainda abalada com a publicação do site.

— Por que você esteve na CNN? — A voz de Clarissa estava rouca, como ficava quando ela fumava demais.

Aster se perguntou onde a amiga estivera na noite anterior. Em um dos lugares preferidos, ou em uma nova boate de que Aster nem tinha ouvido falar?

— Porque alguém tentou me *matar* — disse Aster lentamente, tremendo. — Tem um assassino em série maluco deixando mensagens no site de fofocas sobre minha família.

— Você não devia ler esse site — disse Clarissa. — Você sabe que é tudo besteira.

Só que ultimamente não era, pensou Aster. Nem tudo.

— De qualquer forma... — Clarissa bocejou — Você vem ou não hoje à noite?

Aster apertou o celular, espantada que Clarissa mudasse de assunto. Ser perseguida por um assassino não era grande coisa?

— Hum... onde?

Clarissa bufou.

— À Boom Boom, é claro! Jake vai estar lá.

Aster acessou o blog *Abençoados e amaldiçoados* pelo computador. As fotos de Poppy e de Natasha ainda estavam lá, bem no centro. Ela minimizou a janela.

— Jake?

— *Gyllenhaal*! Aster, mandei prints das mensagens dele. Você não viu?

Clarissa parecia cada vez mais irritada. Começou a contar uma história, se vangloriando de ter trocado mensagens com Jake e que eles iam se encontrar lá meia noite e meia.

— Eu adoraria — disse Aster —, mas, como acabei de dizer, estou correndo risco de vida. Acho que é melhor ficar quieta.

Clarissa riu com deboche.

— Você está sendo dramática nível Kim Kardashian, querida. As pessoas que publicam nesse site só estão se divertindo.

*E você sabe disso porque é uma delas?* Aster sentiu uma pontada de aborrecimento. Então notou alguém passando no corredor.

— Preciso desligar. Ligo para você mais tarde — disse, e desligou. — Mitch!

Ele se virou para ela e abriu um sorriso.

— Oi — respondeu ele, baixinho. — Como você está?

— Estou bem.

Mitch não tinha se barbeado naquela manhã e a barba rala fez Aster notar como o queixo dele era quadrado. E também não estava de óculos. Aster nunca imaginou que os cílios dele fossem tão compridos, os mais longos que já tinha visto em um homem.

Mitch semicerrou os olhos e examinou as feições dela.

— Sabe, *eu* não estaria nada bem se passasse pelo que você passou esse fim de semana. — Ele espiou o corredor. — Elizabeth falou alguma coisa?

Aster balançou a cabeça.

— Nem uma palavra. Na verdade, ela ficou muito aborrecida de eu ter de dar uma entrevista hoje.

A porta da sala de Elizabeth estava bem fechada quando ela chegou para trabalhar, mas ela mandou para Aster um e-mail com a lista de tarefas, tudo em letras maiúsculas.

— Ela acha isso tudo uma inconveniência.

Mitch bufou.

— Eu diria que foi *ela* quem jogou o carro de vocês para fora da ponte, só que aí ela não teria ninguém para fazer essa porcaria de trabalho.

Aster já tinha pensado nisso. Era óbvio que Elizabeth detestava os Saybrook. Talvez tivesse matado Poppy também, e estivesse atrás das primas agora. Mas ela verificou a agenda de Elizabeth aquela manhã, antes da entrevista. Sua chefe realmente estava fora na manhã em que Poppy foi assassinada. Havia até recibos do Four Seasons LA e do Katsuya para provar.

Aster percebeu que Mitch continuava a examinar o rosto dela. Ele balançou a cabeça.

— Sinceramente, não entendo como você está aqui hoje. Se precisar de alguma coisa, é só chamar, ok? Posso fazer sua ronda do café, para variar — disse ele, irônico.

Aster deu uma risadinha.

— Obrigada — disse ela, e olhou para a tela do computador outra vez. — Quer descobrir quem é responsável pelo *Abençoados e amaldiçoados* para mim?

Mitch franziu a testa.

— O FBI não está fazendo isso?

— É... — Não parecia que eles estavam se esforçando muito.

Aster apertou os dedos nas têmporas. A cabeça latejava, provavelmente porque não teve uma noite de sono decente desde a morte de Poppy. Naquelas últimas noites, sua cabeça ficou trabalhando sem parar, tentando descobrir quem poderia estar atrás delas. Natasha, talvez... ela detestava tanto a família que podia estar pegando uma por uma, só que seu último plano deu errado e quem acabou ferida foi ela. Ou uma amante de Steven? Talvez Elizabeth. Ou alguém que elas nem conheciam. E Poppy tinha mesmo um segredo? Por que Natasha era a única que sabia?

— Mitch — chamou Aster, tendo uma ideia —, você já teve acesso aos e-mails da empresa?

— Não sei se devo responder honestamente.

— Não vou te causar problemas. Só estou curiosa sobre Poppy. — Ela pigarreou. — É que descobri que ela estava passando por... *dificuldades*. — A mesma palavra que Jonathan York tinha usado na conversa com Corinne, no funeral de Poppy. — E talvez guardando um segredo.

— Você está falando da coisa das joias?

— Que coisa das joias?

Mitch pareceu indeciso, depois chegou para a frente na cadeira.

— Pensei que era disso que estava falando. Alguns meses atrás, o RH estava preocupado porque Poppy estava... levando coisas.

Aster ficou atônita.

— Levando coisas? Como assim?

— Eu vi num e-mail. Acho que ela registrou algumas peças para mostrar para clientes e não devolveu. As pessoas estavam preocupadas pensando que ela tinha... roubado, eu acho. E depois vendido.

Aster riu, incrédula.

— Por que Poppy ia precisar de dinheiro?

Mitch deu de ombros.

— Eu não sei. Segundos os e-mails, as joias nunca foram devolvidas.

— Então ela estava com problemas? — perguntou Aster, a cabeça trabalhando lentamente.

Mitch olhou para o teto.

— Acho que tudo se resolveu. Mas não tenho ideia de como.

— Meu Deus.

Agora a cabeça de Aster latejava com mais força. Quem era essa nova Poppy, e por que nunca a conheceu? Ficou imaginando se Rowan sabia das alegações de furto. Não devia saber, ela teria mencionado.

— Eu odeio isso — Aster sussurrou, sentindo que era coisa demais.

— Ei — murmurou Mitch —, está tudo bem. Vai ficar tudo bem.

Ele estendeu a mão como se fosse encostar no ombro dela, mas deve ter mudado de ideia e deixou o braço pender. O silêncio tenso cresceu entre eles.

Aster por fim se virou e clicou ao acaso no computador.

— É melhor você sair daqui, senão Elizabeth vai jogar nós dois da ponte.

— Certo. — Mitch pareceu um pouco desapontado. — Até mais, Aster.

Ele deu meia-volta e foi para o corredor. O sapato estava desamarrado e ele tropeçou no cadarço, virou para trás e encolheu os ombros, sem graça. Aster balançou a cabeça, sorrindo.

O telefone tocou e ela pulou de susto. O ramal do pai apareceu na tela.

— Papai — disse Aster, abalada —, tudo bem?

— Preciso conversar com você sobre uma coisa. — Mason parecia bem sério.

— Agora? — Aster engoliu em seco.

Será que ele ia dar uma bronca por causa da entrevista na CNN? O que tinha feito de errado dessa vez?

— Você pode vir à minha sala?

Aster deu uma espiada no corredor.

— Não sei se Elizabeth vai gostar disso.

— Eu falo com ela. Venha agora.

Ele desligou antes de Aster responder. Ela se levantou, alisou o vestido azul que ficava bonito na câmera e realçava seus olhos. Talvez aquela fosse uma boa oportunidade, pensou. Ia perguntar sobre Steven para o pai.

Ela se lembrou daquela noite, na festa do fim do verão, há cinco anos. Foi quando alcançou o ponto sem volta. Se ela tivesse feito outra escolha naquela noite, o pai e ela poderiam ter feito as pazes.

Mas, em vez disso, Aster seguiu Steven para longe do grupo, movida pela adrenalina e pela raiva. Aquela seria a vingança perfeita contra o pai. Se ele era capaz de arruinar o relacionamento dela com a melhor amiga, então ela destruiria uma amizade dele.

Quanto a Danielle, Aster só sentia raiva. Tinha jogado fora sua amizade para ficar com o pai dela.

Ela e Steven abriram caminho pelos juncos e desceram até a praia. Steven tinha dito que queria mostrar seu iate para Aster, mas assim que ficaram fora de vista, ele a agarrou pela cintura e a puxou para perto. Eles se deitaram e as mãos dele passearam por todo o corpo dela. Em segundos, ele abriu o zíper do seu vestido e o jogou na areia. Um vento fresco beijou a pele nua de Aster. Ela desabotoou a camisa dele e afrouxou a faixa do smoking.

— Ah, meu Deus — ele sussurrou no ouvido de Aster. — Você está toda molhada.

Aster não estava a fim de falar sacanagem, por isso reagiu abrindo o zíper da calça dele e puxando-a para baixo.

A lua estava alta no céu. Aster fechou os olhos e puxou Steven para mais perto, deixou a raiva alimentar seus movimentos no lugar do desejo. A boca dele estava quente e tinha gosto de uísque e limão. Em certo ponto, ela pensou sentir cheiro de charuto, mas o vento mudou e o cheiro passou.

Ela não ouviu o pai chegar até ele parar quase em cima dela.

Steven fugiu aos tropeços, vestindo a calça. Mason ficou lá parado como uma tora, sólido e firme, com os braços ao lado do corpo. Os olhos dele estavam fulminantes. O corpo tremia de raiva.

— Qual é a porra do seu problema? — ele rosnou para Aster.

Ela se sentou, enrolou o vestido no corpo e cruzou os braços, sentindo uma firmeza que não sentia há muito tempo.

— Se você pode transar com a minha amiga — ela disse com voz firme —, então eu posso transar com o seu.

*Bip.*

Aster olhou de novo para a tela do computador. O *Abençoados e amaldiçoados* atualizou a página e apareceu uma nova publicação acima das fotos de Poppy e Natasha. Era uma foto dela chorando enquanto entrava no banheiro do Time Warner Center. Estava de olhos fechados, a maquiagem borrada e lágrimas escorriam pelo rosto.

"Lágrimas de crocodilo", dizia o título.

O coração dela pulou uma batida. Não tinha visto ninguém no corredor depois da entrevista. Como foi que o site conseguiu aquela foto?

Ela estremeceu e fechou o blog, depois foi para o elevador. O que o pai tinha a dizer não podia ser mais assustador do que aquilo.

Aster subiu dois andares até onde ficavam as salas dos advogados e executivos. Virou à direita, para a grande sala de canto.

— Oi? — chamou baixinho, enfiando a cabeça na abertura da porta.

A sala do pai estava vazia, a cadeira dele virada para a janela. Aster entrou e examinou a mesa dele. Não havia nenhum bilhete explicando que ia voltar logo. Ela sentiu uma irritação familiar. Era bem a cara dele chamar e deixá-la esperando.

Na tela do computador ela viu uma página com o logotipo do banco Chase. Aster já estava virando para o outro lado, mas parou ao notar a quantidade de zeros que havia lá. Era o recibo de confirmação da liquidação de ações de participação de uma empresa: "100.000

ações", dizia. "Pela quantia de 10 milhões de dólares." Aster fez uma expressão surpresa e chegou mais perto para ver. A transação era de cinco anos antes. Por que será que o pai dela estava vendo aquilo agora, e para fazer o quê? Por que Mason ia querer se desfazer de tantas ações de uma vez só?

— Aster.

O pai dela estava na porta.

— Ah, oi — disse Aster, correndo para o sofá e se sentando.

Alguém saiu de trás do pai dela; era Jonathan York, que tinha sido seu tio. Ele usava um terno cinza bem cortado, sapatos brilhantes e um grande relógio de ouro no pulso esquerdo. E um sorriso presunçoso.

— Ah, olá, Jonathan — disse Aster, acenando para ele.

Quando Jonathan era oficialmente seu tio, Aster nunca soube como lidar com ele. A família era cheia de personalidades fortes, mas havia alguma coisa nele... seu silêncio, os ombros largos, o olhar penetrante... que a deixava nervosa. Diziam que tia Grace e ele tinham se divorciado porque ele era controlador demais.

— Jonathan estava de saída. — Mason virou para apertar a mão dele. — Ligo para você amanhã.

Jonathan meneou a cabeça, sério, e foi embora.

Mason entrou na sala e fechou a porta.

— O que ele estava fazendo aqui? — perguntou Aster.

— Ah, criando problema, como sempre — respondeu Mason, rápido, passando por ela e indo para a mesa.

Ele girou a cadeira e se sentou. Ao ver a tela do computador, uma expressão de desconfiança passou pelo rosto dele, que encarou Aster. Ela fez cara de paisagem. Então Mason esticou a mão e apagou a tela.

— Bom. — Mason abriu uma coca diet, deu um longo gole e engoliu fazendo barulho. — Você fez um bom trabalho na CNN.

— Fiz?

— Sim, fez. Deanna e eu estamos satisfeitos. E sua avó também. Agradecemos você ter feito isso assim de última hora.

Aster mexeu na gola da blusa, desacostumada com elogios.

— Sem problema — respondeu baixinho.

Mason tamborilou na mesa.

— Também quero agradecer a boa ideia para o anel de noivado de Ko e Faun.

Aster franziu a testa.

— Como assim?

— Fazer o anel inspirado em um dos que a mãe de Faun tinha. Elizabeth me contou essa manhã.

— Elizabeth *usou* essa ideia? Ela me disse que era idiota.

Mason tossiu.

— Bem, ela apresentou essa ideia para mim hoje. E tentou levar o crédito, sim, mas Mitch Erikson estava aqui, trabalhando no meu computador, e me informou que a ideia foi sua. Perguntei a Elizabeth se isso era verdade e ela admitiu que era.

Elizabeth fora desmascarada? Mitch a defendera para seu pai? Aster sorriu ao imaginar.

Mason se inclinou para a frente e sua expressão ficou mais suave.

— Gostaria que você trabalhasse mais próxima dos clientes. Parece que seu histórico a transforma na perfeita consultora para os desejos e necessidades deles. Talvez os últimos anos não tenham sido desperdiçados, afinal.

Aster se espantou.

— Você está me promovendo por causa das minhas farras?

Mason fez uma cara triste.

Prefiro não colocar as coisas desse jeito.

— É só que... eu não esperava.

— Bom, de nada — disse Mason.

Eles ficaram olhando um para o outro em silêncio. Aster detestava isso, mas sentia falta do pai. Sentia falta dos incentivos dele, de quando ele acreditava nela, a encorajava. "Aster, sou seu maior fã", ele costumava dizer. "Nunca se esqueça disso."

Mas então ela se lembrou dele abraçando Danielle, dormindo com sua melhor amiga e achando que podia esconder isso dela, e a janela que tinha se aberto um pouquinho voltou a se fechar.

Ela pigarreou.

— Quero perguntar uma coisa.

Mason fez que sim e Aster foi em frente.

— Você sabe se Steven Barnett tinha uma amante séria antes de morrer?

Mason fez uma careta. Largou o mouse.

— De onde você tirou isso?

— É que Elizabeth é minha chefe — explicou Aster rapidamente, encarando-o, esperando uma reação. — E aí ela comentou coisas do tipo. Eu estava pensando...

— Procuro não saber de fofocas dos funcionários — disse Mason bruscamente. — Steven fez muita coisa que eu não aprovo.

— Mas o vô Alfred não o escolheu enquanto ele ainda estava estudando administração? Ele sempre deu muito crédito a Steven pelo sucesso nos negócios.

— Sim. — Mason arrumou os papéis em um lado da mesa. — Nem todos nós tínhamos Steven em tão alta conta quanto o seu avô.

Aster não teve coragem de insistir no assunto. Mas já que o clima inicial tinha mudado, achou que podia ir adiante.

— Poppy furtou joias?

Mason recuou, zangado.

— Onde foi que você ouviu isso? Foi naquele site?

— Não. É verdade?

Mason cerrou o punho com tanta força que as veias saltaram nas costas da mão. Ele respirou fundo alguns segundos, de olhos baixos.

— Já foi resolvido.

Ela franziu o cenho.

— Como assim?

— Pare de mexer nesse assunto.

— Por que Poppy faria uma coisa dessas? Foley sabe disso?

Mason se levantou de repente. Aster se encolheu no sofá, dando um gritinho.

— O que foi que acabei de dizer?

— Desculpe. — A respiração de Aster ficou trêmula. — Eu só...

— Já falei para você parar de mexer nesse assunto! — berrou Mason.

— Está bem — sussurrou Aster, se encolhendo.

As narinas de Mason dilataram. Ele fez menção de falar mais alguma coisa, mas foi interrompido pelo telefone na mesa.

— Eu tenho que atender — disse ele, e gesticulou como se dissesse *você está dispensada*.

Aster se levantou e correu para a porta, batendo-a com força ao sair da sala.

## 18

Na sexta-feira, Rowan parou na frente do Scarpetta, no bairro Meatpacking District. Era um dos restaurantes preferidos de Poppy. Antes de Poppy se casar com James, ela e Rowan costumavam se encontrar ali depois do expediente para beber taças de vinho tinto que os homens no bar sempre pagavam para elas. "Deixe que eles paguem", Poppy dizia, jogando o cabelo louro para trás dos ombros. "Faz com que se sintam úteis... e é um preço bem baixo para conversar com alguém incrível como você, Ro." Agora, só de ver o toldo do restaurante Rowan se sentiu tomada de saudade e tristeza.

Mas essa emoção passou rapidamente quando sentiu que tinha alguém olhando fixo para suas costas. Deu meia-volta e dois homens, alguns anos mais novos do que ela, viraram para outro lado apressadamente, fingindo que não a estavam encarando. O sinal para pedestres abriu e eles atravessaram a rua. Rowan ouviu um deles falar "vídeo pornô".

Ela suspirou. Toda a cidade de Nova York agora sabia como ela agia durante o sexo. Deanna e os advogados da família tinham enviado inúmeros e-mails ameaçadores para o *Abençoados e amaldiçoados*, e a publicação acabou sendo retirada do site. Mas eles ainda não sabiam quem eram os responsáveis por aquela droga de blog... nem quem espionava para eles.

O vídeo era como uma marca na alma de Rowan. Os irmãos ligaram para falar disso, fizeram perguntas constrangidas, preocupadas.

A mãe dela, feminista, tinha ido de carro até a cidade para ver Rowan. Ao sabor de batata frita e salada de quinoa, no Peacefood Cafe, Leona deu um sermão em Rowan dizendo que aos 32 anos ela devia ter um pouco mais de cuidado em seus encontros... sem falar que, se não trabalhasse para a empresa da família, podia ter sido demitida. Até James ficou histérico, mesmo Rowan garantindo muitas vezes que ninguém sabia que era ele. A situação toda era uma tortura.

O celular dela tocou tão baixo que Rowan quase não o ouviu sob o barulho do trânsito na Fourteenth Street. Abriu a telinha e viu um número com prefixo de Nova York. Atendeu e uma voz jovem e feminina disse:

— Rowan Saybrook? Aqui é Shoshanna Aaron. Estou respondendo à sua ligação.

— Oi — disse Rowan, enfática, protegendo o bocal com a mão em concha. — Muito obrigada por me ligar.

Passou um ônibus, abafando a voz de Rowan um segundo, mas ela logo iniciou o discurso que tinha ensaiado.

— Não vou abusar do seu tempo. Sou consultora jurídica da Saybrook e chegou ao meu conhecimento que você tem informações sobre Poppy.

Ela ouviu barulho de folhas de papel sendo manuseadas do outro lado da linha.

— Como assim?

Rowan visualizou a antiga assistente de Poppy. Cabelo preto comprido, pele azeitonada, um rosto bonito, um relógio Chopard com diamantes que certamente quem pagou foi o pai dela, não seu salário de assistente. Ela combinava com o mercado de joias, vivia saindo com um bando de mulheres para almoços e happy hours.

— Falei recentemente com Danielle Gilchrist e ela me contou que você notou Poppy agindo de forma estranha antes da sua saída para a De Beers.

Longa pausa.

— Eu sinto muito pelo que aconteceu com Poppy — disse Shoshanna. — Fico muito mal comentando qualquer coisa dela, sabe?

— Eu sei — disse Rowan. — Essa conversa não vai para os registros. Estou só curiosa sobre o que realmente aconteceu.

— Bem, ela estava agindo de modo estranho — disse Shoshanna, pouco à vontade. — Me pediu para não participar de várias chamadas. Marcava compromissos, mas não descrevia com quem eram, ou onde seriam. Ficava difícil explicar para Mason e outros executivos por que ela não comparecia às reuniões, já que eu não sabia onde ela estava. Mas o que realmente me deixou curiosa foi a suíte que ela alugou no Mandarin.

— Como assim?

— Recebi uma ligação do hotel confirmando a reserva que Poppy tinha feito de uma suíte, em uma quarta-feira. Não estava na agenda dela, por isso achei que fosse um erro. Já ia dizer para cancelarem quando Poppy entrou na outra linha. Ela disse "Shoshanna, já atendi", e então falou para a pessoa encarregada das reservas que ia usar seu cartão particular. — Shoshanna tossiu, constrangida. — Aí eu desliguei. Mas parecia... óbvio, sabe?

Rowan fechou os olhos.

— Mas você nunca ouviu nenhum nome? Nunca... *viu* ninguém?

— Ah não. Nada disso.

Um telefone tocou perto de Shoshanna.

— Por isso pode ser que não signifique nada. Quero dizer, tenho certeza de que não era nada. — Ela engoliu em seco. — Poppy era uma ótima chefe. Não quero que você pense que eu ia... sei lá... inventar de *vender* essa informação.

— Claro que não — disse Rowan, apesar de não ter nem pensado nessa possibilidade.

Ela agradeceu a Shoshanna, encerrou a ligação e foi para o restaurante meio zonza. Pronto, tinha chegado ao máximo de provas que ia conseguir de que Poppy não era quem Rowan achava que era. Mas, por mais dolorosa que fosse a revelação de Shoshanna, também era libertadora. Ficar longe de James era ser leal a um fantasma que não tinha sido leal com James. Poppy tinha seguido a vida e encontrado amor fora do casamento, então agora talvez James e Rowan também pudessem se permitir.

Corinne acenou para ela de uma mesa no fundo, e Rowan assentiu e foi passando entre as mesas para chegar até lá. Diante de Corinne havia um iPad cheio de imagens. A prima estava analisando fotografias para exibir no casamento. Ao ver a expressão de Rowan, Corinne inclinou a cabeça para o lado.

— Aconteceu alguma coisa?

Rowan explicou a conversa que teve com Shoshanna.

— Então talvez Poppy e esse tal cara andassem se encontrando em uma suíte do Mandarin — concluiu ela.

— Hã — disse Corinne baixinho, mas sem parecer, de fato, acreditar. — Quem será esse homem?

— Não faço ideia — disse Rowan.

— Você vai contar para James?

— Já contei para ele o que Danielle disse.

Rowan passou o dedo em um sulco da mesa de madeira. Tinha finalmente contado sua conversa com Danielle na noite anterior, quando dormiu na casa dele.

— Bem, então está provado — disse James com voz rouca.

James queria deixar aquilo para trás, esquecer, ele disse. Agora tinham um ao outro. Mas Rowan não conseguia parar de pensar. E se aquele caso tivesse alguma relação com a morte de Poppy?

Uma garçonete serviu duas taças do malbec preferido de Corinne e tirou Rowan dos seus devaneios.

— Então, como vai a seleção de fotos?

— Hum... — disse Corinne, insatisfeita, passando algumas imagens.

— Que tal essa? — Rowan apontou para uma foto de Corinne e Dixon alguns anos depois que se conheceram em Yale. Estavam em uma festa do Kentucky Derby; Corinne usava um chapéu enorme e Dixon bebia de uma taça de prata. — É fofa.

Corinne balançou a cabeça.

— Estou horrível nessa.

Ela passou para outra foto perfeita e recusou também. E mais uma. Acabou dando um longo suspiro e passou os dedos pelo cabelo. Rowan se lembrou do que Corinne havia confessado na casa de praia.

Ela pousou as mãos no iPad e olhou demoradamente e bem séria para a prima.

— Querida, o que você vai fazer?

Corinne deu outro suspiro trêmulo e encostou a testa na mesa. O repartido do seu cabelo era uma linha perfeita que dividia sua cabeça ao meio.

— Eu vou me casar — respondeu ela, a voz abafada.

— Você *quer* se casar?

— Claro que sim.

— As pessoas vão perdoá-la se não se casar, sabia?

Corinne levantou a cabeça e torceu a boca.

— O que você acha que Poppy faria?

Rowan passou o dedo pela borda da taça.

— Sinceramente, eu não sei — disse ela com uma voz distante. — Ultimamente tenho sentido que não a conhecia.

— Eu sei. — Corinne engoliu em seco. — Primeiro perdemos Poppy... e depois perdemos quem pensávamos que Poppy era. Sinto que preciso revisar toda a minha história com ela.

Ela fez uma expressão angustiada, mas então suspirou e se recompôs. Olhou para o iPad outra vez e deu um sorriso triste ao ver uma imagem na tela.

— Awn.

Rowan espiou. A foto seguinte era de James. Ele estava sozinho no pátio em Meriweather, com um blazer de veludo. Rowan se lembrava daquele blazer — logo depois que ele alugou a casa, naquele verão, James chegou ao apartamento dela na cidade com uma mala da Brooks Brothers.

— As pessoas realmente se vestem assim por aqui? Ou vou ficar parecendo um almofadinha?

Rowan riu.

— Você pede conselho sobre estilo logo para mim?

James riu também.

— É verdade, Saybrook. Você é tão inútil quanto eu.

Mas ele deu uma piscadela, como se dissesse: *estamos nisso juntos*.

Ela pegou o celular da bolsa e verificou a tela. Tinha enviado uma mensagem mais cedo para James, dizendo que estava com saudade, mas ele não tinha respondido. Skylar tinha uma reunião de pais e professores naquela noite e ela queria saber como ele estava.

— Sabe de uma coisa? Fico realmente feliz por vocês — murmurou Corinne.

Rowan tocou a mão da prima.

— Obrigada. Mas não precisa. Eu sei que é esquisito.

Corinne deu de ombros.

— Levando em conta tudo que aconteceu, depois de tudo que descobrimos, não é nada. — Ela tocou o pé da taça de vinho. — Houve mais alguma publicação sobre… o vídeo online?

Rowan balançou a cabeça.

— Não, mas eu ainda não entendi quem pegou aquilo do meu computador — disse ela, preocupada.

Corinne assentiu.

— Você acha que foi alguém no trabalho?

— Pode ser, mas… — Ela se interrompeu ao notar alguma coisa lá fora.

Um homem idêntico a James tinha passado na rua. Mesma altura, mesmo porte, mesma cor de cabelo. Só que a escola de Skylar ficava longe dali. Devia ser um engano.

Mas então ela o avistou novamente através das janelas à esquerda do prédio. Era mesmo James. Ele estava de cabeça abaixada, digitando alguma coisa no celular. Instintivamente, Rowan olhou para a telinha do próprio celular, esperando alguma mensagem, mas não chegou nada.

— O que foi? — perguntou Corinne, notando que Rowan tinha se inclinado para a frente para ver melhor.

James tinha parado e estava olhando para alguma coisa do outro lado da rua. Ele deu alguns passos, quase saindo de vista da janela, parecendo se aproximar de alguém. Ele sorriu. Rowan ficou arrepiada. Reconhecia aquele sorriso.

Ela se levantou da mesa, batendo o joelho sob o tampo.

— Aonde você vai? — exclamou Corinne.

— Volto num segundo — disse Rowan por cima do ombro.

Ia apenas até a porta para ver quem era. Talvez fosse Skylar; talvez tivesse entendido errado o destino dele naquela noite.

Ela passou pelo bar e pela porta dupla para chegar à rua, quase trombando com um homem apressado indo na direção oposta. Os sapatos de salto alto estalaram na calçada quando ela foi até a esquina e examinou a rua, mas James não estava mais lá. Rowan hesitou e avançou um pouco pela rua. Ele podia ter virado uma esquina. Ela verificou as lojas na avenida, uma delicatessen mal iluminada, uma drogaria Duane Reade e uma daquelas lojas de molduras de Nova York que vendiam as mesmas cinco cópias de quadros de Monet.

E lá estava ele, parado na entrada do hotel Dream Downtown. Uma mulher de cabelo preto, de vestido sem manga, segurava sua mão, e os dois avançaram na direção da porta giratória. O estômago de Rowan deu uma cambalhota. Quando a mulher inclinou a cabeça para ele e afastou uma mecha de cabelo do rosto, Rowan percebeu que a conhecia também. Era Evan Pierce. A organizadora do casamento de Corinne. *Amiga* de Poppy.

De repente, Rowan os tinha alcançado sem nem saber como tinha ido parar ali. Evan a viu primeiro.

— Ah! — disse ela, simpática. — Oi, Rowan.

James parou ao ouvir o nome dela. Largou a mão de Evan, mas não se afastou.

— Rowan — disse ele, tenso. — Merda.

Estavam parados na frente da porta giratória; as pessoas tinham que se espremer para desviar deles e entrar no prédio. Mas Rowan não conseguia se mexer.

— Você não está com Skylar. — Foi a única coisa que ela conseguiu dizer, e detestou o som fraco da própria voz.

James se adiantou.

— Eu sei, mas posso explicar.

Rowan recuou, sem deixar que ele a tocasse. Evan cruzou os braços e olhou para James sem entender.

— Está tudo certo?

Mas Rowan só olhava para James.

— Tudo bem, então. Explique.

Eles podiam ter se encontrado para uma reunião de trabalho. Talvez Evan quisesse criar um aplicativo de planejamento de casamento. Talvez...

Os olhos de James iam de um lado para outro com uma expressão culpada. Ele se remexeu e passou a mão no cabelo. O coração de Rowan ficou apertado. Reconheceu aquele olhar também. Tinha visto inúmeras vezes quando James levava uma menina para uma festa e saía com outra.

Mas nunca pensou que ele faria isso com ela.

— Meu Deus — exclamou ela, assumindo uma postura dura.

Rowan se virou para a rua, desesperada para escapar dali.

— Rowan! — chamou James, e correu para alcançá-la. — Espere! Por favor!

Rowan acelerou o passo, correndo até o fim da rua, com os olhos embaçados de lágrimas de vergonha. *Você é uma idiota*, zombava uma voz dentro dela. Pensara que James tinha mudado. Sua cegueira era revoltante, porque ela devia ter previsto.

— Rowan! — A voz de James ficou mais distante.

Ela continuou andando, focando em alguns pontos de referência à frente e nada mais. Se parasse de andar, pensou, podia sucumbir. Se parasse de andar, podia começar a pensar no que tinha acabado de acontecer. E era capaz de se desfazer ali mesmo.

— Rowan! — berrou James a meia quadra de distância. — Rowan, volte aqui!

As palavras dele a envolveram. Ela pensou em um milhão de coisas horríveis que podia dizer, mas não conseguia imaginar sequer encará-lo naquele momento. Por isso apressou o passo outra vez, saiu da avenida e seguiu em ziguezague por uma rua transversal. Depois de dois curtos quarteirões, percebeu que James tinha parado de gritar. Olhou para trás e ele tinha sumido. Em parte, ficou satisfeita, mas também sentiu ódio. Ele nem se deu ao trabalho de alcançá-la.

Ela dobrou uma esquina e foi parar em uma rua que não reconheceu. Matadouros abandoados assomavam dos dois lados como velhas carcaças de ferro. Rowan ouviu barulho de trânsito, mas sua cabeça rodava tanto que não discernia de que lado ficava a Tenth Avenue. O coração disparou. Como podia não saber onde estava em sua própria cidade?

Ela correu, os saltos do sapato girando, braços em movimento de corrida. Ao descer do meio-fio, torceu o tornozelo. Sentiu-se caindo e gritou. Primeiro bateu com o joelho na rua, depois o cotovelo. Sentiu uma dor lancinante e levantou o mais depressa que pôde. Então sentiu uma lufada de vento à esquerda e ouviu uma buzina. Os faróis estavam em cima dela quando virou a cabeça.

— Rowan! — gritou alguém atrás dela, e Rowan se sentiu puxada.

Ela tropeçou no meio-fio de novo e um táxi passou, o motorista ainda buzinando.

— Ah, meu Deus! — gritou Corinne, fazendo Rowan girar e olhar bem nos olhos da prima.

Corinne puxou Rowan e a abraçou com força.

— Aquele carro saiu do nada — murmurou Rowan, sentindo o coração bater nas costelas.

Ela olhou para a rua deserta. As luzes traseiras do táxi desapareceram na esquina. Graças a Deus sua prima estava lá.

Rowan começou a soluçar baixinho. Corinne podia tê-la salvado de um atropelamento, mas quem ia salvá-la da queda livre de um coração partido?

# 19

Corinne entrou em seu prédio e foi chamada pelo porteiro.

— Srta. Saybrook!

Ela se virou, ressabiada. O homem segurava uma pasta de arquivo.

— É para a senhorita. Daquela ruiva.

Corinne foi até ele, pegou a pasta e agradeceu.

"Turquia — Novas Admissões" estava escrito na capa com uma caligrafia redonda. Ela soltou o prendedor e tirou de dentro alguns currículos polpudos. Havia um Post-it cor de rosa grudado no primeiro. "Desculpe dar trabalho para você, mas preciso desses currículos aprovados até amanhã. Obrigada, Danielle."

— Ela é solteira? — perguntou Markus quando ela apertou o botão para chamar o elevador.

Corinne botou os papéis na bolsa.

— Acho que não — respondeu.

Lembrou que Danielle tinha levado um homem atraente chamado Brett Verdoorn para a festa de Natal do ano anterior.

Destrancou a porta do apartamento e largou as chaves na enorme ilha de mármore da cozinha. Dixon, ainda de terno e de mocassins, estava sentado na sala de estar com a TV iluminando seu rosto. Quatro jogadores sentados a uma mesa de pôquer trocavam cartas. Corinne bateu gavetas e portas de armário suspirando bem alto quando viu que Dixon tinha deixado um pote sujo de sorvete derretido dentro da pia de porcelana — será que ele não podia lavar nem um prato? Ela abriu a geladeira e a fechou em seguida, detestando o que tinha dentro. Chutou os sapatos e nem ligou quando deslizaram pelo chão de mármore.

— Oi, querida — disse ele, pondo o braço no encosto do sofá e virando a cabeça para trás para vê-la. — Onde você estava? Mais coisas do casamento?

Corinne se sentou ao lado dele, irritada porque Dixon não havia notado que ela estava nervosa.

— Acabei de ver uma coisa horrível.

Dixon cruzou os braços.

— Alguma coisa naquele site?

— Não. Pior.

Corinne contou que tinham encontrado James com Evan.

— Só espero que Rowan esteja bem. Ela não está me atendendo.

— Espere aí... Evan Pierce? Puta merda. — Dixon tirou as abotoaduras. — Quero dizer, isso é péssimo. Mas por que Rowan está mais chateada que você?

Corinne mordeu a bochecha. Às vezes esquecia de tudo que não contava para Dixon.

— Eles estavam juntos.

Dixon ficou boquiaberto.

— Espere um minuto. James é o cara no vídeo? — Ele pegou seu gin e tônica com uma rodela de limão boiando alegremente, que estava na mesa de canto ao lado do sofá. — Isso não é meio escroto? Dar em cima do marido da prima morta? — Ele ergueu uma sobrancelha para Corinne.

— Dixon, *James* é o escroto — disse Corinne. — Eles são adultos, Rowan não estava dando em cima de ninguém.

Dixon deu risada.

— Ela parecia no comando, naquele vídeo.

— Ela é minha prima, Dixon. Sério que você assistiu o vídeo?

Dixon deu de ombros, tranquilo.

— Eu e o resto do país.

Corinne fechou os olhos e fez o possível para ignorar o comentário.

— Ele está indo para a cama com outra. A melhor amiga de Poppy... que está organizando o nosso casamento.

Corinne esfregou as têmporas, de repente se dando conta de uma coisa.

— Quer dizer que devo dispensá-la? Acho que devo, não é?

— Espere aí. — Dixon levantou a mão para interrompê-la. — Nós não vamos dispensar Evan. O casamento é *semana que vem*.

Corinne se levantou e foi até a grande lareira no fundo da sala. Não sabia por que sentia toda aquela indignação. Ela traiu Dixon. Ela, mais do que qualquer outra pessoa, sabia como era fácil. Como podia simplesmente acontecer.

— Você fala como se ninguém tivesse culpa, *só* Rowan. E James? Pelo menos diga que acha tudo isso que ele fez terrível. Diga pelo menos isso.

Mesmo enquanto falava, ela teve a sensação de estar em uma peça teatral, fazendo o papel de Corinne Saybrook.

Dixon bebeu um gole do coquetel.

— James sempre foi mulherengo. Homens assim não mudam nunca.

Ele voltou a acompanhar o pôquer na hora em que um dos jogadores, um rapaz de expressão arrogante usando um capuz, ganhou aquela mão e pegou um monte de fichas. Corinne pressionou a mão no mármore frio da lareira e tentou respirar, mas sentia um fogo ardendo no peito.

— Então é assim que você põe as coisas? — ela perguntou, trêmula. — Rowan devia saber disso, portanto a culpa é dela?

Dixon largou o copo na mesa.

— Por que você está querendo arrumar uma briga comigo?

— Não quero. Estou só...

— Espere um pouco.

Dixon ergueu a mão e apontou para alguma coisa na tela. Os jogadores estavam fazendo suas apostas.

Corinne engoliu um grito e saiu da sala. Contou até cinco, mas Dixon não foi atrás dela. Afundou em uma das poltronas de espaldar alto com as mãos no colo. Mas a poltrona não era confortável. Pessoas aplaudiram na televisão na outra sala. Dixon também, muito animado.

Corinne sabia o que ia acontecer: em poucos minutos, Dixon ia procurá-la e dizer "Ei, vamos sair", tentando resolver o mal-estar. Então eles iriam a algum lugar barulhento e caro e não conversariam sobre o assunto da discussão, porque eles nunca conversavam sobre suas brigas, como também nunca conversavam sobre qualquer coisa honesta.

E naquele instante ela entendeu: todo o tempo que namoraram, ela esperou que ele *se tornasse* um homem sério. Não sério do tipo eu-quero-casar-com-você, mas sério intrinsecamente. Maduro o bastante para encarar discussões de verdade. O bastante para querer passar uma noite inteira só com ela, em vez de convidar todos que aparecessem, como se ainda fossem universitários. Quanto mais gente, melhor? Será que ele não tinha nada para dizer a ela?

E Corinne aceitava porque também não tinha nada para dizer a ele.

Corinne se levantou e encostou as mãos no vidro da janela, como uma prisioneira em uma cela, vendo os sinais da Quinta Avenida mudarem de vermelho para verde e amarelo, as mãozinhas que avisavam para não atravessar piscando ao mesmo tempo. Era até bonito. Uma pequena sinfonia de luzes embaixo da janela, que jamais havia notado.

*Você não quer ter uma vida honesta?*

Imaginou o rosto de Will e, de repente, achou que podia. De repente, se sentiu mais forte, como se pudesse quebrar aquela forma do que devia ser. Parecia que Poppy tinha quebrado aquele molde, e, caramba, Rowan, Aster e certamente Natasha também. Era como se todas tivessem rompido um contrato importante que toda mulher

Saybrook devia manter. Elas *deviam* ser fiéis e virtuosas. Elas *deviam* servir de exemplo.

Por que precisava carregar a tocha por todas elas? Não parecia justo. E talvez Rowan tivesse razão: a família ia perdoá-la por terminar com Dixon. Talvez não no dia seguinte, mas acabariam perdoando. Ela percebeu que tinha força suficiente para encarar aquela tempestade. Porque teria Will com ela.

Mas viver uma vida honesta também significava botar tudo em pratos limpos. Corinne respirou fundo e ousou avaliar o que aquilo significava. Imaginou a cara de Will quando contasse para ele toda a verdade. Imaginou as perguntas que ele faria. Imaginou o que ele diria, ou não diria. Precisava considerar que ele podia nunca mais querer falar com ela. Mas se Corinne queria que tivessem uma chance, precisava revelar tudo.

Só tinha de fazer uma coisa antes.

## 20

Sábado de manhã, Aster entrou a passos largos no saguão do prédio em que Elizabeth morava, com um chapéu de aba mole, uma túnica cor de areia e sandálias douradas. O dia estava tremendamente quente e Clarissa a tinha convidado para ir ao clube SoHo House mais tarde. Aster estava se esforçando para se animar com o programa. Em geral, ela adorava as tardes de verão no SoHo House, sentada à beira da piscina no terraço, bebendo um rosé gelado. Mas continuava irritada com a total indiferença de Clarissa em relação ao que estava acontecendo com sua família. Alguém tinha matado Poppy e tentado matar as outras herdeiras, e ela tinha de ficar sentada conversando sobre Jake Gyllenhaal e se ele gostava de louras ou morenas?

Respirou fundo, disse seu nome para o porteiro e que estava ali para ver Elizabeth.

— Ela está te esperando? — perguntou ele.

— Sou assistente dela.

Aster ficou nervosa, imaginando se aquilo era má ideia. E se Elizabeth não estivesse em casa? Mas depois de ficar agitada a noite inteira, assombrada por pesadelos com aquele site idiota e suas notícias, Aster tinha acordado determinada a obter respostas.

O porteiro pegou o interfone e, depois de um tempo, assentiu para Aster.

— Pode subir.

Aster respirou fundo, foi até o elevador e subiu até a cobertura, vendo seu reflexo nos quatro espelhos de parede inteira. Alguma coisa brilhou em sua visão periférica, mas quando ela virou, não havia nada, estava sozinha no elevador. Alisou o cabelo com a mão. Precisava parar de ficar tão assustada.

A porta do elevador se abriu e Aster saiu, ressabiada. Tinha deixado vários pacotes na portaria para Elizabeth, mas nunca estivera no apartamento antes. Uma cozinha gourmet ficava à esquerda, feita com uma mistura exótica de pedra e madeira escura. Havia uma sala de estar com mobília moderna e angular, e uma ameaçadora chaminé de bronze saindo do teto como uma língua. Vistas amplas da cidade a receberam pelas janelas enormes. Em uma parede do fundo havia uma grande quantidade de fotos de Elizabeth e Steven juntos: os dois andando pela ala central da igreja no dia do casamento, na frente da Torre Eiffel, e com roupa de banho em uma praia tropical. Sobre a lareira havia uma cópia da mesma foto do casamento que Elizabeth tinha no escritório.

Elizabeth saiu do que devia ser o quarto, usando um comprido robe de seda e chinelos Louis Vuitton, e com uma toalha enrolada na cabeça.

Aster ficou constrangida.

— Ah, desculpe. Eu devia ter ligado antes.

— Sim, devia — disse Elizabeth. — Eu estava fazendo um tratamento facial. Mas já que está aqui, pode muito bem dizer por que veio. A propósito, esse chapéu é horrendo — ela acrescentou, e voltou para o quarto.

*É Hermès*, Aster quis retrucar. Mas em vez disso apenas tirou o chapéu e botou com cuidado em um balcão da cozinha.

Ela seguiu Elizabeth até um imenso quarto em que uma cama kingsize extragrande toda em branco dominava o ambiente. Perto da janela havia três poltronas verde-menta e uma mesa de canto antiga. Um carrinho cheio de cosméticos para a pele estava sobre um tapete oriental, assim como uma grande máquina com o que parecia a ponta de um aspirador saindo de uma caixa branca. Elizabeth se instalou na poltrona, espirrou loção nas palmas das mãos e começou a massagear o rosto.

— E então, o que você quer essa manhã, Aster? Está aqui para pedir demissão?

Aster espiou pelas janelas que iam do teto ao chão. Dava para ver até o interior dos apartamentos do outro lado do pátio. E qualquer um podia vê-la ali com Elizabeth também.

Aster se acomodou na pontinha da poltrona de frente para sua chefe.

— Desculpe desapontá-la, mas não é isso. Gostaria de saber se você pode responder a uma pergunta. Sobre... seu marido.

Elizabeth ergueu uma sobrancelha, mas não disse nada. Aster considerou permissão para continuar.

— O que quero saber é se ele estava tendo um caso com alguém... mais ou menos na época em que esteve comigo.

Aster olhou fixo para o tapete.

— Sabe, ciúme não combina com você — debochou Elizabeth.

Aster ignorou o golpe.

— É que... com tudo isso ligado à investigação do assassinato de Poppy, achei que podia ser importante. E se quem a matou era próximo de Steven? E matou Poppy por vingança?

— Se alguém queria se vingar da morte de Steven, por que esperar cinco anos para empurrá-la da janela? — perguntou Elizabeth.

A máquina apitou e ela botou o tubo na testa quando ele começou a zumbir.

— Podiam ter feito isso no dia seguinte.

— Eu sei que não faz sentido. Mas talvez essa pessoa não tivesse certeza de que tinha sido Poppy. Talvez tenha finalmente encontrado a última peça do quebra-cabeça, ou algo do tipo. Talvez você tenha contado o que viu para mais alguém...

Ouviram uma buzina lá da rua. Elizabeth apontou para a máquina facial.

— Microdermoabrasão. — Ela suspirou. — Faquinhas minúsculas estão arrancando todas as minhas células mortas da pele. Adoro pensar nisso dessa forma.

— Olha, você sabe de alguma coisa ou não? — perguntou Aster, tão impaciente quanto conseguia ousar.

Elizabeth apertou os lábios.

— A única coisa que posso dizer é que meu marido gostava de garotas da cidade. Elas o viam como um deus. Ele adorava isso. Às vezes eu encontrava coisas que elas deixavam para trás... crachás de lanchonetes, batom de farmácia, um apito de salva-vidas, até um talão de cheque, uma vez. Uma vez fui a uma loja de chocolates na Main Street e uma lourinha correu para os fundos. Foi assim que fiquei sabendo que Steven tinha comido ela também.

Aster olhou para as fotos de Steven no aparador da lareira. Ele parecia debochar de todos. A lembrança de um dia ter ficado com ele de repente lhe provocou náuseas.

— E você nunca disse nada? — Aster perguntou.

— E eu ligava para isso? Melhor elas do que eu. — Elizabeth olhou bem para Aster. — Steven não era nenhuma maravilha na cama, como *você* sabe.

Aster corou.

— Ninguém merece ser enganado.

Elizabeth ligou a mangueira outra vez e passou pelo queixo.

— Isso é lindo, vindo de você. — Ela suspirou. — Além do mais, nós assinamos um belo contrato pré-nupcial. Poppy resolveu de um jeito muito mais limpo.

— Não temos certeza se foi Poppy que o matou.

Elizabeth bufou.

— Temos, sim, querida. Nós *temos*.

O sol saiu de trás de uma nuvem e lançou um raio de luz através das janelas.

— Você tinha falado que Poppy podia ter um segredo. Acha que é verdade?

Elizabeth sorriu de um jeito esperto.

— Steven costumava dizer que os Saybrook já nascem mentirosos.

— Sabe sobre o que ele estava falando... quero dizer, especificamente?

Elizabeth a encarou por um bom tempo. Aster se encolheu, prevendo um grande golpe, mas Elizabeth apenas se levantou e tirou a toalha da cabeça. A pele dela brilhava. O cabelo molhado caía sobre os ombros. Ela pegou um copo com água da mesa e bebeu um gole bem devagar.

— Sabe, agora que você mencionou, tinha uma mulher que parecia capaz de fazer qualquer coisa por ele.

— Você sabe onde ela trabalhava? Ou o nome dela, talvez?

Elizabeth embolou a toalha na mão.

— Nunca perguntei. Mas não perca seu tempo, querida... não acho que a imprestável ex-amante do meu marido matou sua prima. Acho que foi alguém de dentro.

— Dentro... de quê?

Elizabeth sorriu.

— Dentro da *família*. — Então ela pegou Aster gentilmente pelo braço e a levou até a porta. — Hora de ir.

— O que isso significa? — perguntou Aster quando a porta dupla abriu deslizando. — Por que diz isso?

Elizabeth praticamente empurrou Aster para fora do apartamento.

— Meu analista vai chegar daqui a pouco. — Ela jogou o chapéu para Aster. — Quer um conselho, querida? Vá perguntar para o seu pai. — Elizabeth piscou um olho. — Você não pode ser a queridinha do papai para sempre.

## 21

Na segunda de manhã, Rowan bateu o joelho machucado em uma baia do escritório montada recentemente e começou a chorar. Nem tinha doído tanto, mas era mais um acidente em uma série de infortúnios.

— Nossa, é tão assustador — sussurrou Jessica, uma das assistentes do jurídico, quando Rowan passou mancando pela sala dela. — Duas Saybrook em poucas semanas.

— Natasha ainda não acordou — comentou Callie, outra assistente. — Estão superamaldiçoadas.

— Ela continua naquele hospital em Massachusetts? — Jessica mexeu o café, batendo com a colher na caneca de cerâmica.

— Não, ouvi dizer que foi levada para outro, na cidade. Lenox Hill, talvez.

*Beth Israel*, Rowan quis corrigir ao se sentar à sua mesa. Natasha tinha sido transferida para lá há poucos dias, para ficar mais perto da família. Rowan tinha ido visitá-la na véspera, se sentado ao lado da cama e olhado para o rosto tranquilo da prima. As pálpebras dela tremeram algumas vezes e ela virou a cabeça um pouco, como se saindo de um sonho. Rowan se levantou, animada. *Ela vai acordar e eu vou arrancar a verdade dela*, pensou. Mas então as feições de Natasha serenaram e ela afundou de novo naquele poço escuro e desconhecido, seu segredo trancado lá dentro.

Rowan apoiou a cabeça nas mãos. Não era só Natasha que a perturbava. Era algo bem mais trivial: a mágoa. Mas era ridículo. Claro que James a tinha traído. Ela tinha assistido da primeira fila todas as inúmeras traições dele. Sempre riu daquelas meninas idiotas que pensavam que havia algo sério entre eles. Mas ela era a mais idiota de todas. Achou que ele havia mudado, que Poppy o transformara. Mas ele traiu Poppy com ela. O que mais tinha feito?

Rowan respirou fundo, rolou a cadeira para trás, abriu uma gaveta do arquivo e achou uma pasta com o nome "Saybrook — Kenwood". Dentro estava o acordo pré-nupcial de Poppy e James, que ela mesma ajudou a escrever, anos atrás.

Ela folheou o documento devagar. Lá estava: James não receberia nada do patrimônio de Poppy se eles se divorciassem. Nem um centavo da polpuda fortuna dela. Nem um dólar dos vencimentos maciços de Poppy como presidente da Saybrook. Rowan tinha debatido isso com ela quando estavam montando o pré-nupcial juntas.

— Isso é bem pesado — dissera ela para Poppy.

Mesmo assim, Poppy se manteve firme. A família tinha trabalhado demais para que qualquer parte da sua fortuna fosse dada de mão beijada. Foi Rowan que deu a má notícia para James, mas ele reagiu bem.

— Não estou com Poppy pelo dinheiro — ele disse simplesmente.

Mas se Poppy morresse... *quando* Poppy morresse... ele ficaria com tudo. Não era impensável que um marido mulherengo fosse querer começar uma nova vida. Também não era implausível que alguém fosse capaz de fazer qualquer coisa para transformar isso em realidade.

Será que James faria isso?

Rowan esfregou os olhos. Claro que não. Além disso, James tinha um álibi: o apartamento de Rowan. Ela saiu antes dele e, quando chegou ao centro, Poppy já havia pulado.

O ar-condicionado ronronou, começando a funcionar, e soprou um pedaço de papel pelo duto de ventilação. Rowan abriu seu e-mail e tentou trabalhar, mas sua cabeça continuava ruminando. Estava insatisfeita.

Relembrou aquela primeira manhã em que ela e James ficaram juntos. E se James não tivesse permanecido no apartamento, como Rowan pensava? E se ele tivesse saído quando ela não estava olhando? Ela parou para tomar café, aquela manhã. Esperou em uma longa fila e foi comer no parque. Ele podia ter saído sem que ela visse. James podia ter pulado da cama assim que ela saiu, vestido sua roupa e chegado à Saybrook a tempo. Era possível.

Terrível, impensável, mas possível.

Ela pegou o telefone na mesa e discou o número do seu prédio, com o coração aos pulos contra as costelas. Harvey, o porteiro, atendeu com a voz animada. Rowan se identificou e perguntou:

— Será que você consegue verificar quando alguém saiu do meu apartamento, em uma certa manhã? Você guarda os vídeos de segurança, não é?

— Sim, claro — disse Harvey — Que dia quer que eu verifique?

Rowan deu a data da morte de Poppy. Se Harvey reconheceu o dia, não deu sinal.

— E quem estamos procurando, por volta de que hora? — ele perguntou.

— Um homem alto, trinta e poucos anos, cabelo meio comprido e ondulado. Camisa listrada. Jeans escuro. Alguma hora da manhã, depois das seis e meia.

Harvey disse que ia ver e pediu o número dela para retornar a ligação. Rowan deu o do celular. Então desligou e botou o fone no console, a cabeça em um impasse.

— Toc, toc?

Rowan levou um susto. James estava à porta.

— O-o que você está fazendo aqui? — ela gaguejou, pulando tão de repente que derrubou uma caneca de café vazia.

James se abaixou para pegar a caneca que rolava no tapete.

— Eu quero explicar.

Rowan pensou na conversa que acabara de ter ao telefone, e teve a consciência incômoda de que o acordo pré-nupcial estava no seu colo.

Então se lembrou de outra coisa: *minha esposa era a presidente*, James tinha dito na última vez que apareceu sem avisar no escritório dela. *Eles sempre me deixam entrar.* Será que também tinham-no deixado entrar na manhã em que Poppy morreu? O nome dele não estaria na lista de assinaturas. Não haveria provas dele entrando no prédio.

— Na verdade, acho melhor você ir embora — disse ela em tom frio, procurando disfarçar a tremedeira.

James se jogou no sofá.

— Saybrook.

— Não me chame assim — Rowan quase gritou, cobrindo os olhos. — Pelo menos não agora.

— Rowan, eu errei. — Ele chegou para a frente. — Quero ficar com você. De verdade, sinceramente. É *você* que eu quero.

A voz dele falhou. Rowan examinou James com mais atenção. O cabelo estava despenteado, a pele pálida, as rugas dos lados da boca muito pronunciadas. Isso provocou nela uma pontada de culpa, mas logo endureceu outra vez. Ele *merecia* se sentir mal. E aquilo podia muito bem não passar de uma encenação.

— A coisa com Evan... foi casual — continuou James quando Rowan não reagiu. — Ela foi lá em casa na outra noite para pegar um suéter que tinha esquecido. Nós conversamos, bebemos uns dois drinques e... — Ele estufou as bochechas e soltou o ar. — Eu não sei como aconteceu. E eu nunca quis que acontecesse de novo.

— Acho que você *quis*, sim — disse Rowan, antes de conseguir se controlar. — Porque você e Evan estavam indo para um hotel, James. Eu não sou nenhuma idiota.

James se levantou e foi até ela, apoiando as mãos em sua mesa e se inclinando para a frente.

— Diga que o que tivemos não significou nada.

Rowan se esforçou para desviar o olhar.

— Eu não quero falar sobre isso agora.

— Bem, eu quero. — A voz de James subiu um tom. — Sou louco por você, Saybrook. E *sei* que você é louca por mim. — Ele chegou mais para a frente, os olhos arregalados. — Já perdi Poppy. Não posso perder você.

— Por favor. — Rowan se afastou. — Quero que você vá embora.

James começou a dar a volta na mesa, indo na direção dela. Em pânico, Rowan girou para ele não poder ver os papéis e cobriu a folha de cima com a mão.

— Não me rejeite — ele implorou, segurando as costas da cadeira e girando-a para ficar de frente para ele outra vez.

Os papéis escorregaram com o movimento súbito. Rowan tentou mantê-los no colo, mas algumas folhas caíram no chão. James inclinou a cabeça, olhando para o tapete. O nome dele estava na primeira página. Em negrito. Um segundo se passou. O relógio Nelson em forma de estrela no canto da parede tiquetaqueou muito alto. Rowan quase percebeu o momento exato em que James entendeu o que ela estava escondendo.

— O que você está fazendo com isso? — disse James com a voz tensa, um tom que Rowan nunca tinha ouvido antes.

— Nada — respondeu ela, apressada, recolhendo as folhas e as escondendo às costas.

Ele avançou rápido para pegar os papéis. Rowan bloqueou a investida com o próprio corpo, enfiou as folhas na gaveta da mesa e fechou com força. James franziu o cenho. Ele passou o braço por cima de Rowan para alcançar o puxador da gaveta, meio inclinado sobre ela.

— Ei! — gritou Rowan, empurrando-o. — Isso é confidencial!

James avançou de novo, os olhos faiscando.

— Pensei que nós fôssemos mais íntimos do que isso.

— Não somos mais "nós" — disse Rowan com firmeza, empurrando James mais uma vez. — Como eu disse antes, James, *vá embora*.

James se endireitou devagar, sem tirar os olhos dela. Estava com o maxilar retesado e as narinas dilatadas. Havia certa tensão e agressividade nele, como uma cobra prestes a atacar. Rowan ficou apavorada. Talvez ele estivesse ali para sentir o clima. E agora, ao flagrar Rowan com o acordo pré-nupcial e agindo de forma tão estranha, ele devia saber que ela suspeitava dele.

Rowan pensou na varanda do escritório dela, igual à de Poppy. A única coisa que a separava do destino de Poppy era a fina porta de vidro atrás dela, o muro baixo da varanda e depois a longa queda até a rua. Aquela porta estava trancada? Rowan não conseguia lembrar.

James deu mais um passo para perto. Rowan chegou a cadeira de rodinhas para trás e bateu na mesa. James deu mais um passo e a encurralou.

— Rowan, Rowan, Rowan — disse James baixinho, o hálito quente no rosto dela.

Ele estendeu a mão e tocou o rosto de Rowan. Ela se encolheu e fechou os olhos, sentindo os dedos dele. Seu maxilar começou a tremer. Ele não seria tão burro a ponto de machucá-la naquele momento. Havia gente na sala ao lado. Mas e se ele perdesse o controle? E se quisesse vingança mesmo significando que seria pego?

— Você vai fazer com que eu pareça um traidor idiota, para todos terem um bode expiatório, não vai? — sussurrou James com raiva.

— Você está louco. — A voz de Rowan soou forçada, estranha. — Vou chamar a segurança.

Ela tentou pegar o telefone.

— Não vai, não.

James agarrou o pulso dela, prendendo-o à mesa com a palma da mão. Rowan tentou alcançar o telefone com a outra mão, mas James a segurou também. Ele a imobilizou em uma posição toda contorcida, as mãos cruzadas uma sobre a outra, suas unhas cravadas na pele dela.

— Por favor — murmurou ela, tentando escapar, o corpo todo tremendo. — Está me machucando. *Pare.*

— Tudo bem aí?

Rowan se virou para ver quem era. James se afastou rapidamente, baixando as mãos. Danielle Gilchrist estava à porta, com uma pasta embaixo do braço, a cabeça inclinada para um lado e a testa franzida.

Olhou para James e depois para Rowan. Rowan sabia que os dois estavam nitidamente ofegantes.

— Eu estava de saída — disse James, atravessando a sala com passos pesados e passando por Danielle.

Danielle viu James seguir furioso pelo corredor e então olhou para Rowan, preocupada.

— Quer que eu chame a segurança? — perguntou ela baixinho.

Rowan passou a mão na nuca. Estava suando. Tinha certeza de que seu rosto estava vermelho também e o coração ainda disparado.

— Apenas se certifique de que ele saia — murmurou.

Danielle assentiu devagar. As duas trocaram um olhar de entendimento e Danielle foi atrás de James.

Um momento depois, o celular de Rowan tocou e ela levou um susto. Engoliu em seco e tirou o aparelho da bolsa. Na tela, um número conhecido.

— Harvey? — ela perguntou, hesitante.

— Sim — respondeu o porteiro. — Só para informar que eu vi o vídeo. Tenho gravada a hora que seu amigo saiu.

Rowan olhou nervosa para a porta da sala.

— Que horas foi?

— Foi às 6h40.

Os joelhos de Rowan cederam. Talvez tenha dito "obrigada", mas não conseguia se lembrar. Às 6h40. Só dez minutos depois dela.

E com tempo mais do que suficiente para chegar ao centro antes de Poppy morrer.

## 22

— A Virginia é para quem ama! — disse a animada comissária de bordo enquanto Corinne desembarcava de um avião de porte médio aquela mesma manhã. — Obrigada por voarem conosco!

Corinne assentiu e pisou na pista. O clima estava mais quente e mais úmido do que em Manhattan, e o cenário em volta era genérico e utilitário, só estacionamentos e placas. Ela foi para a saída do aeroporto, sem precisar pegar bagagem na esteira. A rua em frente estava deserta. Finalmente, chegou uma minivan branca com a marca "Norfolk Kabs" gravada na lateral. Um homem mais velho e simpático, de camisa havaiana, sorriu para ela.

— Para onde vamos?

Corinne olhou para o pedaço de papel amassado que tinha segurado o tempo todo no avião.

— Para a Waterlily Road, número 1840 — ela leu.

Era um endereço que recebera muito tempo atrás, a única coisa além da cicatriz que ficara de lembrança do que tinha acontecido. Corinne nem acreditava que tinha guardado o papel por tanto tempo. Talvez lá no fundo soubesse que um dia faria aquilo.

O taxista fechou a porta da van e manobrou para passar um ônibus da Locadora de Carros Hertz. Ele seguiu as placas de saída do aeroporto e pegou a estrada. Logo apareceu uma pequena barraca na beira da rodovia. "Morangos, melões e brócolis frescos", dizia uma placa de papelão. Uma segunda placa dizia "Fogos de artifício!".

Vendo o cenário verde passar pela janela, a lembrança daquela noite fatídica voltou mais uma vez a Corinne. Depois que o teste confirmou a gravidez, ela se levantou, embrulhou o teste com papel higiênico e escondeu no fundo da bolsa, prometendo jogar fora longe dali. Então espiou pela janela, viu os convidados e tentou imaginar Will se misturando com a família dela. Era algo totalmente inconcebível. Só conseguia imaginá-lo como garçom, ou talvez um convidado claramente deslocado, como Danielle Gilchrist e a mãe dela, duas ruivas às margens do grupo, bebendo vinho branco, excluídas.

Todo aquele verão Corinne se sentiu outra pessoa, como se estivesse possuída, fazendo coisas que jamais faria.

E agora precisava desfazer tudo aquilo.

Meia hora depois de reunir coragem para voltar à festa, a náusea que agora entendia embrulhou seu estômago. Ela avistou Poppy do outro lado da sala, conversando com algumas pessoas do Instituto Gemológico da América, e foi até ela. Poppy devia ter pressentido que havia alguma coisa errada, porque pediu licença e seguiu Corinne até a despensa ao lado da cozinha.

— O que foi? — disse ela, preocupada, se esgueirando entre as prateleiras de manteiga de amendoim e rolos de papel-toalha.

— Você não pode contar para ninguém o que vou dizer — disse Corinne depois de fechar a porta do cubículo escuro.

— Está bem — Poppy pegou as mãos de Corinne, muito séria, e quando notou que a prima estava com dificuldade para falar, deu-lhe um abraço. — Seja o que for, vai ficar tudo bem.

— Estou grávida — sussurrou Corinne, mal conseguindo pronunciar as palavras. — Mas tenho um plano — acrescentou logo —, vou alugar um apartamento em algum lugar, em outro estado. Arrumo um médico e fico lá até resolver.

Poppy secou gentilmente as lágrimas no rosto de Corinne.

— Querida, você não parou para pensar bem nisso.

— Pensei, sim. Eu não posso ter um... — ela não conseguia dizer "bebê". — Mas também não posso *não* ter.

— Você vai querer ficar perto da sua mãe...

A última coisa que Corinne queria era ficar perto da mãe.

— Você não entende? Eu preciso sair daqui e ninguém pode saber disso... Ninguém pode me ver nesse estado. Ia estragar minha vida inteira.

Poppy mordeu o lábio.

— Você está sendo dura demais consigo mesma. — Ela olhou para o teto. — E não se trata de se esconder por um mês, sabe? Terão de ser *nove meses*. Talvez um ano, dependendo da sua recuperação. Como é que vai explicar isso para as pessoas?

— Pensei nisso também — disse Corinne com a voz trêmula.

A ideia veio muito rápido, como se uma parte sombria de sua cabeça tivesse se preparado para aquele dia.

— Você pode dizer para todo o mundo que me enviou para Hong Kong para meu primeiro serviço de desenvolvimento internacional. Você é a presidente agora... pode fazer isso, não é?

— E se alguém quiser procurar você lá? E se alguém te encontrar? Vou ser culpada também, Corinne.

— Ninguém vai descobrir — disse Corinne desesperada. — Mas... por favor, preciso sair daqui. Preciso que você faça isso por mim.

Poppy baixou os olhos e encarou fixamente a cerâmica do chão por um longo tempo.

— Mas seria o primeiro bisneto Saybrook.

Corinne olhou para uma prateleira cheia de latas de sopa, com um nó doloroso na garganta. Tentou fingir que Poppy não tinha acabado de falar aquilo. Em volta, ouvia os sons festivos de garfos batendo nos pratos, a batida do baixo, a voz da avó mais alta do que de qualquer convidado.

— Não sei o que mais posso fazer — ela sussurrou. — Não sei a quem mais pedir ajuda.

Poppy meneou a cabeça.

— Está bem. Só espero que não esteja cometendo um erro.

— Não estou — disse Corinne. — Sei que é pedir muito. Mas só posso confiar em você, mais ninguém.

Poppy pôs as mãos sobre os olhos e ficou assim pelo que pareceu um tempo enorme.

— Está bem — disse ela finalmente. — Vou mencionar Hong Kong para seus pais esta noite.

Corinne pigarreou.

— Pode fazer mais uma coisa? Dizer para Will que eu... fui embora? Deixe tudo bem claro.

Não conseguiria dizer pessoalmente a Will que ia embora. O segredo estaria estampado no rosto dela, ou então acabaria contando se ele perguntasse por que estava terminando com ele.

— Está bem.

Corinne olhou disfarçadamente para Poppy. Sabia que a prima estava tentando não a julgar. E por isso Corinne a amava de todo coração.

Logo depois dessa conversa, ela recebeu uma ligação. Ficou atônita ao ver na tela o nome de Dixon. Ele não ligava há meses. Parecia fadado a ligar exatamente naquele dia.

— Alô? — ela atendeu, ressabiada, torcendo para sua voz não parecer embargada pelas lágrimas.

— Corinne. — A voz de Dixon falhou um pouco. — Oi.

Falaram sobre trivialidades — Dixon mencionou que tinha voltado de Londres, Corinne contou que Poppy era agora presidente da Saybrook. O que Corinne lembrava era que em dado momento Dixon respirou fundo.

— As suas mensagens. Acabei de receber. Eu estava sem caixa postal na Inglaterra.

— Ah.

Deu um branco em Corinne. Ela tentou lembrar quando tinha deixado as mensagens. Antes de Will, o que parecia há séculos.

— Eu não... — Dixon hesitou. — Eu senti sua falta... — Ele tossiu. — Estou em Corpus agora, mas quem sabe nós podemos... não sei...

— Eu também senti sua falta — disse Corinne.

E era verdade. Ela sentiu falta da facilidade de namorar com ele. E gostava de Dixon. Gostava de nunca terem que se esconder, gostava do fato de que os dois compreendiam o passado do outro. Podia ver o futuro que tinha planejado com ele novamente ao seu alcance. Só precisava agarrá-lo, deixar aquele ano passar, sem olhar para trás.

Sim, ela voltaria com Dixon. O verão foi cheio de erros, mas isso consertaria alguns.

— Ok, ótimo — disse Dixon, satisfeito. Corinne percebeu pelo tom de voz que ele estava sorrindo. — Vou te visitar em breve, então.

— Só que não vai dar. — Corinne se apressou em dizer. — Estou de partida para Hong Kong.

— Ah. — Dixon pareceu surpreso. — Por quanto tempo?

— Quase um ano — respondeu Corinne.

Então ela explicou que ele não devia ir visitá-la lá também, que ela estaria ocupada dia e noite. Sabia que ia parecer um castigo por ele tê-la evitado o verão todo. Ótimo, era bom mesmo que ele acreditasse nisso.

Os e-mails que escreveu para Dixon nos nove meses seguintes foram os mais emotivos que Corinne escreveu na vida. As respostas de Dixon eram mais superficiais, mas ele aguentou firme até ela voltar. Nem uma vez ela deu qualquer pista do que estava passando. E Dixon nunca adivinhou — mas também, ele nunca teria imaginado aquilo.

E quanto a Will? Um dia depois de chegar na Virginia e se instalar na casa de praia que tinha alugado, Corinne ligou para Poppy para saber das novidades.

— Você disse para Will que eu tinha ido embora? — ela perguntou.

— Sim, disse — foi tudo que Poppy respondeu.

— Senhorita?

Corinne abriu os olhos. O táxi tinha parado na frente de uma casa de dois andares simpática e bem cuidada, em uma rua tranquila. Havia cortinas de renda nas janelas. Uma cesta de basquete sobre a garagem. A porta da frente estava aberta. Através da tela, Corinne viu uma bagunça de bonecas, Lego e outros brinquedos na escada. O coração dela deu um pulo.

— Chegamos — informou o motorista.

Corinne colocou algumas notas de vinte na mão dele e ficou vendo a minivan se afastar. Foi tomada pelo pânico quando ele virou a esquina e desapareceu. Talvez devesse ter pedido para ele esperar. E se o endereço não fosse aquele? E se ela não conseguisse levar adiante seu plano? O que ia *dizer*?

Ela encarou a casa de novo, respirou fundo e subiu os degraus de concreto até a porta da frente. Uma pequena placa de madeira que dizia "Família Grier" estava sobre uma mesinha de jardim de plástico na varanda minúscula.

Antes que perdesse a coragem, Corinne levantou a mão e bateu na porta metálica de tela.

De dentro da casa ecoavam sons de um programa de entrevistas vespertino e de uma torneira aberta na cozinha. Ela ouviu passos no andar térreo. De repente, apareceu uma menina descalça que abriu a porta, revelando um pequeno patamar e duas escadas, uma subindo para a cozinha e a sala de estar, a outra descendo para um porão.

— Quem é você? — perguntou a menina.

Grandes olhos azuis iguais aos de Corinne a encaravam. Tinha a boca pequena, as orelhas redondas e as sardas de Will. O nariz achatado e o queixo quadrado dele. A menina tinha as mãos pequenas como as de Corinne e pés compridos; tinha até o segundo dedo do pé um pouco maior do que o dedão. O cabelo louro caía pelas costas em um emaranhado de ondas, como o de Aster.

Corinne foi tomada por um misto de tristeza e culpa. Foram tantas as vezes em que imaginou como a filha seria... e lá estava ela, uma combinação perfeita dela com Will. *Eu abri mão de você. Abri mão de você. Abri mão de você*, uma voz repetia em sua cabeça.

Corinne tentou sorrir.

— É... sua mãe está em casa?

A menina deu meia-volta.

— Mamãe! — ela berrou na direção da escada.

O barulho da água da torneira cessou e uma mulher apareceu no topo da escada. Ela semicerrou os olhos para Corinne e desceu lentamente até a porta de tela. Usava um moletom azul-marinho e tinha o rosto pequeno, em formato de coração, que não parecia nada com o da filha. Ela passou o braço em volta da menina e abriu a porta.

— Em que posso ajudá-la?

— Sou Corinne Saybrook — disse Corinne, e estendeu a mão.

A mulher apenas a encarou.

— Sadie Grier.

— E ela? — Corinne olhou para a menina.

Sadie olhou desconfiada para Corinne e pôs as mãos nos ombros da filha.

— Michaela, que tal ir lá para baixo desenhar? Mamãe já vai descer, está bem?

— Está bem.

Michaela deu de ombros e desceu a escada. Corinne se sentiu mal. Sua própria filha nem lhe dera atenção. Não tinha nenhuma ligação com aquela criança. Outra mulher era a mãe dela. A filha não a amava, não a conhecia, não sentia nada por ela. Corinne era apenas uma desconhecida à porta.

Sadie se virou para Corinne.

— Eu sei quem você é. E não quero ser grosseira, mas nós já passamos por isso, não é? — Ela olhou para a escada. — Sei que você se arrepende do que fez, mas vocês não podem ficar vindo aqui assim, interrompendo nossas vidas. Somos os pais dela agora. Você e seu namorado fizeram essa escolha.

Corinne recuou.

— Do que você está falando?

Sadie semicerrou os olhos.

— Agradeço muito o que vocês fizeram, mas precisam nos deixar em paz.

Corinne balançou a cabeça, sem entender.

— Seu namorado esteve aqui no mês passado. No *aniversário* da Michaela. Fez muitas perguntas. E foi muito insistente. Tivemos de explicar para Michaela que não somos seus pais verdadeiros. Como acha que ela se sentiu?

— Espere um minuto. — Corinne agarrou o corrimão da escada da varanda. — Meu *namorado*?

— Um cara alto. Cabelo crespo. Sardas iguais às de Michaela. Obviamente o pai dela.

De repente, Corinne ficou nauseada.

— Mas isso é impossível. Eu nunca contei dela para Will.

Sadie franziu a testa.

— Bem, acho que alguém contou.

— Ele disse quem foi?

Sadie levantou as mãos.

— Isso é assunto de vocês. — Ela inclinou a cabeça para a porta. — Mas parem, ok? Está nos assustando.

— *Assustando?*

— Mamãe?

Sadie olhou para a escada.

— Já vou, querida.

Corinne tentou ver sua linda filha de novo.

— Eu vim de longe — disse ela com a voz entrecortada. — Posso pelo menos falar com ela?

Sadie negou com a cabeça com uma expressão firme.

— Nós somos os pais dela agora. Sinto muito.

E fechou a porta. Corinne ficou na varanda, olhando para o vazio. Tinha passado um caminhão de lixo na rua, a carroceria volumosa estava dobrando a primeira esquina. Uma lata de lixo caída rolou no asfalto. Corinne apertou o peito, sentiu que ia vomitar. Will sabia

Mas como? Ninguém sabia que ela tinha ido se esconder ali ou que teve um bebê. Nem os pais dela, nem Edith, nenhuma amiga ou amigo. Só Poppy. Uma conversa logo antes que Poppy morreu despontou em sua cabeça. Aquele dia em que foi experimentar o vestido de noiva. Poppy a puxou para um canto.

— Amanhã é primeiro de maio. Como está se sentindo?

E Corinne tinha dito que se sentia muito egoísta por nunca ter contado.

— Ainda dá tempo — respondeu Poppy.

E se Poppy sabia que Will estava em Manhattan? Ela podia tê-lo encontrado no Coxswain. Aliás, ela e Evan podiam ter ido lá juntas. Corinne apertou o peito outra vez e sentiu o coração disparado. E se Poppy abriu a Caixa de Pandora... e contou tudo para Will? Ela podia ter achado que estava fazendo uma boa ação. Sadie disse que Will tinha ido lá há um mês, no aniversário de Michaela.

Primeiro de maio. Corinne tinha bloqueado pensamentos sobre a filha naquele dia. E naquela semana ela e Dixon foram ao Coxswain. Ela viu Will pela primeira vez.

E na manhã seguinte, Poppy estava morta.

*Está nos assustando.* Corinne pensou no corpo forte de Will. Na língua afiada da outra noite. No prato quebrado. Qualquer homem ficaria furioso de terem guardado aquele imenso segredo dele por tanto tempo. Qualquer homem podia se tornar um pouco assustador, meio descontrolado. E se Will assustava outras pessoas além de Sadie? E se ele puniu o mensageiro?

Corinne pegou o celular com mãos trêmulas para chamar um táxi para levá-la para longe daquele lugar. Agarrou o aparelho com as duas mãos. Imagens horríveis do que podia ter acontecido passaram rápido por sua cabeça e ela sentiu os olhos cheios de lágrimas.

— E se alguém te encontrar? — Poppy tinha dito. — Vou ser culpada também, Corinne.

Talvez isso tivesse *mesmo* acontecido.

De repente, sentiu uma culpa devastadora. Se Corinne não tivesse pedido para Poppy acobertá-la, se não tivesse cometido aquele erro, para começo de conversa, a prima não estaria morta. Corinne olhou para o celular, abriu uma nova mensagem e começou a digitar para Will, o coração na boca.

*Eu vou me casar. Adeus.*

# 23

Na noite seguinte, a governanta dos pais de Aster, Livia, abriu a porta para ela.

— Ela já está vindo, querida — murmurou Livia, e voltou para a cozinha.

Aster estava nervosa, andando de um lado para outro da sala. Retratos pintados de gerações de Saybrook olhavam para ela das paredes. No canto estava Edith. O artista tinha capturado com perfeição seu sorriso zombeteiro. Ao lado dela estava Alfred, com as mãos grandes cruzadas sobre o peito. Aster sentiu uma pontada de tristeza ao pensar no avô. Sentia saudade dele. E no centro da parede havia uma pintura da família para a qual todos posaram, os irmãos do pai dela com suas esposas enfileirados na varanda, todos os primos sentados no gramado de Meriweather. Aster examinou cada rosto, um por um, e finalmente parou no do pai. Mason estava de pé ao fundo, com a mão no ombro de Edith e um sorriso maroto.

Ela ouviu a voz de Elizabeth. *Acho que foi alguém de dentro. De dentro da família.* E depois... *Pergunte ao seu pai.*

Por que ela disse aquilo? O que Mason tinha contra Poppy?

— Aster?

Aster levou um susto. Danielle Gilchrist estava na porta, usando um vestido vermelho-cereja comprido, segurando uma muleta grande, amarela. O cabelo ruivo caía pelas costas e estava com óculos de aviador na testa.

— O que você está fazendo aqui? — perguntou Aster.

Danielle sorriu com ar inocente.

— Sua mãe me convidou.

— Convidei mesmo! — disse Penelope, saindo do corredor. — Bem-vinda, Danielle!

Ela se inclinou e beijou Danielle, depois olhou para Aster.

— Nós nos encontramos na aula de Pilates. Temos o mesmo instrutor.

Penelope deslizou pela sala e arrumou algumas flores no vaso enorme no meio da mesa.

— E eu disse para Danielle vir jantar conosco para colocarmos a conversa em dia.

Aster sentiu um gosto amargo na boca. Colocar a conversa em dia? A mãe dela desconfiava tanto de Danielle quando elas eram meninas... Certa vez ouviu Penelope dizer para Mason: "Ela é má influência para Aster." Mas agora que Danielle trabalhava na Saybrook, agora que possuía um par de Louboutins e uma bolsa Chanel — *E como será que ela pagou por essas coisas?*, Aster pensou. *Certamente não foi com seu salário de RH.* —, então agora ela era aceitável?

Aster cerrou os punhos. Ficava chocada de pensar que Penelope nunca descobriu o que aconteceu tantos anos atrás. Era tão cega. Danielle estava *bem ali*.

Aster chegou a considerar ir embora, a raiva lutando contra o desejo de saber a verdade sobre seu pai e Poppy. Ela suspirou, entrou desanimada na sala de estar e afundou em uma poltrona. *Vamos acabar logo com isso*, pensou. Então notou que a mesa estava arrumada para quatro pessoas. Edith já estava sentada e o lugar que Poppy costumava ocupar estava propositalmente vazio. Aster desviou os olhos.

— Papai não está aqui hoje?

Penelope balançou a cabeça.

— Tem uma reunião.

Aster assentiu. Talvez fosse melhor assim. A última coisa que queria ver era Mason e Danielle juntos naquela sala.

— E Corinne? — perguntou Aster, com uma repentina saudade da irmã mais velha. Tinha tentado falar com Corinne mais cedo, para contar o que tinha acontecido na casa de Elizabeth, mas ela não atendeu.

— Não tive notícias de Corinne o dia inteiro. — Penelope se sentou e se serviu de vinho. — Imagino que esteja ocupada com os preparativos finais do casamento.

— Só mais uma semana — comentou Edith.

— Vocês devem estar muito animadas! — exclamou Danielle.

Aster torceu o guardanapo de pano e se esforçou para não revirar os olhos. *Como se você se importasse com a minha família*, pensou ela com amargura. O celular tocou e ela olhou a tela, grata pela distração. *Então você não vai na Boom Boom hoje?*, Clarissa tinha escrito. *A propósito, Nigel está aqui. Só para você saber.*

Aster quase deu risada. Não dava a mínima para quem Nigel estava pegando. Tinha realmente esquecido que ele existia. Não pensou nele nem uma vez desde que ele saiu do apartamento na manhã em que Poppy morreu. Engraçado, pensou ela, pondo o celular de volta na bolsa, sem responder. Tudo aqui parecia ter acontecido há séculos.

Esme chegou com pratos de cordeiro assado, batata e cenoura. Edith examinou tudo, como sempre, e empurrou o prato.

— E então, Danielle, o que tem feito ultimamente? — perguntou Penelope, fazendo questão de ignorar Aster.

Danielle sorriu docemente.

— Muito trabalho — disse ela ao começar a cortar o cordeiro. — Estamos contratando muitos funcionários para cobrir as coleções de primavera.

— E você tem um namorado, não é? Como ele se chama?

— Brett Verdoorn — disse Danielle com orgulho. — Ele é dono de uma empresa de relações públicas chamada Lucid.

— Que maravilha. A empresa é só dele?

— Isso mesmo — disse Danielle.

— Brett quem? — zurrou Edith, virando o ouvido bom para Danielle, que repetiu o sobrenome. Edith deu de ombros. — Nunca ouvi falar dele.

*Dez pontos para vovó Edith*, pensou Aster, escondendo um sorriso.

— E a sua família? — perguntou Penelope. — Como está sua mãe?

— Hum, muito bem. — Danielle prendeu uma mecha de cabelo atrás da orelha. — Ela voltou com meu pai. Eles estão tentando se acertar.

Aster parou o garfo a meio caminho da boca.

— É mesmo? — perguntou ela, incrédula, lembrando das brigas épicas de Julia e Greg.

Danielle sorriu.

— Eu sei... também fiquei surpresa. Acho que o tempo cura as feridas.

— Fico feliz por eles. Espero que consigam se resolver — murmurou Penelope.

Aster olhou fixo para o prato, aborrecida consigo mesma por ter mordido a isca. O tempo não curava *todas* as feridas. Pelo menos não no caso delas. O que Danielle fez era imperdoável.

As palavras de Elizabeth lhe voltaram à memória de novo. *Pergunte ao seu pai.* Aster pensou em Poppy e Mason brigando na festa de aniversário de Skylar, logo antes da morte de Poppy. Seria porque Poppy tinha furtado as joias? Ou alguma outra coisa?

De repente, Aster não aguentou mais esperar. Largou o guardanapo na mesa e se levantou.

— Com licença — disse ela, como se fosse ao banheiro.

Avançou pelo corredor, passou pelo banheiro e parou na porta do estúdio do pai. Olhou rapidamente para a esquerda e para a direita e entreabriu a porta do escritório de Mason com a ponta do pé. A luz estava apagada, mas a tela do computador brilhava.

Ela passou sorrateira pelo elefante Dumbo e se sentou à mesa de Mason. Havia um ícone para o sistema de e-mail da empresa Saybrook na tela. Aster clicou nele. Mason tinha configurado o computador para entrar automaticamente. Seus e-mails de trabalho carregaram na hora no Outlook.

Aster digitou "Poppy" na caixa de pesquisa. Apareceram centenas de e-mails. Ela os examinou rapidamente, mas nenhum deles parecia estranho. Todos eram sobre reuniões, estratégias de marketing, novos clientes... assuntos de trabalho mesmo. Nada sobre joias roubadas. Nada sobre segredos.

Aster mordeu o lábio. Então notou um outro ícone no desktop, de uma conta Gmail. Clicou nele, mas o computador pediu a senha. Aster fechou os olhos e tentou imaginar qual seria a senha de Mason, mas não teve nenhuma ideia. Ela simplesmente não conhecia mais o pai tão bem.

Vasculhou a bolsa e achou o celular, só que percebeu que não tinha o número de Mitch. Experimentou ligar para o escritório dele e cruzou os dedos quando o telefone tocou duas, três, quatro vezes... Quando estava para cair na caixa de recados, ele atendeu.

— O que você ainda está fazendo aí? — perguntou Aster, momentaneamente distraída.

— Aster? — Mitch gaguejou. — É... bom, talvez eu esteja usando os servidores do escritório para hospedar um torneio online gigantesco de *World of Warcraft*.

Aster quase conseguiu visualizar as orelhas dele ficando vermelhas. Ela sorriu.

— Queria saber se você pode me ajudar numa coisa aqui — cochichou ela.

— Onde você está? — cochichou Mitch de volta, de brincadeira. — Numa igreja?

— Não posso explicar agora. Mas preciso saber se você pode me ajudar a invadir o e-mail de uma pessoa.

Mitch não respondeu logo.

— Você realmente quer ler a correspondência de Elizabeth?

— De Elizabeth, não. Do meu pai.

Mitch fez um ruído no fundo da garganta.

— Aster, eu não...

— Você não vai se encrencar. Eu só preciso descobrir uma coisa bem rápido e tenho medo de perguntar para ele. Ele é meio assustador.

— Aham... *pois é*. — Mitch deu risada, meio encabulado. — E é exatamente por isso que não quero provocá-lo.

— *Por favor*. Posso te recompensar. — Aster levantou a cabeça ao ouvir um barulho na cozinha, mas era só a cozinheira lavando os pratos. — Qualquer coisa que você quiser.

— Qualquer coisa? — repetiu Mitch — Que tal um encontro?

— Feito — disse Aster, surpresa de ter concordado tão depressa, e então teve uma ideia. — Aliás, eu posso fazer melhor. Quer ser meu par no casamento da minha irmã?

— Sério? — Mitch pareceu surpreso. — Eu estava só imaginando o barzinho na esquina, ou algo assim.

— Ah, para com isso — brincou Aster. — Vai ter dança e o melhor bolo que você já experimentou, e você vai poder rir de mim usando um vestido de dama de honra horroroso...

— Você me ganhou com o bolo — brincou Mitch, então ficou sério. — Mas, por favor, Aster. Não sei o que está acontecendo com o seu pai, mas prometa que não fará nenhuma loucura.

— Eu prometo — disse Aster.

— Você está perto do computador dele? — perguntou Mitch.

— Sentada na frente dele.

— Está bem. Vou mandar uma URL para você por e-mail. Digite esse endereço exato no browser de Mason e depois baixe o aplicativo que aparecer na tela.

Aster abriu seu e-mail Saybrook. E lá estava: Mitch tinha enviado uma URL. Ele também mandou pelo e-mail uma coisa chamada "key logger application", que ela precisava instalar na máquina de Mason. Daria acesso a tudo que Mason tinha digitado, inclusive suas senhas. Ela baixou os dois aplicativos e instalou no computador. Uma linha escrita apareceu, contendo a senha do Gmail de Mason: Dumbo. Aster sentiu uma pontada de culpa.

Ela digitou a senha no Gmail, e de fato a correspondência pessoal de Mason começou a carregar. Aster chegou para a frente para examinar a tela.

— Funcionou — sussurrou ela.

— Eu disse que ia funcionar. — Mitch pigarreou. — Agora desinstale esses programas imediatamente. Eu não quero seu pai descobrindo isso na máquina dele.

Mitch explicou para Aster como remover o programa e então disse que tinha de desligar.

— Não vou esquecer o que você fez por mim — disse Aster, sinceramente.

— Acho bom — brincou Mitch. — Espero muita dança no casamento.

— Aff, tá bom — resmungou Aster, mas sorrindo. — Vejo você amanhã. Divirta-se com essa coisa de torneio online.

Ela desligou e olhou para a tela do computador do pai. Havia muitos e-mails — atualizações dos clubes e das associações universitárias aos quais pertencia, assim como atualizações de viagens, recibos de compras e e-mails pessoais de amigos. Nada sobre joias roubadas.

Em um impulso, ela voltou cinco anos, ao verão em que Poppy foi nomeada presidente e Steven morreu. Notou um registro de transação, a liquidação de um número enorme de ações. Aster parou. Era a mesma transação que tinha visto no computador do pai outro dia.

Ela clicou no e-mail. Tinha a lista de alguns detalhes da transação, mas nada sobre onde tinha ido parar o dinheiro. O que Mason tinha feito com toda aquela grana? Então Aster viu um segundo recibo de transação do mesmo dia, esse de um milhão de dólares. Não havia nada sobre a conta no banco, exceto as iniciais GSB. Quem era? Aster vasculhou o cérebro, mas não tinha a menor ideia.

Com as mãos trêmulas, ela voltou à caixa de entrada e digitou o nome de Poppy. Ainda nada. *Pense, Aster*. Por intuição, ela verificou a pasta de e-mails deletados, e uma lista deles apareceu. A palavra *mentir* foi a primeira que leu.

*Precisamos abrir o jogo*, escreveu Poppy. *Especialmente sobre o dinheiro. Estou cansada de mentir.*

*Sobre o meu cadáver. Ou o seu*, respondeu Mason. *Estou falando sério, Poppy, pare de forçar a barra, senão vai se arrepender.*

Aster levantou a cabeça e olhou bem nos olhos do elefante. Abrir o jogo sobre o quê? E qual dinheiro? Parecia alguma coisa que *Mason* tinha feito... não Poppy. Então podia não ser sobre o sumiço das joias. Talvez fosse algo maior. O que Poppy estava insistindo para Mason revelar? E até que ponto Mason iria para mantê-la de boca fechada?

Seus pensamentos foram caindo como pedras de dominó enfileiradas. Ela se levantou, tonta. Não. Estava exagerando. Elizabeth não podia estar certa. Aster fechou os olhos, sem querer considerar aquela possibilidade.

Sua mente retornou mais uma vez para aquela noite na praia com Steven. A brisa quente beijando sua pele nua, os ruídos da festa ao longe e a forma como seu coração tinha acelerado quando virou e viu o pai olhando para ela. Steven tinha escapulido para o mato para se vestir. Ele podia estar ouvindo tudo, mas Aster não se importou.

— Se você pode transar com a minha amiga, então eu posso transar com o seu — desabafou ela.

A expressão de Mason foi de confusão.

— Do que você está falando?!

— Não se faça de bobo. — A voz de Aster abafou o barulho das ondas. — Eu vi você e Danielle juntos. Sei o que vocês estão fazendo.

Mason empalideceu. Ele olhou para onde Steven tinha ido e agarrou o pulso de Aster com força.

— Isso não é da sua conta — ele disse no ouvido dela.

— É, sim. Ela é minha melhor amiga. Como você pôde fazer isso?

Ela tentou se desvencilhar, mas Mason apertou com mais força ainda. Aster sentiu o pulso latejando.

— É melhor você dar meia-volta e ir para a festa, sem dizer nada para ninguém — disse o pai dela, a voz terrivelmente calma e gelada. — Se disser alguma palavra sobre isso para qualquer pessoa, vai se arrepender.

— Não tenho medo de você — avisou Aster.

Os olhos de Mason faiscaram.

— Mas devia ter.

Ele a empurrou. Aster gemeu e tropeçou na areia. O salto do sapato prendeu em um tufo de capim e saiu do pé. Ela ficou lá caída esperando que o pai a ajudasse a se levantar e pedisse muitas desculpas, mas quando ela se virou para ver, ele tinha sumido.

Foi só na manhã seguinte que Aster soube da comoção.

— Aster — chamou Corinne naquele dia, aparecendo à porta do quarto. Aster olhou assustada para o relógio que marcava seis e pouco da manhã. — Venha depressa.

Ela nem se deu ao trabalho de botar um sutiã, desceu correndo do jeito que estava, de camiseta da Black Dog e uma samba-canção masculina bem larga, seguindo Corinne para a praia. Os pais dela, Poppy e alguns outros convidados e empregados já estavam lá, reunidos em volta dos barcos grandes amarrados no cais.

— Cheguem para trás — dizia tio Jonathan, tentando organizar as pessoas.

À luz cinzenta do amanhecer, o resultado da festa se apresentou com toda a sua feiura — as barracas brancas murchas, o chão coberto de guardanapos de papel que tinham derretido na grama molhada de orvalho. Todos estavam amontoados à beira da água, mas Aster conseguiu abrir caminho. Quando viu o que estavam vendo, ela gritou.

Um corpo de barriga para baixo na água. As ondas quebravam sobre a cabeça dele e os braços estavam abertos. Aster reconheceu a camisa rosa estilo oxford e a calça branca de linho, que agora estavam transparentes, revelando a cueca branca por baixo.

Era Steven.

O choque fez Aster cair no choro imediatamente. Ele estava muito vivo poucas horas antes. Sentiu a presença das primas em volta, os rostos de Poppy, Rowan e Corinne embaçados em seus olhos marejados. Mason estava mais afastado, falando baixo e furioso ao celular. Aster desviou o olhar dele, tomada de um pensamento repentino e terrível: o pai dela tinha feito isso. Ele estava tão furioso por Steven ter transado com ela que o tinha matado.

Não tinha certeza de por quanto tempo pensou que fora ele, algumas horas no máximo, porque à tarde naquele mesmo dia a polícia interrogou todos. Parecia que ninguém tinha estado perto do cais aquela noite. Mas uma coisa estava clara: Aster tinha achado possível que seu pai fosse um assassino. Algumas pessoas não eram do tipo que matariam alguém, mas, lá no fundo, Aster achava que Mason era.

— O que você está fazendo aqui?

O pai de Aster estava à porta. De sobretudo, segurando uma pasta de um jeito que parecia que ia atirar nela. Os ombros estavam tensos de raiva.

Aster se levantou de um pulo e saiu do Gmail dele.

— Hum, meu iPhone não estava funcionando e tive uma emergência do trabalho. Elizabeth é um porre — acrescentou ela, só para garantir, e passou por ele.

Estava tão aflita para escapar que deu uma topada forte no batente da porta. Fez uma careta e continuou andando, seguiu pelo corredor e passou pela sala de jantar. Danielle e Penelope pararam de comer e arregalaram os olhos.

— Aster? — chamou Penelope, mas Aster não respondeu.

Ela saiu para a rua o mais depressa que pôde. Assim que chegou na calçada, digitou o número de Corinne, nervosa. A irmã atendeu no segundo toque.

— Por onde você andou? — gritou Aster.

— Só... por aí. — A voz de Corinne falhou.

— Pode me encontrar na escada da sede de campo do FBI em meia hora? — Aster falou apressada. — Vou chamar Rowan, ela também precisa estar lá. Acho que descobri uma coisa.

— Estarei lá — respondeu Corinne. — Também tenho uma coisa para te contar.

## 24

Meia hora depois, Rowan estava com as mãos na cintura, parada nos degraus da sede do FBI em Manhattan. Eram quase sete e meia da noite e as ruas estavam apinhadas de gente voltando do trabalho para casa, balançando suas pastas, com os celulares grudados nas orelhas. Todos os ruídos faziam o coração de Rowan pular: o ronco do metrô embaixo dos seus pés, a lufada de vento do ônibus passando, um trecho de salsa soando da janela aberta de um carro. Ela procurava freneticamente as primas, torcia para que chegassem logo. Agora que sabia o que James tinha feito, queria contar para a agente Foley antes que mais alguma coisa terrível acontecesse.

Aster e Corinne chegaram quase ao mesmo tempo, de duas direções diferentes.

— Eu sei quem matou Poppy — disse Aster quando se juntaram.

Corinne ficou atônita.

— Eu também sei.

Aster ficou de queixo caído.

— Você sabe que foi o papai?

— *Mason?* — gritou Rowan, olhando para uma e para outra, incrédula.

Aster fez que sim, a expressão sombria.

— Acho que ele estava tentando esconder alguma coisa; Poppy sabia e queria que ele contasse a verdade. Ele queria Poppy fora da empresa e a empurrou para fora... literalmente.

Corinne franziu o nariz.

— Esconder o quê?

— Eu não sei. Alguma coisa sobre dinheiro e trabalho.

Corinne estranhou.

— Papai jamais faria isso.

Aster vivia um conflito.

— Você não o conhece de verdade, Corinne. Porque papai... bem, ele teve um caso com Danielle Gilchrist anos atrás. Eu *vi* os dois.

— Espere aí, *o quê?* — explodiu Rowan.

— Danielle Gilchrist? — repetiu Corinne, empalidecendo.

Aster contou exatamente o que tinha visto muitos anos atrás e depois o que tinha encontrado no e-mail de Mason. Rowan olhava para Aster sem entender. Corinne foi ficando mais e mais pálida.

— Não posso acreditar — murmurou ela.

— Eu sinto muito — disse Aster, olhando para Corinne com uma sensação de culpa. — Não queria te contar. Não queria estragar a imagem que tem da nossa família.

Corinne baixou o rosto.

— Mamãe sabe?

Aster olhou para o chão.

— Não tive coragem de contar para ela.

Alguns pombos pousaram perto de um pedaço de biscoito e começaram a brigar por ele. Corinne fungou e depois respirou fundo.

— Apesar de tudo, não tenho certeza se foi papai. Acho que foi Will.

Aster semicerrou os olhos.

— Aquele cara com quem você... — Ela não terminou a frase. — Por quê?

Foi a vez de Corinne parecer angustiada.

— Não contei tudo sobre a época em que namorei com Will.

Ela engoliu em seco e então explicou o verdadeiro motivo de ter desaparecido misteriosamente por tantos meses, no ano seguinte. Quando ela disse as palavras "gravidez" e "esconder", Rowan teve a impressão de que seu cérebro ia explodir. E quando Corinne contou que deu o bebê para adoção, seu coração se partiu de vez. Corinne tinha uma *filha*.

Corinne concluiu rapidamente:

— Acho que Poppy contou a verdade para Will, sobre o que tinha acontecido... e Will ficou furioso. Vocês conhecem Poppy, ela deve ter assumido a responsabilidade de me mandar para o exterior, para salvar a minha reputação. Talvez ele tenha posto a culpa nela.

Lágrimas escorriam pelo rosto de Corinne. Ela olhou para Aster, que estava na calçada, e parecia igualmente atordoada. Corinne fungou e se abraçou. Rowan se aproximou e a abraçou carinhosamente.

— Odeio o fato de você ter passado por isso sozinha.

Rowan sentiu um nó na garganta ao pensar na prima se escondendo por tantos meses, sem contar seu segredo aqueles anos todos. O peso daquilo devia ter sido insuportável.

Depois de um momento, Aster correu para a irmã e a abraçou também.

— Você vai ficar bem — disse ela suavemente. — Prometo.

Quando as duas se separaram, Rowan falou:

— Eu ia contar para Foley que foi James.

Corinne secou as lágrimas.

— Mas James estava na sua casa quando aconteceu.

— Não estava, não — disse Rowan, e explicou que o porteiro o tinha visto sair na hora em que ela ainda estava na fila do café.

— Eu nunca perguntei para James onde ele estava. Por isso não tenho ideia.

E ela também não ia perguntar agora. Desde o incidente no escritório, mais cedo aquele dia, ela andava com o alerta máximo ligado, meio esperando ser agarrada ao sair do elevador da Saybrook, ou que ele estaria à sua espera quando fosse para casa. Por isso mesmo não tinha ido para casa.

Ela pôs as mãos na cintura e observou o trânsito. Um homem pedalando um riquixá engarrafava a avenida. Dois turistas com expressões atordoadas eram os passageiros. Então Aster se virou de frente para o prédio.

— Vamos. Talvez Foley já esteja investigando algum desses caras.

Elas subiram a escada rapidamente. Deixaram as bolsas no detector de metal, levantaram os braços para serem escaneadas e depois as três subiram de elevador para o andar de Foley. As salas ainda tinham bastante atividade, apesar da hora, com telefones tocando, pessoas apressadas de um lado para outro, uma impressora cuspindo folhas de papel em uma pilha grande e organizada.

A segurança ficou surpresa de ver as Saybrook no saguão. Ela ligou para a sala de Foley e as anunciou.

— Ela ainda está aqui e vai recebê-las agora.

Todas marcharam por um corredor cinza e comprido até uma sala em que Foley estava sentada a uma mesa lotada, examinando a tela de um computador. Tinha o cabelo preso em um coque, o olhar cansado, e o batom estava um pouco borrado. Ao ver as três, ela se levantou.

— Entrem — disse a agente depressa, acenando para elas.

As três entraram em fila e se sentaram em um sofá de tweed. A sala era decorada com flores e gravuras incomuns. Uma galhada de veado pintada de rosa pendia de uma parede. A persiana comum de metal, padrão em outras salas, tinha sido trocada por uma persiana de madeira, no estilo das fazendas mexicanas.

Aster pigarreou.

— Cada uma de nós tem uma ideia de quem matou Poppy.

Foley juntou as mãos sobre a mesa.

— Ainda é sobre Steven Barnett?

Elas balançaram a cabeça e contaram suas teorias, de uma em uma. Rowan ouvia as primas falando e suas mãos tremiam. Os suspeitos delas pareciam tão plausíveis quanto James. Era difícil acreditar que três pessoas podiam ter motivos para matar Poppy. E ela se sentia novamente frustrada com a prima pelos segredos que guardava. Por nunca as ter procurado para contar nada. Ela era, supostamente, a melhor amiga de Rowan.

Quando as três terminaram, as sobrancelhas de Foley estavam franzidas.

— Vocês acham que isso tem alguma coisa a ver com a pessoa que bateu no nosso carro em Meriweather? — perguntou Aster, virando-se para as primas.

— Eu não sei — disse Rowan, porque não tinha pensado nisso.

Ela tentou imaginar James jogando todas elas ponte abaixo, e seus olhos arderam com as lágrimas não derramadas.

Foley girou a cadeira para ficar de frente para uma janela minúscula que dava para um conjunto de prédios cinza.

— Bem, infelizmente nada do que me contaram é útil. Eu entrevistei todas essas pessoas e todas elas têm álibis bastante sólidos.

Corinne enterrou as unhas no sofá.

— *Will?* Como descobriu que devia entrevistá-lo?

A expressão de Foley tinha um quê de deboche.

— Sou uma agente do FBI, Corinne. Faço meu dever de casa. Mandei seguirem vocês. Eu sei que você esteve com ele. Não sabia como isso tinha ligação com Poppy, mas sabia que ele já tinha morado em Meriweather e achei que podia ter alguma conexão. Falei pessoalmente com o sr. Coolidge. Dezenas de pessoas podem testemunhar que ele estava na feira da Union Square aquela manhã.

Corinne empalideceu.

— Vocês andaram me seguindo?

— Precisei fazer isso. É minha função mantê-la a salvo.

— Alguém mais da família sabe sobre... ele?

Foley arrumou os papéis.

— Não. Mas devo dizer que estou ficando meio cansada de acobertar as coisas para vocês — disse ela, e olhou para Rowan, que sentiu um incômodo esquisito com o tom de voz de Foley.

Katherine se inclinou para a frente.

— Mas e James? Eu falei com o meu porteiro. James saiu logo depois de mim na manhã em que Poppy morreu. Ele teve tempo de ir ao escritório e empurrar Poppy.

— Falei com James também — disse Foley, balançando a cabeça.

— Ele também tem um álibi para aquela manhã.

— É, o meu apartamento.

Foley franziu a testa.

— Não. Ele estava em outro lugar.

— Onde? — Rowan quis saber.

Foley não respondeu logo e olhou para cada uma das três. Finalmente, deu um suspiro.

— Ele estava com uma mulher chamada Amelia Morrow.

O cérebro de Rowan pareceu se desfazer. Ela conhecia aquele nome... De onde? Então lembrou. A festa de aniversário da filha de Poppy. A mãe da menina que chamava biatletas de bissexuais.

— Ah, meu Deus... — ela sussurrou, e cobriu a boca com a mão. Ele tinha ido da cama de uma direto para a de outra? E será que Poppy sabia?

Foley olhou para Aster.

— E antes que você fale, seu pai também não matou Poppy. Ele estava se preparando para uma reunião online com Singapura naquela manhã, e dezenas de pessoas o viram. Eu não sei o que aquele e-mail de Mason e Poppy significa, é problema deles. E também não sei daquela transação. Isso é problema para um auditor. — Ela se recostou na cadeira e olhou muito séria para as três. — Agradeço a atenção de vocês, senhoritas, mas a partir de agora deixem o trabalho de polícia por minha conta, ok?

Ela então ficou de pé, sinal claro para as outras irem embora. Rowan abriu e fechou a boca, sentindo-se diminuída e desacreditada, mas não sabia o que dizer. Foi andando entorpecida e resignada pelo corredor, como um cachorro repreendido.

Foley as acompanhou até o elevador, com o celular na mão. Rowan apertou o botão para descer e pigarreou.

— Se não foi nenhuma das pessoas que pensamos, você sabe quem pode ter sido? — perguntou ela, meio desesperada. — Tem alguma ideia, pelo menos?

Foley não tirou os olhos do celular.

— Quando eu souber de alguma coisa, vocês saberão.

— Então quer dizer que não sabe *nada*? — gritou Aster. — E quanto a Natasha? Descobriu onde ela estava naquela manhã?

— Você tem interrogado mesmo as pessoas? — reclamou Rowan. — Danielle Gilchrist me disse que vocês não entraram em contato com ela.

— Falei com Danielle pelo telefone. Ela não sabia nada de útil — respondeu Foley, aborrecida. — Falo sério, pessoal, deixem-nos fazer nosso trabalho.

Ouviram o sinal do elevador e a porta se abriu. Foley praticamente as empurrou para dentro.

As três desceram em silêncio. Aster fez uma careta para a porta fechada.

— Ela não precisava ser tão grossa.

Corinne mexeu na gola da blusa.

— Não acredito que andam me seguindo.

— Devem estar seguindo todas nós — disse Rowan, irritada.

O rosto dela queimava de pensar nos agentes vendo-a a caminho do apartamento de James e fingindo ser a mãe dos filhos dele. Também deviam ter visto quando ela descobriu sobre Evan. Aliás, deviam ter sabido de Evan muito antes dela. Parecia mais invasivo do que os repórteres ou os caçadores de fofocas do *Abençoados e amaldiçoados*, possivelmente porque Foley devia estar do lado *delas*.

Um caminhão de lixo passou espalhando o cheiro fétido.

— Bem, acho que estamos de volta à estaca zero — disse Rowan, desanimada, virando para as primas.

Corinne e Aster assentiram. E então elas se separaram e Rowan entrou no carro.

— Me leve para casa — resmungou para o motorista.

Imaginava que agora não havia mais perigo de James estar lá à sua espera. Ele era um traidor, mas não um assassino.

Mas o fato de ele ter sido descartado dava mais medo ainda. A sensação era de que qualquer pessoa podia estar atrás delas. Qualquer pessoa podia estar vigiando. Qualquer uma delas podia ser a próxima.

## 25

Sexta à noite Corinne estava em seu antigo quarto da casa de Meriweather, olhando para seu reflexo em um espelho de corpo inteiro. Faltava só meia hora para o ensaio do jantar começar. O vestido dela, de cetim com estampa de flores e decotado nas costas, servia perfeitamente. Uma estilista tinha arrumado seu cabelo em cachos soltos e a maquiagem disfarçava muito bem o rosto inchado de dias chorando. Seus olhos pareciam maiores e não estavam mais vermelhos. A cintura parecia mais fina, talvez por estar estressada demais para comer.

— Querida, você está linda — disse a mãe dela carinhosamente, afastando uma mecha de cabelo do rosto da filha, e então franziu a testa. — Por que não está sorrindo?

Corinne desviou o olhar; detestava ter suas emoções tão aparentes. Tinha repassado a conversa que teve com Sadie Grier uma centena de vezes. A ideia de que Corinne podia ter tido alguma influência no assassinato de Poppy, que tinha posto a prima em perigo e que Will tinha surtado a abalava demais, mesmo não sendo verdade. E tinha também a dor de ver Michaela, a filha que nunca sequer segurou nos braços. Além disso tudo, a informação sobre seu pai e Danielle foi a gota d'água. A menina magricela e ruiva, sem papas na língua, de raciocínio eficiente e rápido. A melhor amiga de Aster. Era de revirar o estômago. Mal conseguiu encarar o pai aquela tarde quando ele chegou com uma caixa de champanhe.

Também se condenava por ter tratado Aster com frieza todos aqueles anos — agora a rebelião dela contra a família fazia sentido. Era como se o mundo tivesse mudado da noite para o dia, mas Corinne, não. Ela na verdade procurava desesperadamente algo sólido em que se agarrar. Chega de surpresas, chega de confusões. Ela ia se casar. Precisava se casar. Como se estivesse na fila para sair de um edifício-garagem; se recuasse agora passaria sobre os dentes afiados do bloqueio e provocaria danos irreparáveis. Afinal, as pessoas já estavam reunidas lá embaixo, dava para ouvir o vozerio alegre no salão e no gramado. O dia tinha amanhecido perfeito, quente e ensolarado, e se espiasse lá fora veria a grande tenda armada para a recepção e as cadeiras arrumadas para a cerimônia. Dixon estava em algum lugar lá embaixo, socializando com os convidados, e a julgar pelo cheiro de lagosta com creme e legumes refogados, Will devia estar lá também.

*Will*. Corinne sentiu uma pontada de dor. Depois de enviar aquela mensagem, ele não respondeu. Mas devia ter sido melhor assim.

— Estou só nervosa — respondeu Corinne por fim, piscando rápido para evitar o choro.

— Por quê? — Penelope fez um gesto de despensa. — Todos os detalhes estão arrumados.

— Eu sei — disse Corinne, o queixo tremendo.

— Tem certeza de que não é outra coisa?

As palavras de Poppy lhe voltaram à lembrança: *Você está sendo dura demais consigo mesma, Corinne*. E as de Rowan: *Todos vão te perdoar se não for adiante com o casamento*. Será que tinha subestimado a mãe? Quem sabe ela pudesse entender? Ela podia não ser tão rígida e disciplinada como Corinne pensava.

Então Penelope deitou a cabeça no ombro de Corinne.

— É Poppy, não é? Nós todos sentimos saudade dela. Mas estou muito orgulhosa de você, querida. Você tem sido muito forte. Um exemplo maravilhoso. — Ela beijou a testa da filha.

Corinne fez uma careta ao sentir os lábios secos da mãe na pele. Pouco tempo antes, aquelas palavras eram tudo que desejava. Mas agora pareciam meio ridículas. Exemplo maravilhoso? Sério?

— Mamãe, pode me dar um minuto? — disse ela, abrindo o que esperava ser um sorriso de noiva ansiosa.

— Claro, querida.

Penelope tocou o braço de Corinne e saiu deslizando do quarto.

Corinne ouviu a mãe descer a escada e se sentou na cama. Era ali que dormia quando era menina, e ainda podia ver suas coisas mais queridas: a casa de bonecas vitoriana no canto, as bailarinas e princesas de porcelana nas estantes, as caixas de plástico cheias de antigas bijuterias da mãe, com as quais enfeitava as bonecas antes de casar todas elas.

Uma lembrança rodopiou na mente dela, pura e nítida: naquele verão em que ficou com Will, tinha deitado naquela mesma cama, olhando para o teto, revivendo os momentos com ele. Sentindo-se tão viva, o coração batendo rápido, a respiração acelerada. Lembrou que ligou para ele uma vez e sussurrou:

— Queria que você pudesse vir para cá.

— Eu vou, se você deixar — Will tinha respondido. — Entro pela sua janela.

— Mas é no terceiro andar — argumentara Corinne.

— E daí? — Will deu risada. — Subo numa árvore, escalo a parede da casa. Eu dou um jeito de chegar até você.

Uma nova leva de lágrimas ardeu nos olhos de Corinne. Will a desejava, ele realmente a desejava. Mas agora estava tudo arruinado.

Ouviu uma batida na porta e achou que devia ser a mãe voltando. Mas foi outra pessoa que apareceu.

Will, de roupa branca de chef e um boné de beisebol do Boston Red Sox entrou cuidadosamente no quarto e se sentou em uma cadeira de madeira perto da janela.

— Não vou demorar — disse ele, olhando para o chão. — Só queria vê-la antes do... você sabe. — Então ele olhou para ela. — Pode ao menos explicar?

Corinne sentiu momentaneamente a mesma culpa de todos aqueles anos, de quando abandonou Will sem contar nada para ele. Mas então tudo voltou: ele também tinha mentido. Os dois esconderam coisas.

— Eu sei que você sabe — ela disse com a voz embargada, e continuou, mais forte: — Sei que você sabe sobre o bebê.

Ele ficou vermelho.

— Ah.

— Fui vê-la. Pela primeira vez. Queria vê-la antes de contar para você. E a mãe dela disse que você já tinha estado lá. Que você sabia. — Ela ficou com um nó na garganta. — Por que você não falou comigo? Por que não disse que a tinha visto?

— Por que você não me contou? — Ele balançou a cabeça. — Eu fiquei muito confuso naquele verão. Você... desapareceu. E depois mandou sua prima, que eu nem conhecia direito... — Ele fechou os olhos. — Pensei que tínhamos algo mais forte que isso.

— E tínhamos — balbuciou Corinne, envergonhada. — Eu não devia ter sumido daquele jeito.

Ela ouviu um ruído na escada, se levantou, espiou o corredor. A mãe dela não estava à vista. Voltou para o quarto e olhou para Will.

— Quando foi que Poppy contou para você?

Will franziu a testa.

— Poppy? Primeiro pensei que você tinha mandado a carta... Não estava assinada. Mas explicava tudo, e tinha o nome e o endereço da Michaela. Acho que não acreditei para valer até ir lá e ver. — Ele fez uma pausa. — Ela é a nossa cara, Corinne.

Por que Poppy deixaria uma carta anônima? Corinne baixou os olhos.

— Parece que você assustou os pais adotivos. Tanto que a mãe de Michaela praticamente me expulsou antes de eu poder vê-la direito.

Will franziu o cenho.

— Foi isso que ela disse? Eu não assustei ninguém. Eu só... — Ele parou e suspirou. — Fiquei muito impressionado com a ideia de ter uma filha. E você a viu, não é? Ela é perfeita.

— Eu sei — disse Corinne baixinho, com o rosto de Michaela bem claro na memória.

— Mas não fiz nada para assustá-los. Não sei do que ela está falando. — Ele fez uma careta. — Meu Deus, Corinne. Se você tivesse lidado com isso como uma pessoal normal, nós talvez pudéssemos vê-la. Ela poderia ser nossa.

Lágrimas escorreram pelo rosto de Corinne, provavelmente manchando a maquiagem.

— O que eu podia fazer? Não tive opção.

Will olhou para ela atônito.

— Posso não ser Dixon Shackelford, e talvez você estivesse esperando por ele, mas mesmo assim podia ter feito o certo. Você escondeu uma filha de mim. Escondeu uma criança de toda a sua família. Mentiu para eles como mentiu para mim. Tem tanto medo deles assim?

— Não sei do que tenho medo! — desabafou Corinne, e a voz dela ecoou pelo quarto. — De errar, eu acho. De todo mundo... me julgar. Você tem ideia do que é sentir isso? Tem ideia de como é difícil manter essa imagem para a família inteira?

Will a encarou, atônito.

— Por que você tem que fazer isso sozinha?

— Eu não sei! — respondeu Corinne, perdida. Ela cobriu o rosto com as mãos. — É isso que estou começando a ver. Pensei que todas nós, minhas primas e eu, pensei que todas tentávamos ser perfeitas e boas e... bons exemplos. Mas acontece que eu era a única. Ou melhor, sou eu que me reprimo demais quando cometo erros. — Ela olhou para Will com a visão embaçada de lágrimas. — É que faz parte do meu jeito tentar ser sempre perfeita. É a única coisa que sei fazer. Não sei quem seria, de outro jeito.

A confissão soou boba à luz do dia. Corinne fechou os olhos e ouviu o quarteto de cordas aquecendo no jardim. Imaginou Dixon e seus padrinhos, bronzeados, sorridentes, educados em colégios internos como ele, confraternizando na ala dos meninos.

De repente ela se sentiu exausta e olhou para Will.

— Queria poder voltar atrás. Eu devia ter escutado Poppy... ela não queria que eu me escondesse. Queria que eu encarasse os fatos. Will suspirou.

— Eu também. E pode acreditar que desde que descobri, houve dias em que acordei odiando você... o que é bem complicado, já que também sempre acordo amando você.

Amor. Lá estava, pairando no ar. Um enorme peso sobre o peito de Corinne.

— Todos já chegaram. Estão me esperando.

Ele chegou mais perto.

— E daí? Ajudo você a sair escondida pelos fundos, se for preciso. Corinne, eu te amo e quero ficar com você. Não me importo com as consequências.

Os olhos de Corinne se encheram de lágrimas. Mesmo depois de tudo que ela fez, do horrível segredo que guardou, das terríveis mentiras que contou... ele ainda queria ficar com ela. *Ele é bom demais*, pensou ela. *Não o mereço.*

Ela se virou de costas.

— Acho que é tarde demais.

— Por que diz isso?

Corinne se inclinou sobre a cama, olhos turvos de lágrimas.

— Como podemos confiar um no outro depois de tudo?

— Vamos conquistar essa confiança. — Will tocou nas costas dela. — Vamos trabalhar nisso todos os dias.

Corinne se virou de frente para ele. Ele estava tão maravilhoso e vulnerável que ela de repente agarrou seu rosto com as duas mãos e o beijou. Will encostou o corpo no de Corinne e pôs as mãos nos ombros dela. Todas as lembranças de todos os beijos voltaram em uma onda enorme e cintilante. Seu corpo inteiro começou a tremer, dos dedos dos pés, subindo pela coluna, até a cabeça. *Vamos mesmo fazer isso?* Ela não sabia. Um tufão tinha acabado de passar em sua vida, arrancando do chão casas de fazenda, vacas e automóveis. Ela estava enterrada embaixo dos destroços. Não conseguia respirar.

Teve vontade de puxá-lo para a cama e deixá-lo arrancar seu vestido, cada botão delicado, um por um. Tudo que tinha dito a Will era verdadeiro, direto e sincero, vindo mais do coração do que qualquer coisa que já havia dito ou feito. Apertou mais a boca na dele, em um beijo profundo. Queria que não acabasse nunca.

— Corinne, querida? — a mãe dela chamou do pé da escada. — O fotógrafo está te esperando.

Corinne se afastou rapidamente de Will.

— Desço em um segundo — gritou ela, coração disparado. Sentiu a boca inchada, a pele suja, o rosto em fogo. — Preciso ir.

Corinne passou por Will e foi trôpega pelo corredor, como se estivesse bêbada, com o beijo gravado nos lábios latejando. Mas em vez de descer pela escada principal até a sala de jantar, ela fugiu para a escada dos fundos.

Estava escura e cheirava a poeira. Segurou no velho corrimão de madeira e desceu rápido, mas cuidando para não estragar o vestido. A escada terminava logo atrás da cozinha. Ouviu o barulho de panelas atrás da porta fechada. Uma porta lateral levava a um caminho que não podia ser visto do pátio. Corinne correu para lá; não queria que ninguém a visse naquele momento. Nem a família, nem o fotógrafo e nem Dixon, certamente.

Seguiu o caminho de pedra até a praia. Não havia ninguém na areia quando chegou, o céu estava todo azul. Um avião monomotor solitário fez uma pirueta no céu, aparentemente posicionado para o seu dia especial. Ela olhou para as ondas quebrando e desejou aquelas ondas mais do que nunca.

*Fui perfeita toda a minha vida. Tenho medo de não ser.*

*Vamos aprender a confiar. Trabalharemos nisso todos os dias.*

O beijo latejava em seus lábios. Ela olhou para trás e verificou mais uma vez que ninguém estava observando. Então deu meia-volta e correu o mais rápido que pôde para a água. Sem hesitar, despiu o vestido e tirou os sapatos, entrou na água só com a roupa de baixo, nua como nunca antes em sua vida.

# 26

Aster estava um pouco nervosa de voltar para Meriweather depois do desastre que tinha sido a despedida de solteira de Corinne. Mas teve de dar a mão à palmatória para Evan e reconhecer que, mesmo sendo uma vadia traidora por ter ido para a cama com James, ela havia feito um excelente trabalho. Toda a mobília e decoração azul e branca do grandioso salão, os lemes de navios e as artes em ossos de baleia entalhados estavam perfeitamente expostos em volta das mesas e cadeiras elegantes que agora preenchiam o aposento. As janelas estavam todas abertas, as cortinas pesadas de brocado trocadas por tecidos claros e transparentes e o enorme candelabro Baccarat substituído por uma escultura fina de arame que sustentava centenas de velas votivas. A sala tinha perfume de gardênias, uma banda de jazz tocava em um canto e no bar havia três filas compactas de gente.

— Pronto — disse Mitch, se sentando ao lado de Aster e oferecendo um copo de cobre. — Um Moscow Mule, com limão extra.

— Você é o máximo — disse Aster, batendo o copo no dele.

Depois de ver Mitch tantas vezes de tênis Vans e calça jeans, ela se surpreendeu de ver como ele ficava adulto e refinado de terno. Será que tinha cortado o cabelo só por causa dela? Estava também barbeado, e o paletó alargava os ombros e acentuava a cintura fina. Aster também gostou das olhadas dele para suas pernas, que pareciam mais compridas ainda com o vestido Versace rosa-pálido.

— Vou mostrar o lugar para você — disse ela, então pegou o braço dele e foi andando pelo corredor.

Aster levou Mitch para ver os antigos artefatos de osso que o avô dela colecionava.

— Ele sempre procurava coisas assim nos mercados de pulgas. E tinha uma sorte danada, encontrava coisas que todos achavam que não valiam nada. Nós sempre dizíamos que ele devia ir no *Antiques Roadshow*, aquele programa de avaliação de antiguidades.

A voz dela ficou meio embargada ao falar do avô. Queria que ele estivesse ali aquela noite, por Corinne.

— Parece que ele era um cara especial — disse Mitch baixinho, pegando a mão dela.

Aster entrelaçou os dedos nos dele.

— Olha um retrato dele — disse ela, e apontou para uma velha foto de Alfred e seu amigo Harold na frente da loja principal da Saybrook, na cidade de Nova York, usando idênticos chapéus Derbie e óculos de arame.

— Ele está igual no vídeo de apresentação da empresa — brincou Mitch, e olhou em volta. — E onde está a estrela do evento?

Aster franziu a testa.

— Eu não sei.

Ela não via Corinne desde aquela tarde. Edith estava em um canto, conversando com os Morgan, uma família que morava na mesma rua e que tinha feito fortuna com gás natural. Dixon estava confraternizando com pessoal da sua firma de investimentos, com o pai dele ao lado, uma duplicata mais velha e grisalha do próprio Dixon. Mason e Penelope estavam de mãos dadas, conversando entretidos com os pais de Natasha, em outro canto.

Aster encarou o pai por mais um momento. Ele podia ter um álibi para o assassinato de Poppy, mas ainda mantinha muitos segredos.

— Aster! — exclamou alguém do outro lado da sala.

Clarissa surgiu do meio das pessoas e a abraçou.

— Como vai você, sua louca? — Ela recuou um pouco e examinou Aster de alto a baixo. — Está muito linda hoje. Odeio você um pouquinho. E odeio especialmente por ter me dado o bolo na SoHo House, semana passada. Além disso, você perdeu uma grande noite na Boom Boom.

Clarissa parecia mais magra e mais bronzeada do que nunca. O cabelo preto pendia nas costas em longos cachos e ela usava um vestido com contas que mal lhe cobria as coxas. Por um segundo, Aster pensou que Clarissa estava lá de penetra, mas então lembrou que a tinha convidado.

— Desculpe — disse Aster, ao se dar conta de que não tinha respondido à mensagem que Clarissa enviou aquela noite. Foi no mesmo dia em que invadiu o e-mail do pai e encontrou Corinne e Rowan no FBI.

— Surgiu um imprevisto.

Clarissa pôs as mãos na cintura e examinou a enorme sala.

— Então era aqui que você passava seus verões? — Ela torceu o nariz.

— Era. Por quê? — perguntou Aster, na defensiva.

— Ah, por nada. — Clarissa deu um sorriso doce. — É que parece... não sei. Parece um pouco a casa da Família Addams. — Ela pôs o braço nos ombros de Aster. — Você acha que dá para pegar o jatinho particular da família e escapar daqui mais cedo essa noite? Tem uma festa incrível acontecendo no loft do executivo de uma gravadora, em TriBeCa. E adivinha quem vai estar lá? *Nigel!* E ele está solteiro de novo! — Ela encostou o quadril no de Aster e piscou para ela.

Mitch pigarreou.

— Quem é Nigel?

Aster segurou a mão dele, nervosa.

— Mitch, essa é minha amiga, Clarissa.

— *Melhor* amiga — corrigiu Clarissa.

— Nos conhecemos há muito tempo — disse Aster. — Clarissa, Mitch.

Clarissa examinou Mitch inteiro. E ensaiou um sorrisinho maroto.

— Mitch de quê?

— Erickson — respondeu Mitch.

— Da família do Darien Erickson? — perguntou Clarissa.

Mitch olhou para Aster pedindo ajuda.

— Tenho uma tia-avó que mora em Stamford... serve? — tentou ele.

Clarissa se virou para Aster e fez cara de "fala sério!". Aster mordeu o lábio com força. Então Mitch não se enquadrava exatamente no molde dos caras com quem costumava sair. Mas talvez isso até fosse bom.

Clarissa arregalou os olhos para alguém em outro ponto da sala.

— Caramba, é Ryan! — Ela apontou para um dos amigos do Dixon e se inclinou para Aster. — Lembra quando a gente se pegou no Lot 61? — E com essa ela se afastou.

A banda de jazz começou a tocar uma música animada. Aster olhou para Mitch, que bebia calmamente seu Moscow Mule.

— Desculpe, Clarissa é meio... agitada.

Mitch ergueu uma sobrancelha.

— Ela é sua melhor amiga?

Antes de Aster responder, Edith entrou no seu campo de visão.

— Ora, vejam quem está aqui! — grasnou a avó dela.

Aster se virou, esperando ver Corinne no topo da escada. Mas Edith, com sua habitual estola de mink, tinha ido para a porta da frente. Ela pôs as mãos nos ombros de uma mulher loura e a levou para dentro. Aster levou um minuto para perceber que a recém-chegada era Katherine Foley, não com a saia preta de sempre, mas um vestido champanhe e salto alto marrom.

Aster foi até ela.

— Alguma novidade no caso de Poppy? Vocês descobriram o assassino?

Edith fez cara feia.

— Meu Deus, Aster. A srta. Foley está aqui porque eu a convidei.

Aster se esforçou para sorrir e resmungou um pedido de desculpas.

— Olá, Aster — disse Foley.

O tom de voz da agente foi tão paternalista quanto no outro dia, na central do FBI.

Outra pessoa tocou o braço de Aster e ela teve de se virar de novo, sentindo-se requisitada demais. Dessa vez era Rowan que estava atrás dela, feminina e delicada em um vestido cinza claro. Aster ficou imóvel ao ver a expressão de pânico de Rowan.

— O que foi?

Ela sabia que Evan estava ali em algum lugar. Talvez James também estivesse. Se tivessem feito alguma coisa para magoar Rowan...

— Não faça uma cena, mas temos um incidente na praia — murmurou Rowan entre dentes cerrados, apontando com o queixo para as grandes janelas nos fundos da casa. — Corinne está no mar.

— Como assim *está no mar*? — Aster olhou para trás.

Mitch estava ouvindo tudo com uma expressão preocupada. Aster sentiu uma súbita pontada de gratidão por ele ser um cara tão legal, e por não sair publicando tudo aquilo para o *Abençoados e amaldiçoados*, como a maioria das pessoas teria feito.

— Ela está lá dentro da água, quase nua — disse Rowan. — Qualquer um pode ver. O que está havendo?

Aster fez uma careta. Sabia *exatamente* o que estava acontecendo.

— Eu vou enrolar os convidados — prometeu Aster para Rowan. — Vá buscar Corinne. — Ela segurou a mão de Mitch. — E você vai me ajudar.

— A sua irmã está bem? — perguntou Mitch, tropeçando para acompanhar Aster.

Ela passou correndo com ele por uma mesa de canapés.

— Ela está tendo dúvidas quanto ao casamento — sussurrou.

Aster correu até Evan, que estava na frente do salão, conversando com alguns convidados. Teve vontade de arrancar aquele sorriso sonso da cara dela com um tapa. Morrendo de vontade de dizer: *James ficou com milhares de mulheres. Você não é nada especial.*

Evan olhou para Aster e ergueu a sobrancelha.

— Por que não propomos um brinde... a Poppy? — sugeriu Aster.

Evan franziu a testa.

— Não parece apropriado.

— Pelo contrário — disse Aster, se empertigando do alto de todos os seus um 1,75 metro de altura. — É perfeitamente apropriado. Poppy seria dama de honra hoje. Ela merece ser lembrada.

Ao perceber a hesitação de Evan, ela insistiu. Imaginou Rowan ajudando uma Corinne encharcada a sair da água.

— Vamos lá. Reúna todo mundo.

Evan apertou os lábios grossos e deu de ombros.

— Acho que está todo mundo ficando meio inquieto mesmo.

— Obrigada. — Aster sorriu com simpatia. Ela bateu em uma taça com uma colher e a sala ficou silenciosa. — Quero propor um brinde. O primeiro para minha querida prima Poppy, que perdemos cedo demais. Alguém gostaria de dizer algumas palavras?

Aster se surpreendeu porque a primeira pessoa a se adiantar foi o pai dela. Mason pigarreou e olhou para a plateia.

— Como todos sabem, nossa família sofreu algumas tragédias recentemente. — Ele tossiu e balançou o copo de uísque. — Tragédias que abalaram todos nós. Não falei no memorial de Poppy porque não sabia como. E, apesar de não querer macular a comemoração deste fim de semana com a tragédia da morte dela, quero dizer o quanto essa perda nos deixou arrasados. Não basta dizer que Poppy nos foi tirada cedo demais. Nem adianta dizer que sentimos muito sua falta. Há um buraco imenso em todos nós, que nunca será preenchido. A única coisa que me manteve lúcido desde que a perdemos foi minha bela família, minha esposa, Penelope, e minhas duas filhas preciosas, Corinne e Aster. — Ele olhou para Aster e depois para a mãe dela.

— Amo vocês de todo coração.

Várias pessoas suspiraram. Aster ficou confusa, chocada. Jamais tinha visto o pai demonstrar tanta emoção. Lágrimas arderam nos cantos dos seus olhos.

Mason respirou fundo.

— Espero que haja justiça nesse mundo — disse ele, olhando diretamente para a plateia, que a essa altura já estava seduzida pela emoção. — Poppy não merecia esse destino. E quero ter certeza de que ninguém mais passe por isso. Então faço um brinde a Poppy e à minha outra adorável sobrinha, Natasha Saybrook-Davis, cujos pais viajaram até aqui apesar de a filha ainda estar no hospital. A Poppy e a Natasha.

Ele ergueu o copo e todos fizeram o mesmo. O tinir de copos ecoou por toda a sala. Aster olhou para Mitch e encostou seu copo no dele.

Mitch balançou a cabeça, incrédulo.

— O FBI ainda não descobriu nada?

Aster olhou para Foley, que estava discretamente em um canto, bebendo água com gás.

— Acho que não — murmurou ela.

— É uma loucura... com o número de varreduras que eles fazem e o nível de segurança naquele prédio... Quero dizer, tenho medo de furtar um lápis do armário, de tantas câmeras apontadas para mim.

Aster assentiu, pensativa.

— Também pensei que eles teriam alguma gravação, mas acho que o escritório de Poppy fica fora da área de cobertura das câmeras. E disseram que a câmera de vigilância do saguão não mostrou nada suspeito. Só que o assassino não pode ter aparatado no escritório dela e depois na rua. Ele ou ela tem que aparecer em algum lugar.

Mitch olhou para ela, curioso.

— Você acabou de fazer uma referência a Harry Potter?

— Talvez. — Ela encolheu os ombros e sentiu um frio na barriga que tratou de ignorar. — Eu só queria ver o vídeo da segurança. Talvez ela tenha deixado passar alguma coisa. — Aster apontou o polegar para Foley.

— Você sabe que tem um arquivo de backup, não sabe? — perguntou Mitch.

— Arquivo de backup?

— Tem sempre um backup na nuvem — explicou Mitch. — Dessa forma, se alguma coisa acontecer com o servidor, há uma rede de segurança. Teoricamente você pode assistir a esse backup.

A respiração de Aster ficou acelerada.

— Posso? Como?

Mitch bebeu o resto do drinque e deixou o copo na bandeja de um garçom que passava.

— Não é difícil. Eu posso acessar os arquivos pelo servidor.

— Sério? — perguntou Aster.

— Claro que sim — disse Mitch sem hesitar. — Mas meu notebook não está aqui. Está no hotel.

— Você pode fazer isso *agora*?

Mitch chacoalhou as chaves no bolso, parecendo dividido.

— Só que, se eu sair agora, provavelmente vou perder o resto do jantar.

— Isso é mais importante — respondeu Aster, às pressas. — Quero dizer, se você não se importar...

— Claro que não me importo. — Mitch se remexeu. — E olha, se você resolver voltar para a cidade com a sua amiga, por mim está tudo bem também. Para ver aquele tal de Nigel.

Aster o encarou e levou um momento para entender que ele falava de Clarissa, e do pedido dela de pegar o jatinho para ir para Manhattan aquela noite. Pouco tempo atrás, Aster talvez fizesse exatamente isso. Era bem possível que a festa no loft fosse muito mais divertida do que aquele jantar. Mas agora ela nem pensava em fazer isso com Corinne. Nem com qualquer outra pessoa da família. Não queria Nigel e nenhum dos outros caras enroladores naquela festa, que se cumprimentariam mais tarde por terem transado com a herdeira Saybrook. Ela queria o nerd alto e adorável que estava na frente dela, com seus torneios de *World of Warcraft* e aquela expressão dolorosamente esperançosa nos olhos castanhos.

Ela deu uma olhada pela sala. Clarissa estava perto da porta de vidro que dava para o pátio. Ao ver Aster olhando, fez sinal para que se aproximasse. Em vez disso, Aster segurou a mão de Mitch, chegou mais perto, passou o braço pela cintura dele e o beijou. Mitch hesitou um segundo, depois abriu a boca e retribuiu o beijo. Aster se entregou ao beijo, abraçando-o com as duas mãos e brincando com a bainha da camisa dele.

Finalmente Mitch se afastou e desprendeu gentilmente os braços dela.

— Ok... — disse ele, meio ofegante. — Por que você fez isso?

— Porque você é você — disse Aster, pegando a chave no bolso e pondo na mão dele. — Agora vá. Eu prometo que estarei aqui esperando até você voltar.

Mitch assentiu, ainda com cara de sonhador, e foi abrindo caminho entre as pessoas até a porta da frente. Aster se encostou na parede e ouviu mais brindes. Sentiu que Clarissa a encarava, mas pela primeira vez não se importou com o que ela podia estar pensando. Ela mesma estava com o pensamento longe. Em Mitch... e naquele arquivo.

O assassinato de Poppy podia ser resolvido — naquela noite.

# 27

Quando Rowan chegou na praia, Corinne já tinha saído do mar e estava sentada na areia.

— Oi — disse ela em um tom doce enquanto Rowan descia correndo ao seu encontro.

— Você está bem? — disse Rowan, dando uma toalha de praia para ela.

Corinne se enrolou na toalha e secou as pernas mecanicamente. O cabelo e a maquiagem continuavam perfeitos.

— Só precisava de um tempo, mas agora estou bem.

Ela pegou o vestido na areia, foi para a casa e subiu para seu quarto pela escada dos fundos. Rowan foi atrás dela, nervosa.

— É por causa de Will? Ou de Dixon? Porque ainda há tempo, Corinne. Você não precisa seguir em frente.

Corinne se debruçou sobre a mala e achou um sutiã e uma calcinha. Pôs o mesmo vestido que usava antes, com um sorriso estranho, como o de um manequim.

— Já disse que estou bem.

Ela manteve aquele sorriso, retocou o penteado com a mão e desceu a escada. A sala cheirava a um misto de charutos, maresia e suflê de lagosta.

— Finalmente!

Rowan ouviu Mason exclamar, e todos começaram a aplaudir. Corinne foi passando entre as pessoas, dando beijinhos e apertando mãos, parando para dar um grande abraço na avó. Então deslizou até Dixon, que estava sentado a uma mesa com os pais dele. Ele se levantou para recebê-la e ela deu-lhe um longo e apaixonado beijo na boca. A plateia aprovou com gritinhos animados.

Rowan ficou parada ao pé da escada, desconfiada da decisão da prima. Será que Corinne estava querendo provar alguma coisa? E para quem, para os outros ou para si mesma?

— Por que demorou tanto? — Rowan ouviu Dixon implicar, enquanto se inclinava para mais um beijo.

Corinne abriu um sorriso tímido.

— A noiva precisa de tempo para ficar perfeita para o marido.

Rowan engoliu o nó na garganta e examinou o resto da sala. As amigas de Corinne de Yale estavam sentadas a uma mesa, algumas com filhos pequenos. Outro grupo de crianças mexia na coleção de barcos em garrafas do vô Alfred, que estavam enfileirados em uma prateleira perto da janela. Tia Grace estava perto dos canapés, com o pai de Natasha, Patrick. Tio Jonathan — Corinne disse que teve de convidá-lo por causa dos negócios — estava do lado oposto da sala, evitando contato com sua ex-esposa. Os filhos de Grace e Jonathan, Winston e Sullivan, se misturaram com alguns amigos de Dixon e tentavam roubar goles de uísque. Os irmãos de Rowan, que tinham chegado de avião na noite anterior, se divertiam com os pais perto da lareira. Um bando de primos de segundo e terceiro graus conversavam perto das janelas que iam do chão ao teto com vista para a praia. Edith ria alto de alguma coisa que Mason tinha dito. Rowan viu Danielle Gilchrist e o namorado, Brett, apertando a mão de Corinne e desejando felicidades.

Então uma menininha se aproximou de Rowan, com a fita desamarrada do vestido rosa arrastando no chão.

— Tia Rowan! — ela gritou, agarrando as pernas de Rowan. Skylar a encarou com seus grandes olhos azuis. — Por onde você andou? Estou com saudade!

— Ah, querida, também estava com saudade de você — disse Rowan, se abaixando para abraçar a menina. — Você está linda!

Então Rowan percebeu alguém atrás de Skylar e se levantou. E lá estava James, com as mãos nos bolsos.

Rowan sentiu aquele nó na garganta. Acariciou a cabeça de Skylar e se afastou.

— Preciso fazer uma coisa para sua tia Corinne, querida. Volto logo, está bem?

— Está bem! — disse Skylar, e correu para Aster.

Rowan foi para os fundos da casa, passando por um longo corredor, e abriu a porta da varanda que dava para o mar. Foi meio trôpega até a balaustrada e se agarrou a ela com força, respirando fundo e ritmado. *Não importa*, ela tentava se convencer.

Mas importava, sim. Pouco tempo antes, ela e James teriam ido àquele casamento juntos. Tinham resolvido como iam explicar para a família que estavam namorando, que estavam indo com calma, que não queriam confundir as crianças nem diminuir o que fora o casamento de Poppy e James.

*Como fui idiota*, pensou ela.

A porta rangeu, se abriu e fechou com estrondo. Rowan sabia que James estava ali sem precisar olhar. Os passos dele foram chegando mais perto e então ele parou ao lado dela.

— Saia daqui, por favor — disse ela bem baixinho.

— Rowan. — A voz de James falhou. — Eu sinto muito. Sei que agi feito um louco aquele dia. Desde a morte de Poppy... ando sem cabeça.

Rowan ficou em silêncio, se abraçando com força.

James bebeu o último gole do seu coquetel que cheirava a gengibre.

— Se está pensando em Evan, não falei com ela a noite inteira.

— Eu não estava pensando em Evan. — Rowan olhou para o mar cinza ao longe. — Para ser sincera, James, eu estava pensando em você.

Ela se virou e notou os olhos vermelhos, o rosto abatido e a magreza de James.

— Foley me falou do seu álibi para a manhã em que Poppy morreu. Você saiu da minha casa para encontrar uma mulher chamada Amelia Morrow. É mais uma das amigas de Poppy, não é?

James empalideceu. Olhou para o chão.

— É.

— Poppy *sabia* dela?

Os ombros dele murcharam.

— Não sei. Talvez. Provavelmente.

Rowan pôs as mãos no rosto.

— Você fez isso com Poppy... muitas vezes?

James deu uma risada amarga.

— Você quer mesmo saber?

— Por quê, James? — gritou Rowan. — Qual é o seu problema?

Ele pegou o copo, sem jeito, e virou na boca como se fosse beber, mas já não havia bebida.

— Você me conhece. É muito difícil dizer não para alguém em um bar, em um fim de noite. Ou no trabalho. Ou em uma viagem de negócios. Sempre fui assim. Não consigo evitar.

Rowan sentiu um calor no rosto.

— Você tem escolha. Pode evitar, se realmente quiser. Se alguém for muito importante. — Ela fechou os olhos. — Então eu fui só mais uma mulher em um bar? E Poppy também?

— Não — disse James enfaticamente. Ele fez menção de segurar a mão dela, mas mudou de ideia. — Com você foi verdadeiro. Sempre foi verdadeiro com você. E foi verdadeiro com Poppy. — Ele respirou fundo. — Eu não merecia Poppy. E também não mereço você.

— Tem razão — disse Rowan, tensa, endireitando os ombros. — Não merece.

Ela respirou fundo, porque se sentia murchando. Devia odiá-lo, mas em vez disso a sensação era de... vazio. Tinha se agarrado a uma fantasia com o homem que acreditava que James fosse — um Casanova que mudaria quando encontrasse a mulher certa —, e perder isso era tão doloroso quanto perder o próprio James. Ela olhou para as nuvens rosadas e concluiu naquele instante que Poppy sabia que James a enganava. E ficou com ele mesmo assim.

Foi a descoberta mais perturbadora que Rowan fez naquelas semanas, mais chocante do que a ideia de que Poppy podia ter matado Steven Barnett. Poppy era o tipo de mulher que tinha um objetivo na vida. Estava sempre no controle. Por que ficaria com um homem que a traía sem parar? Ela podia ter quem quisesse, mas preferia fazer vista grossa. Será que ela pensava que *merecia*? Será que fora por isso que não contara a Rowan sobre as outras? Será que fora por isso que fingira ter o casamento perfeito? De repente, Rowan se sentiu sufocada com tantas mentiras. Corinne e seu sorriso falso ao beijar o noivo que não amava de verdade. Mason e Danielle com seu caso secreto. E Rowan também não era exceção.

E Poppy? Quem era ela, realmente? Será que Rowan saberia um dia?

Uma lembrança inconveniente surgiu em sua cabeça. Na festa do fim de verão em que Steven morreu, a banda tinha tocado "Nothing Compares 2 U", que Poppy sempre adorou. Ela correu para James e o abraçou, encostou a cabeça no ombro dele. Eles dançaram a música toda abraçados. Rowan estava em um canto, o ciúme latejando como um segundo coração. Um soluço escapou de seus lábios e ela olhou em volta, torcendo para que ninguém tivesse notado.

Só havia Danielle Gilchrist por perto. Estava bonita e corada aquela noite, e ao ver a expressão de Rowan, deu para ela sua taça de vinho.

— Não é justo, não é? — disse Danielle com suavidade e um sorriso triste. — A vida dela é sempre como devia ser, enquanto o resto de nós precisa batalhar.

Rowan assentiu. Naquele instante, sentia muita inveja de Poppy. A prima fazia as coisas parecerem tão... fáceis. Rowan seria capaz de matar para ter só um pouco daquele dom. Um pouco daquela sorte.

Mas a vida perfeita e fácil de Poppy era real? Ou era só uma ilusão que ela havia cultivado e mantido?

James suspirou ao lado dela e Rowan olhou para ele.

— Então quer dizer que nós não temos chance... — ele deixou a frase incompleta e ergueu as sobrancelhas.

O olhar dele era triste, mas esperançoso.

— Vou tentar mudar, Rowan. Vou me esforçar ao máximo.

Rowan queria acreditar nele. Mas o próprio James já tinha dito: era o jeito dele, e não conseguia evitar. Agora Rowan via isso. Podia segurar a mão dele e se fazer de cega quando notasse uma mancha de batom no colarinho, ou uma mensagem suspeita no seu celular.

Talvez Poppy tivesse feito isso.

Mas Rowan não era Poppy. Ela tinha escolha, e não queria fingir.

Rowan tocou a mão de James.

— Sinto muito, James — disse ela, baixinho —, mas acho que vou ter que desistir de você.

E então, sem mais, ela finalmente desistiu.

# 28

O jardim de inverno da casa de Meriweather sempre foi o lugar preferido de Corinne, provavelmente porque seus pais raramente ficavam lá. Edith reclamava que cheirava a mofo e maresia, e que era cheio de insetos, mas Corinne adorava. Lembrava as longas noites nos velhos sofás de vime meio úmidos, as velas de citronela acesas em volta, os vários balanços e cadeiras rangendo, e o barulho das ondas que chegava bem alto. Ela e as primas costumavam contar segredos naquele cômodo pequeno, fechado e úmido. Sobre rapazes, brigas com os pais, sonhos. Na época, o futuro delas parecia infinito, assim como sua fortuna.

Era estranho pensar nisso agora, ponderou Corinne, deitada no balanço do jardim bem tarde aquela noite, com a cabeça no ombro de Rowan. Ao longo dos anos, ela foi se fechando em caixas, e aos poucos as caixas foram ficando menores, até ter de dobrar os joelhos e sentir câimbras nas pernas. Agora parecia que alguém estava pondo uma tampa naquela última caixa.

— Foi um ensaio muito bonito — disse Aster, que tinha posto uma calça de ioga e uma camiseta comprida. — Ótima banda.

— É, todos se divertiram dançando — disse Corinne, distraída. — Especialmente as crianças.

— Sky parecia muito contente — disse Rowan.

A menininha ficou a noite toda na pista de dança e acabou dormindo no ombro de James, que a carregou para o quarto. Todos sorriram e se encantaram com Skylar, mas havia uma tristeza também. Não tinha mais os avós maternos. Não tinha mais a mãe. E o pai? James estava ali aquela noite, mas parecia ausente.

— Os homens são uns idiotas — resmungou Aster, como se lesse os pensamentos da irmã.

Corinne quis concordar, mas só sentia tristeza. Dixon não era um idiota. Will não era um idiota. Mas as coisas eram assim. Ela ia se casar no dia seguinte. Qualquer outra coisa seria demais. Difícil demais. A sensação que tinha era de ver uma estrada comprida e reta, sem curvas, sem desvios inesperados. E se perguntava como alguma coisa podia parecer alívio e arrependimento ao mesmo tempo.

O telefone de Aster tocou, um toque estridente contra o manso quebrar das ondas e o barulho dos grilos. Ela se sentou e olhou para a tela.

— Já volto — sussurrou.

A porta de tela bateu e os passos de Aster fizeram ranger o piso de madeira até a frente da casa. Corinne olhou para a sala que uma equipe de limpeza tinha arrumado depois do jantar. Não havia nenhum copo em nenhuma mesa de canto, o chão tinha sido varrido e mesas e cadeiras retiradas e dobradas para serem usadas no dia seguinte, na tenda ao ar livre. O único sinal de que haveria um casamento ali era uma coleção de fotos em molduras de prata de Corinne e Dixon sobre a lareira. No dia seguinte, aquelas imagens receberiam os convidados chegando pelo jardim. Corinne mal se lembrava das fotos que ela e as primas tinham escolhido.

Foi até lá vê-las, pegou todas e levou para o jardim de inverno. A maior era dela com Dixon em New Haven, no primeiro ano em Yale. Ela estava pendurada nas costas de Dixon, as pernas abertas em uma postura brincalhona. Corinne lembrava que Dixon acabara de ser entrevistado para entrar para a sociedade secreta *Skull and Bones*, e que estava muito empolgado porque os caras que o entrevistaram tinham deixado claro que ele era o primeiro da lista para juntar-se ao grupo. Os dois estavam sorrindo. Corinne não se lembrava de como era estar tão feliz.

Outra foto, na esquerda, tinha sido tirada em uma festa no quintal daquela casa, que dava para o mar. Havia fotos dos dois sozinhos, de Corinne bebê com um vestido de algodão e ilhoses, de Dixon montado em um cavalo, de Corinne no pátio dos fundos em mais uma festa, olhando fixamente para alguma coisa fora do alcance da lente.

Corinne examinou melhor aquela foto, reconheceu o vestido florido Lilly Pulitzer que estava usando. Tinha usado aquele vestido só uma vez: na noite em que descobriu que estava grávida.

Ela era a única pessoa em foco. Outros convidados da festa se moviam ao fundo. Mason conversava com Penelope. Steven, fora de foco, estava rindo com a cabeça jogada para trás. Uma garçonete loura lhe servia um drinque em uma bandeja, com o braço esticado. Um casal se beijava atrás deles.

    Ela mostrou a foto para Rowan.

    — Quem escolheu essa foto?

    Rowan examinou a imagem.

    — Não fui eu. Por quê?

    — É da noite em que Steven morreu — observou Corinne.

    — Humm. — Rowan ficou olhando um longo tempo para a fotografia. — Bem, você parece feliz.

    *Aparências enganam*, pensou Corinne. Especialmente naquela noite.

    Ouviram os passos de Aster voltando e ela apareceu na porta. Estava vermelha, ofegante e segurava um iPad.

    — Tenho uma coisa aqui para mostrar para vocês.

    Ela entrou no jardim de inverno e se sentou.

    — Meu acompanhante de hoje, Mitch, conseguiu acessar o vídeo de segurança do prédio na manhã em que Poppy morreu. Estou com ele bem aqui.

    Rowan secou os olhos.

    — Espere aí. Foley disse que o vídeo não revelou nada.

    Aster deu de ombros.

— E daí? Talvez Foley não soubesse o que procurar. — Ela olhou para as duas. — E se isso nos revelar tudo?

Corinne se aproximou, o coração acelerado diante da possibilidade de descobrir alguma coisa.

— Abra logo!

— Por favor! — Rowan se empertigou.

Aster botou o iPad na mesa de centro de vime e tocou em um ícone chamado "Remote Camera". Apareceu um vídeo do QuickTime. Um cronômetro à direita, no canto inferior da tela, dizia que o vídeo começava às 6h30 de sexta-feira, dia 6 de maio — o dia em que Poppy morreu. A tela se dividiu em quatro imagens de câmeras, cada uma com visão diferente do prédio Saybrook. Uma era de uma porta lateral que ia dar direto no elevador dos fundos. Outra era de uma entrada na rua transversal, para trabalhadores terceirizados. A terceira era da entrada principal, onde funcionários faziam a varredura das identidades em uma roleta ou registravam a entrada com um segurança. A quarta imagem era das escadas de emergência que davam na rua.

Elas ficaram vendo as imagens em preto e branco que às vezes tinham interferência de estática. Em poucos segundos apareceu Poppy, chegando pela entrada principal. As três pularam. Corinne pôs a mão na boca. Era como ver um fantasma.

Poppy acenou tranquilamente para o guarda e passou pela roleta. Corinne tocou o rosto de Poppy na tela.

Rowan inclinou o corpo para a frente.

— Ela parece... bem — comentou ela com a voz embargada.

— Atarefada — concordou Aster, com lágrimas nos olhos. — Mas não assustada.

— Ela não sabe que vai morrer — sussurrou Corinne.

Poppy entrou no elevador, apertou o botão do andar dela e desapareceu quando a porta se fechou. Corinne engoliu em seco. *Lá vai ela*, pensou. Poppy nunca pegaria aquele elevador para descer.

Ela se recostou para assistir, com o coração ainda aos pulos. Rowan agarrou os joelhos. Aster nem piscava. Ninguém passou pelo saguão por um tempo, mas um funcionário da manutenção chegou pela porta lateral e algumas mulheres com redes no cabelo apertaram o botão para descer no elevador, para a cantina no subsolo. O pai de Corinne e Aster apareceu no vídeo que mostrava a entrada principal. Algumas outras pessoas que Corinne não reconheceu também passaram na imagem, mas eram empregados de outras firmas no prédio, indo para o outro conjunto de elevadores. Uma mulher parou diante da porta do elevador dos fundos e também apertou o botão para a cantina. Finalmente outra mulher chegou. Mesmo em preto e branco, Corinne reconheceu o perfil de Danielle Gilchrist e aquele vestido brega de cor forte.

— Danielle chega cedo para trabalhar — ela comentou, vendo o elevador apitar e Danielle entrar nele.

— Puxa-saco — resmungou Aster.

— Ah, meu Deus... — disse Rowan.

Ela apontou para alguma coisa na imagem da câmera da entrada principal. Outro rosto conhecido passou, mas Corinne não reconheceu de imediato. Então a ficha caiu — aquela pessoa não devia estar no prédio. Ainda não, pelo menos.

— É...? — Rowan apontou o dedo trêmulo para a tela.

— Acho que é — sussurrou Aster.

Corinne pausou o vídeo e passou o dedo pela barra de tempo, fazendo o filme voltar para poder examinar de novo. A mulher passou pela porta giratória e assentiu secamente para o segurança. O guarda pareceu confuso, mas então se distraiu com outra pessoa que estava se identificando e a mulher passou, sem verificação. Corinne chegou mais perto, coração aos pulos. Todos os alarmes dispararam em sua cabeça. Era quem ela pensava que era, sim. Uma jovem loura em um conjunto de saia preta. Boca reta. Cenho franzido. A postura rígida toda profissional e determinada.

Era Katherine Foley.

Corinne chegou para trás, sua visão embaçando.

— Não estou entendendo.

Mas então se lembrou de uma coisa. Pegou a foto da mão de Rowan, a da noite em que Steven morreu. Concentrou-se em duas pessoas ao fundo, ambas um pouco fora de foco. Uma era Steven Barnett. O rosto dele aparecia de perfil e ele estendia a mão para aceitar um drinque de uma garçonete loura. Agora, prestando mais atenção, notou que havia certo olhar conspiratório entre Steven e a garçonete. Um momento compartilhado que ninguém mais viu.

Corinne tinha acabado de ver aquelas feições, aquele mesmo cabelo louro.

— O que foi? — perguntou Rowan, já de pé.

Corinne voltou correndo para o jardim de inverno e acendeu a luz.

A sala se encheu de luz fluorescente e todas semicerraram os olhos.

— *Olhem* — ela exclamou, e pôs a foto ao lado do iPad.

Comparou a imagem desfocada da foto com o rosto congelado na tela do iPad. Eram a mesma pessoa.

— Ah, meu Deus — murmurou Aster.

Rowan afundou na cadeira.

Katherine Foley tinha estado em Meriweather antes. Estava lá na noite em que mataram Steven. E estava lá na manhã em que Poppy morreu.

Talvez todos estivessem procurando nos lugares errados. Talvez Katherine estivesse envolvida desde o início.

# 29

As primas ficaram em silêncio pelo que pareceu uma eternidade. A respiração de Rowan estava trêmula. Estavam começando a entender o peso do que acabaram de descobrir. Olhou de novo para as duas imagens, uma da câmera de vigilância e uma da festa de cinco anos antes, servindo uma bebida para Steven Barnett. Sorrindo maliciosamente para Steven Barnett, como se compartilhassem um segredo.

— Foley estava naquela festa — falou Corinne baixinho, e se recostou de novo. — Ela nos conhecia.

— Mas nunca mencionou — murmurou Rowan. — Por quê?

Aster ficou de pé de um pulo e olhou outra vez para a foto de Katherine na festa.

— Elizabeth me *disse* que Steven Barnett gostava de garotas da cidade. Ela até chegou a dizer que havia uma específica, uma loura.

— Aster apontou para o rosto de Katherine Foley. — Vejam só o jeito que eles estão se olhando.

Corinne andou rápido de um lado para outro, como um brinquedo de corda que tivesse sido puxado demais.

— Katherine podia estar apaixonada por Steven, não é?

— É possível — disse Aster. — Talvez tenha ficado arrasada quando ele morreu... mas não soubesse quem o matou. E acabou descobrindo recentemente, de alguma forma, que foi Poppy... então se vingou.

Rowan assentiu lentamente.

— E pegou esse caso para poder controlar tudo. Quando disse que o vídeo da segurança não mostrava nada suspeito, nós acreditamos sem questionar, porque ela é do FBI. Mas ela omitiu convenientemente que aparece no vídeo.

Aster cobriu a boca com a mão.

— E lembrem que ela chegou muito rápido ao hospital na noite do nosso acidente. E se ela estava na casa? E se ouviu quando falamos sobre Steven e ficou preocupada porque estávamos chegando perto da verdade?

— E lembrem também como Foley ficou estranha depois que mencionamos que Poppy podia ter matado Steven — acrescentou Rowan.

— Ela pode ter instalado escutas na casa... e invadido nossos apartamentos — sussurrou Corinne, arregalando os olhos. — Ela tinha acesso à Saybrook, Rowan. Acha que foi ela que roubou o vídeo do seu computador?

— Pode ser — disse Rowan, recordando do cursor mexendo sozinho no seu computador do trabalho. — Ou então ela pode ter descoberto um jeito de acessar remotamente a minha máquina.

— Mas eu não entendo o motivo — disse Aster em voz baixa, olhando de um lado para outro. — Nós não tivemos nada a ver com a morte de Steven.

Rowan inclinou a cabeça.

— Não tivemos, mas ela pode achar que fomos cúmplices. Éramos muito próximas de Poppy. Ela pode achar que Poppy nos contou tudo.

— Ou pode querer encobrir o assassinato de Poppy — sugeriu Corinne. — Armar para outra pessoa.

Elas trocaram olhares assombrados. Aster se levantou.

— Precisamos contar isso para alguém.

— Quem? — perguntou Corinne — Ninguém do FBI... ela é do FBI.

Rowan se levantou do sofá.

— Vamos ao escritório de Boston. Tem que ter alguém acima dela na hierarquia. Alguém que nos leve a sério. — Ela calçou as sandálias. — Temos que ir. Foley pode estar nos ouvindo agora mesmo. — Ela olhou para Corinne. — Você pode ficar, se quiser. Descanse para amanhã.

— Está brincando? — Corinne pôs um casaco nos ombros. — Não vou deixar vocês irem sozinhas. — Ela acendeu uma luz na sala principal e pegou as chaves do seu SUV. — Vamos.

Elas saíram pela porta da frente e sentiram o ar frio da noite sem lua e enevoada, cheirando a maresia. A única luz era da varanda, e uma só acesa na casa do caseiro. Rowan deu uma corrida até o SUV, sentindo que se não saíssem dali imediatamente, alguma coisa horrível podia acontecer. Sua cabeça latejava com o medo do que tinham acabado de descobrir. Pensou em todas as vezes que esteve com Foley. A investigadora tinha estado nos escritórios delas, em suas casas. Edith tinha até convidado a agente para o casamento de Corinne.

Rowan destrancou a porta do Range Rover e se sentou no banco do motorista. Corinne entrou ao lado dela e Aster, no banco de trás. Mas quando Rowan enfiou a chave na ignição e girou, nada aconteceu. Ela franziu a testa e tentou de novo. Nada.

— Qual é o problema? — cochichou Aster.

— Não sei — Rowan tentou acender o farol, mas a rua da propriedade continuou às escuras. — Pode ser a bateria.

— Você só pode estar brincando. — Aster baixou as mãos para o colo, então arregalou os olhos. — E se ela descarregou a bateria de propósito?

Rowan estendeu a mão e trancou as portas, com medo de voltar para a casa.

— O que vamos fazer? — A voz soou aguda de pânico. — Precisamos sair daqui!

De repente, ouviram uma batida forte no vidro da janela do carro. Todas gritaram ao ver uma sombra quase invisível no vidro com película escura. Rowan só pensou em uma coisa: *Foley.*

— Oi?

Rowan tentou ligar o SUV mais uma vez, com lágrimas escorrendo no rosto.

— Oi? — disse a voz mais uma vez. — Corinne? Rowan? Aster?

Rowan ficou confusa. Acima das batidas do próprio coração, ela de repente percebeu que não era a voz de Foley. Tirou a chave da ignição.

— Quem está aí?

— É Julia.

— Mamãe? — chamou uma voz de fora do carro, então ouviram passos. — Rowan? É Danielle.

Rowan ligou a lanterna do celular. Duas ruivas apareceram na luz. Danielle e Julia Gilchrist. Rowan olhou para as outras e abriu a janela. Danielle estava de camiseta, com o cabelo desgrenhado de sono. Julia estava de calça de ioga e um casaco com capuz. As duas olharam para as três, preocupadas.

— Vocês estão bem? — perguntou Julia.

Rowan balançou a cabeça.

— Não.

— O carro não quer pegar — disse Corinne.

— Será que precisa de uma chupeta? — supôs Danielle.

— Ou podemos dar carona para vocês — disse Julia, sem muita convicção.

— Sim, *por favor* — disse Aster, descendo do carro. — Se não for problema.

— Claro. — Julia apontou para a casa do caseiro, que tinha um Subaru na entrada. — Vou só pegar minha bolsa.

As outras primas saíram do carro e correram pela garagem. Um vento forte bateu no rosto de Rowan e ela ouviu uma trovoada ao longe. Quando entraram no carro de Julia, faróis apareceram na entrada da propriedade. O coração de Rowan quase parou.

Ela se inclinou para o banco da frente e tocou o ombro de Julia.

— Precisamos dar o fora daqui — disse ela, nervosa. — *Agora*.

## 30

Aster se apertou no banco de trás com as primas.

— Vamos — disse ela a Danielle. — *Por favor.*

Danielle olhou séria para Aster e engatou a marcha. Julia se sentou no banco do carona e fechou a porta bem na hora em que Danielle pisou no acelerador e elas partiram. O Subaru passou por um outro veículo que estava parando na frente da casa. Aster olhou bem para a janela do motorista, mas não conseguiu ver quem estava dirigindo. Alguns amigos de Dixon tinham ido a um bar ali perto para comemorar. Será que alguém tinha dado carona para eles de volta?

Ou podia ser Foley.

— Acelere — insistiu Aster.

— Está bem, está bem — disse Danielle, meio tensa.

A noite estava calma e quieta. A névoa rodopiava fantasmagórica e grandes gotas de orvalho cobriam tudo. Quando entraram na estrada principal, Danielle olhou para o banco de trás.

— Para onde?

Aster olhou preocupada para Corinne e Rowan. Rowan respirou fundo.

— Para o aeroporto. Precisamos ir ao escritório do FBI em Boston.

Aster mordeu o lábio, ainda tensa por envolver Danielle nos assuntos particulares da família. Mas não tinham escolha mesmo. Precisavam de ajuda imediatamente.

Danielle arregalou os olhos.

— É sobre Poppy?

Rowan balançou a cabeça como se dissesse: *não podemos falar nada agora.*

Danielle olhou para as três, evidentemente confusa.

— Está bem — disse ela, relaxando os ombros.

Aster teve vontade de abraçá-la por ser tão obediente. Todas se calaram ao entrarem na estrada cheia de curvas à beira do mar. Aster encostou a mão de leve nos lábios, lembrando o beijo de Mitch. Talvez devesse enviar uma mensagem para ele, contando o que tinham descoberto no vídeo de segurança. Mas àquela altura tinha certeza de que Foley lia suas mensagens.

Passaram por um ponto dos penhascos que tinha acesso para a praia, exatamente o lugar para onde Steven tinha levado Aster na noite em que ele morreu, e onde ela se vingou do pai por ter tido um caso com sua melhor amiga. Ela olhou para a nuca de Danielle e de repente sentiu saudade do tempo em que andavam juntas. A última vez que conversaram de verdade foi naquele lugar, na noite em que Steven morreu.

Aster permaneceu na praia depois que o pai a empurrou e foi embora furioso, porque precisava ficar sozinha. Esfregou o braço machucado, enojada pelo comportamento do pai. Ele nem parecia arrependido do que tinha feito. Como se Aster e a mãe dela não importassem... como se a *família* deles não importasse.

Ela ouviu passos nas dunas e ficou esperançosa. Talvez seu pai tivesse voltado para pedir desculpa. Mas foi outro rosto que apareceu entre os juncos. Era Danielle, com as mãos ao lado do corpo e cabisbaixa. Usava uma saída de praia listrada e sandália de borracha. Estava de cabelo solto.

— Aster, eu sinto muito — foi tudo que ela disse.

Aster de repente sentiu muita raiva e, lá no fundo, mágoa. Abraçou com força os joelhos contra o peito e olhou para as ondas. Teve vontade de dizer: *Sente muito pelo quê? Por ter dormido com meu pai ou por eu ter descoberto?* Mason devia ter ido bater na porta dos Gilchrist e dito para Danielle ir procurá-la. O que dissera para ela? Talvez que Aster sabia deles. *Ela está descontrolada. Trate de fazer com que Aster não conte para ninguém.* Ele mandara a amante fazer seu trabalho sujo.

Aster olhou bem para a amiga, com olhos injetados de raiva.

— Aster. — A voz de Danielle falhou. — Você não entende, Aster? Você é como uma irmã para mim. Não posso perdê-la.

O queixo de Aster tremeu.

— É por isso que dói tanto.

Danielle quis se aproximar, mas Aster recuou e levantou as mãos, como uma barreira entre as duas.

— Vá embora — ela disse baixinho.

Danielle abaixou a cabeça. Então suspirou, deu meia-volta e partiu.

O carro passou em uma lombada e trouxe Aster de volta ao presente. Não dava para enxergar direito a estrada à frente por causa da névoa. Alguma coisa a incomodava, como uma farpa minúscula no cérebro, que não conseguia localizar. Olhou para o rabo de cavalo ruivo e brilhante de Danielle sentada à sua frente e ficou pensando.

Então lembrou. Na conversa com o FBI, Danielle disse que não tinha ido trabalhar na manhã em que Poppy morreu. Intoxicação alimentar, ela afirmou. Mas agora, depois do que tinham visto no vídeo, aquilo não fazia sentido.

As palmas das mãos de Aster começaram a coçar. Ela se inclinou para a frente, entre os bancos.

— Danielle, você disse que estava passando mal em casa quando Poppy morreu?

Danielle inclinou a cabeça e continuou olhando para a estrada.

— Isso mesmo. Comi um sushi estragado na véspera.

— Quanto tempo ficou doente?

Danielle olhou nos olhos de Aster pelo espelho retrovisor.

— Um dia, talvez dois.

— Tem certeza disso?

Corinne se remexeu. Rowan olhou para Aster, que continuou olhando para o espelho, esperando Danielle encará-la.

— É que nós vimos você no vídeo de segurança da manhã em que Poppy foi assassinada — disse Aster.

Danielle diminuiu a aceleração do carro por um instante.

— Isso é impossível. Não era eu.

— Era você, sim — insistiu Aster com o coração acelerado. — Era o seu cabelo, o seu vestido. Tenho certeza disso.

— Eu estava em casa, passando mal — ela insistiu.

Danielle olhou para as mulheres no banco de trás e depois para Julia.

A cabeça de Aster parecia que estava rachando ao meio. De repente, as peças começaram a se encaixar, peças que não tinham nada a ver com Katherine Foley. Danielle conhecia Meriweather, certamente podia ter a chave da propriedade. Trabalhando no RH, tinha livre acesso ao prédio e a todos os tipos de informações sobre o pessoal. Ela podia ter simplesmente batido na porta de Poppy aquela manhã, e Poppy a deixaria entrar, pensando que ela fosse perguntar algo inocente. E então...

Mas por quê? Porque Aster a rejeitou? Porque, talvez, tivesse sido rejeitada por Mason? Não bastava terem tido um caso? Não bastava Danielle já ter conseguido um emprego com aquele caso?

— É sério, não estive nem perto do escritório — repetiu Danielle.

Corinne olhou para Aster com uma expressão de dúvida. Aster fechou os olhos. A realidade parecia girar. Não tinha ideia de em que podia acreditar. Espiou o céu noturno através da névoa, pela janela, e sentiu um calafrio na espinha. Estavam na ponte na saída da cidade. Exatamente a mesma ponte da qual tinha despencado poucas semanas antes. A ponte em que elas quase morreram.

— Pare o carro — ordenou ela. — Pare *agora*.

Danielle pisou no freio. O carro derrapou. Todas gritaram e o carro deslizou para a esquerda. Quase chegou à beirada da ponte, mas o freio finalmente funcionou e pararam. Ficaram um segundo em silêncio. Então Aster puxou a maçaneta da porta, desesperada para sair daquele carro, para se afastar de Danielle. De repente, tudo aquilo parecia errado. Alguma coisa ruim ia acontecer.

— Calminha aí — disse uma voz.

Aster ficou paralisada com a porta aberta e se virou para trás, para dentro do carro. Viu um lampejo no banco da frente, um brilho prateado cintilando sob a luz do teto. Aster deu um grito sufocado. Era uma arma.

Mas não era Danielle que a segurava. Era Julia.

— Mamãe! — Danielle olhou boquiaberta para a arma. — O que está fazendo?

— Por favor, saiam todas do carro — disse Julia bem devagar.

Danielle abriu a porta meio atrapalhada e desceu, trêmula. Aster não se lembrava de ter se mexido, mas quando se deu conta, Corinne, Rowan e ela estavam fora do carro, na ponte. O céu estava preto como breu e trovejava furiosamente. Aster apalpou o bolso à procura do celular e viu que o tinha deixado no carro.

Julia se aproximou, apontando a arma para as três Saybrook.

— Encostem na cerca, vocês três. Agora. Danielle, você venha aqui comigo.

Danielle estava muito pálida.

— Mamãe, não estou entendendo. — Ela foi para o lado da mãe. — Isso é pelo que Aster estava me perguntando sobre o vídeo de segurança? Eu não estava lá. Eu não matei Poppy. Eu *juro*!

— Por favor, Julia — começou Rowan, com a voz mais calma possível. — O que está acontecendo?

— Todos esses anos e vocês ainda não sabem? — desafiou Julia, apontando para Danielle. Então olhou para Aster. — Nem você? Vocês não têm ideia do papel de Danielle na sua família?

Aster olhou para a arma e depois para Danielle. O lábio inferior da sua amiga tremia. *Danielle é amante do meu pai*, ela queria dizer, mas de repente não tinha certeza se era a resposta certa. *Você é como uma irmã para mim. Não posso perdê-la.* As palavras giravam no cérebro de Aster, se repetindo sem parar. Ela viu os olhos de Danielle no espelho — muito azuis e brilhantes, como os de Aster. Elas adoravam aquilo; usavam esse detalhe quando fingiam ser irmãs, nos bares.

Ela se lembrou do dia em que pegou Mason e Danielle juntos. O jeito que ele a abraçava... era terno, carinhoso. E houve também aquele olhar, naquele dia na praia; ele encarava Danielle com intensidade quase feroz. Mas será que era sexual? Aster não tinha mais certeza. Pensando agora, percebeu que era quase o mesmo olhar do pai dela naquela noite, quando mencionou a família no discurso sobre Poppy. Uma expressão cheia de amor, sim, mas também protetora, e com certo arrependimento.

— Você nunca teve um caso com meu pai, não é? — ela disse lentamente. — Você é filha dele.

— Bingo! — cantarolou Julia.

Corinne se virou bruscamente para elas.

— Esperem aí. O que está acontecendo?

Julia segurou o braço de Danielle e puxou-a para perto. Ela olhou para Aster.

— A *minha* filha sabe há cinco anos.

Aster ficou confusa, tentando raciocinar sobre o que estava acontecendo. Olhou de novo para Danielle.

— Foi isso que aconteceu entre você e meu pai naquele verão. Foi quando você descobriu, não foi?

O queixo de Danielle tremeu.

— Ele me pediu para não contar para ninguém.

— Porque ele não queria que fosse verdade — interrompeu Julia. — Ele foi um merda com ela.

Danielle bateu as mãos contra as pernas.

— Não foi, não, mamãe! Ele tem sido bom para mim.

— É mesmo? — rosnou Julia com desprezo. — Nossa! Ele deixou você morar na propriedade dele, mas não na casa de verdade. Deixou você andar com a filha legítima, deixou que ela te emprestasse roupas e te agraciasse com a presença dela, e você ainda tem de agradecer? Você devia ter tudo que ela tem! — A voz dela virou um grito agudo.

— Eu já me resolvi com tudo isso — disse Danielle, chorando.

— Eu entendo por que ele não quis contar a verdade para a esposa. Pensei que você também entendia, mamãe, pensei que tinha superado. Achei que isso tinha terminado quando você se mudou. — Ela se aproximou da mãe. — Quer fazer o favor de abaixar essa arma?

Julia fungou.

— É meio difícil aceitar, depois de tudo que fiz por aquela família. Você não sabe os riscos que enfrentei por eles, Danielle. Pensei que podia conquistar meu lugar... e conquistei. Com juros, naquela festa do fim do verão. Eu me livrei de alguém que podia destruí-los. E *mesmo assim* eles nos rejeitaram.

Aster sentiu um choque elétrico percorrê-la. Trocou olhares com Corinne e Rowan; as três pareciam pensar a mesma coisa. *Festa do fim do verão. Eu me livrei de alguém.*

— Está falando de Steven? — arriscou Rowan.

O queixo de Danielle caiu. Ela se afastou da mãe.

— Aquele homem que morreu afogado? O que você...

Julia olhou para a filha, mantendo a arma apontada para Aster e as outras.

— Não é o que parece, querida. Steven Barnett era um homem terrível. Ele estava chantageando Mason. Se eu não o tivesse matado, ele destruiria a família Saybrook.

— Como assim? — perguntou Aster, sem se conter.

Julia se virou para ela.

— Você não sabe? E você, srta. Grande Advogada? — Ela se voltou para Rowan.

Rowan fez que não, os olhos arregalados de pavor, e Julia riu amargamente.

— Isso é típico dos Saybrook. Vocês não compartilham seus segredinhos nem umas com as outras. — Ela deu um passo à frente, sempre com a arma apontada. — A verdade é que eu não sei, mas mesmo assim estava disposta a matar por isso. Não acham que é prova de lealdade? Não parece coisa de alguém que merece fazer parte da família?

Aster olhou para as primas. Ninguém falou nada. De repente, se sentiu tola. Ingênua.

— Foi naquela noite, na festa de fim do verão — disse Julia, começando a contar a história. Era evidente que estava gostando de ter uma plateia cativa. — Eu estava com o seu pai, que é o pai *de vocês* também — ela apontou com a arma para Corinne e Aster —, na sala dele, fazendo... bem, vocês sabem.

Aster estremeceu.

— Então alguém bateu na porta e sabem o que ele fez? Ele me enfiou na porcaria do armário.

— Pare, mamãe! — disse Danielle, se desvencilhando dela.

— Mas ouvi a conversa deles — continuou Julia. — Steven sabia de alguma coisa... uma coisa grande. Ele disse que ia revelar tudo, por não ter sido nomeado presidente. Não ouvi o que era, mas pela reação do Mason, devia ser terrível. — Ela se virou para Aster e Corinne com um brilho cruel nos olhos. — Eu nunca vi seu pai preocupado daquele jeito, meninas. Ele quase perdeu a cabeça. Implorou para Steven não falar nada. Tentou comprá-lo. "Isso vai acabar com a gente", foi o que ele disse. "Com a família, a empresa, todos nós." E Steven disse: "Ótimo, eu quero acabar com vocês." — Julia fez uma pausa. — Os Saybrook ferraram Steven, exatamente como fizeram comigo e com a minha filha.

Aster estremeceu de novo, procurando entender o que Julia estava dizendo. Ao lado dela, Rowan cobriu a boca com a mão. Aster olhou para Danielle outra vez, para ver se ela sabia daquilo. Sua antiga amiga estava quieta, só chorando baixinho.

— Eu precisava calar a boca de Steven — disse Julia com a voz calma, racional. — Fiz isso por você, Danielle, pela sua herança. Não foi difícil. Segui aquele idiota bêbado mais tarde aquela noite, empurrei-o na água e o segurei lá. Limpo e simples. — A expressão dela endureceu. — Pensei que Mason fosse me agradecer; eu tinha acabado de resolver um problema imenso para ele. E como foi que ele reagiu? Ele terminou comigo! Ele me *ameaçou*.

— Mamãe, eu... — Danielle começou, mas Julia atropelou, com a voz cada vez mais histérica.

— Ele prometeu cuidar de você, é claro. Mas terminou comigo, e dessa vez foi para valer. Disse que eu tinha passado dos limites. Bem, eu tinha, e jurei que passaria de novo. Eu ia tornar Danielle uma Saybrook mesmo que morresse tentando... ou tivesse de matar outra vez.

— Você acha que eu queria entrar para a família desse jeito? — berrou Danielle.

Corinne avançou um pouco.

— Como assim "matar outra vez"?

Julia deu um sorriso sinistro.

— O que você acha?

O queixo de Danielle caiu. Aster sentiu seu sangue gelar. Olhou para as primas, que estavam pálidas e imóveis.

Danielle levou a mão à garganta.

— Não era eu no vídeo de segurança — ela sussurrou. — Era você.

— Foi necessário, querida — explicou Julia, a arma em riste, estendendo a outra mão para a filha. — Você não entende? Você merece ser uma herdeira, tanto quanto elas.

— Mas por que Poppy? — perguntou Rowan com a voz rouca.

Julia se virou de novo para elas.

— Eu queria que Mason pagasse por me deixar, e por se recusar a reconhecer Danielle. Primeiro planejei matá-lo. Foi assim que os pais de Poppy morreram... Mason devia estar naquele voo para Meriweather, mas desistiu na última hora porque tinha negócios para resolver. E aí era tarde demais. O avião ia cair de qualquer jeito. — Ela deu de ombros. — Quando vi a tristeza dele com o acidente, percebi que isso seria uma vingança melhor: matar a família dele, um por um. — Os olhos de Julia brilharam ao luar. — Tentei pegar Penelope, aquela vagabunda que nunca saiu do meu caminho, mas não consegui matá-la. Por isso ataquei Poppy.

— Por que esperar tanto tempo? — perguntou Corinne baixinho.

Julia deu risada.

— Por que não? Era muito divertido ser a maldição de vocês. Eu mandei dados para aquele site sobre vocês por anos a fio. Devia escrever uma nota de agradecimento a quem administra aquilo. Mandei para Will aquela carta sobre a sua filha, Corinne... achei que ele merecia saber. E mandei cartas raivosas de Will para os Grier, exigindo passar mais tempo com a menina.

Foi a vez de Corinne ficar boquiaberta.

— Como descobriu isso?

— Não foi nenhum mistério — retrucou Julia. — Nenhuma de vocês guarda segredos muito bem. E a tecnologia facilita tudo hoje em dia. Certo, Aster? — ela perguntou. — É só perguntar para o seu namoradinho técnico de informática. — Ela sorriu e apontou a arma para a cabeça de Aster. — Você sempre foi a mais odiada, por ter abandonado Danielle sem mais nem menos. Mas nunca tive de fazer nada com você, você simplesmente se queimou sozinha. E Natasha se protegeu no dia em que se deserdou. — Julia balançou a cabeça. — Agora vou terminar o que comecei. — Ela acenou para Danielle se aproximar. — Fique ao meu lado, querida. Podemos acabar com elas, uma por uma.

Danielle não se mexeu. Seu queixo ainda tremia.

— Você fingiu que era eu. Usou o meu vestido. Usou o meu passe. — Ela arregalou os olhos. — A polícia teria chegado a mim. Você não sabia que não seria pega, não é? Mas tudo bem, porque, se a pegassem, a polícia ia me responsabilizar.

Julia bufou.

— Você está fazendo drama. Alguma coisa aconteceu com você? Não. Eu cuidei disso. Até liguei para o FBI do seu celular, fingindo ser você. Eu sabia que estavam interrogando todos que estavam lá aquela manhã.

As mãos de Danielle tremiam.

— Não acredito em você. Você não sabe o que o FBI está pensando. Eles podem estar me investigando agora mesmo.

Mas Julia apenas sorriu.

— O FBI, é? Agora que vocês assistiram ao vídeo de segurança, sua amiguinha agente tem explicações a dar, não tem? — O sorriso dela ficou mais largo. — Ela esteve na sala de Poppy antes de mim. Elas estavam conversando, bem juntinhas, cochichando. Estranho Foley não ter mencionado isso, não é?

Ela se virou para Danielle.

— Tudo que eu fiz foi por você, para que tivesse uma vida melhor.

Danielle engoliu em seco.

— Eu *tenho* uma boa vida. E, se você tivesse me ouvido, entenderia.

Engolindo um soluço, ela deu as costas para a mãe e andou até onde Aster, Corinne e Rowan estavam, encostadas na cerca de proteção, e parou na frente delas. Então se virou e encarou Julia, com lágrimas escorrendo pelo rosto.

Julia abaixou a arma.

— O que você está fazendo?

— Desculpe — disse Danielle. — Mas isso tem de acabar agora. Se você quiser matá-las, terá de me matar também.

Os olhos de Julia faiscaram. O olhar protetor e carinhoso desapareceu e ela encarou a filha com uma expressão fria e psicótica.

— Você é mesmo uma delas. Parece que nem te conheço — disse ela com a voz gelada. Todas ouviram um clique alto quando ela destravou a arma. — Então muito bem. Se é assim que você quer...

Ela deu um passo para a frente. Danielle, Aster, Corinne e Rowan se juntaram mais. Aster fechou os olhos, a cabeça rodando com tudo que tinha descoberto aquela noite. Estranho que em seus últimos minutos de vida só conseguisse pensar no quanto se enganara em relação ao seu pai e a Danielle. Procurou a mão da amiga e Danielle a aceitou. Aster apertou a mão dela. *Me desculpe*, tentou dizer com aquele toque. *Eu jamais devia ter tirado conclusões precipitadas. Devia ter deixado você explicar, devia ter confiado na nossa amizade.*

Então, de repente, ouviram uma voz na escuridão. Aster abriu os olhos e logo levantou a mão para protegê-los. Foi ofuscada por faróis e ouviu o barulho de pneus no fim da ponte.

— Largue a arma! — gritou um homem, pulando do SUV e avançando para Julia.

Um agente saiu de outro SUV e também se adiantou com a arma apontada para a cabeça de Julia. Katherine Foley desceu de um banco da frente e correu para as quatro. Usava um colete à prova de balas e seus olhos brilhavam.

— Não se mexa! — ela berrou para Julia.

Julia olhou para a direita e para a esquerda, os olhos frenéticos. Apertou a arma com as duas mãos e não deu sinal de que ia largá-la. Apontou para os agentes.

— Peguem ela! — gritou um dos policiais.

— Mamãe! — berrou Danielle, a voz embargada.

De repente, Julia correu para a beirada da ponte. Nenhuma das Saybrook moveu um dedo para impedi-la. Ela subiu na cerca, o cabelo ruivo-brilhante esvoaçando ao vento. Continuou segurando a arma que cintilava à luz dos faróis.

— Largue a arma! — berraram os agentes de novo. — Mãos para cima, senão vamos atirar!

Mas Julia apenas sorriu. E então ouviram o tiro.

Aster gritou e abaixou a cabeça. O estampido reverberou pelo ar, de furar os tímpanos. Um segundo grito veio da beirada da ponte e, quando Aster se virou para lá, Julia tinha os olhos muito arregalados, em choque.

— Não! — gemeu Danielle, caindo ajoelhada.

Julia começou a se virar. Aster avançou, tentando ver se a bala a tinha atingido. Mas, antes de conseguir ver, as pernas de Julia cederam. Uma expressão estranha e sofrida perpassou as feições dela.

— Adeus — ela disse suavemente.

Então se virou, abriu os braços e caiu na água.

# 31

As portas automáticas do hospital se abriram, trazendo o cheiro adstringente de produtos de limpeza. Rowan atravessou correndo o saguão de mármore, desviando de pacientes em cadeira de rodas e médicos tensos de jalecos verde-claros. Viu uma loja de presentes à esquerda, com prateleiras de balas, bichinhos de pelúcia e revistas de escândalos e fofocas. A capa de praticamente todos os tabloides e jornais na vitrine tinha fotos dela, Corinne e Aster logo depois do incidente com Julia na ponte. "A maldição veste Kors", berrava uma manchete. Embaixo havia uma imagem granulada de Julia Gilchrist posando de Danielle naquele vestido chamativo na manhã em que matou Poppy. A maior parte das notícias se concentrava no fato de Julia continuar desaparecida. As autoridades tinham dragado o canal e não encontraram nada. Estava muito escuro e tudo aconteceu muito rápido, por isso ninguém sabia se a bala a tinha atingido.

Rowan se apressou para a área dos elevadores e subiu até a unidade neurológica de tratamento intensivo, no quarto andar. Os últimos dois dias tinham sido um turbilhão. Primeiro as perguntas da polícia, depois os abraços preocupados dos membros da família e então o encontro com Deanna para resolver como editar a história. Em uma noite, tudo que os Saybrook precisaram de muito trabalho para criar tinha desmoronado, seus segredos sombrios finalmente expostos.

Os advogados da família estavam furiosos porque as primas não os consultaram antes de falar com o FBI. Como advogada, disseram eles, Rowan tinha de saber que não devia envolver Mason. Rowan adorava o tio, mas era hora de ele abrir o jogo. Seu caso extraconjugal tinha dado nova vida à maldição e gente demais já tinha pagado o preço pelo que ele fez. Tinham sorte de Foley ter descoberto Julia naquele exato momento. Senão Rowan, Corinne, Aster e talvez até Danielle já podiam estar mortas também.

Rowan falou com Foley logo depois de terem sido salvas. Foley explicou que os faróis na entrada da casa aquela noite eram do carro dela, sim. Que Julia já estava no seu radar e que ela queria conversar com Danielle para saber se a mãe dela tinha acesso ao seu cartão da Saybrook. Mas quando chegou lá, só o pai de Danielle estava em casa.

— Ele disse que Danielle e Julia tinham acabado de sair com vocês. Eu segui o carro e pedi reforço.

Foley também pediu desculpas por ter mentido para Rowan e para as outras quando omitiu o fato de conhecer Poppy, de ter servido de garçonete naquela festa, e de até ter tido um caso com Steven Barnett.

— Meu superior sabia — explicou Foley. — Mas não achei que era necessário vocês saberem.

— Você chegou a pensar que Poppy matou Steven? — Rowan perguntou na ocasião.

Foley negou com a cabeça.

— Nunca fez sentido. Mas eu investiguei e descobri o que realmente aconteceu. Foi isso que me levou a Mason, e depois a Julia.

Mason tinha dado dinheiro para o médico legista falsificar os resultados da autópsia, depois da morte de Steven, indicando que o nível de álcool estava mais alto do que realmente estava. Tudo para garantir que ninguém soubesse o verdadeiro motivo da morte dele.

Mas Rowan não conseguiu fazer Foley admitir por que tinha ido visitar Poppy na manhã em que ela morreu. Ela só disse que era um assunto ainda não resolvido.

— Vocês sempre se encontravam em segredo? — perguntou Rowan, uma dúvida surgindo. — Vocês foram alguma vez ao Mandarin Oriental?

Foley apenas inclinou a cabeça, sem se comprometer, mas a mente de Rowan estava a mil, e ela de repente entendeu que Poppy talvez não estivesse traindo James, afinal. Mas o que ela estava fazendo? Agora, Rowan empurrou a porta de número 414 e entrou em um quarto particular com vista para Manhattan. Como Julia continuava desaparecida, tinham levado Natasha em segredo do Hospital Beth Israel para o Hospital NYU. Só a família sabia. Nem a imprensa tinha notícia disso ainda. Se alguém descobrisse, a família de Natasha a levaria para outro hospital. Valia qualquer coisa para mantê-la escondida e em segurança, especialmente agora que estava acordada.

Os médicos tinham ligado na noite anterior para dar a boa notícia.

Rowan esperava encontrar Natasha recostada nos travesseiros, lendo uma revista, mas ela estava dormindo e um emaranhado de tubos e fios ainda serpenteavam de suas veias. O peito subia e descia com a respiração. As pálpebras dela tremiam de vez em quando, e então se abriram lindamente. Os olhos azuis que eram marca registrada dos Saybrook encararam Rowan.

*Respire fundo*, pensou Rowan. Antes do acidente, ela suspeitara que Natasha tinha matado Poppy. A última conversa que tiveram não foi exatamente agradável. Mas a prima apenas sorriu para ela.

— Oi — disse ela, com a voz rouca.

— Como você está? — perguntou Rowan timidamente.

Natasha levou lentamente a mão com a intravenosa até o rosto.

— Um pouco melhor. — Ela tossiu alto. — Meus pais estiveram aqui e contaram o que aconteceu. Também contaram sobre Julia. — Natasha baixou os olhos.

Rowan assentiu.

— É tão impensável, não acha?

Natasha meneou a cabeça sem força.

— Não consigo acreditar.

Rowan também não. Julia Gilchrist. Mas, quanto mais pensava, mais fazia sentido. Como caseira e mãe de Danielle, ela tinha acesso, e tinha um motivo concreto.

Ainda não se sabia quanta desgraça Julia tinha provocado. Teria ela pegado o vídeo do computador de Rowan e roubado a agenda de Corinne? Uma foto de Julia fora distribuída para as equipes em todos os prédios da Saybrook, na estação de esqui onde Penelope sofreu o acidente e no aeroporto particular de onde tinha saído o voo dos pais de Poppy, quando o avião deles explodiu. Ainda esperavam notícia de quase todos aqueles lugares, mas uma zeladora do hotel Four Seasons em Aspen havia ligado para informar que se lembrava de ter visto uma mulher ruiva atraente no hotel quando aconteceu o acidente. Não havia registro da hospedagem de Julia lá, mas ela podia ter usado um nome falso.

O que mais horrorizava Rowan era a obsessão daquilo tudo. Julia tinha perseverado cinco longos anos depois de matar Steven. O que teria feito em seguida, se Foley não tivesse juntado os pontos? Será que Rowan e as outras estariam mortas?

— Já encontraram Julia? — perguntou Natasha, rouca.

Rowan balançou a cabeça.

— Não. — Ela deu um tapinha sem jeito na perna de Natasha.

— Mas você não devia se preocupar com isso. Tem que se concentrar em ficar boa.

A porta rangeu e Rowan viu Corinne e Aster entrando no quarto, segurando copos de café fumegante. As duas abraçaram Natasha timidamente.

Rowan pigarreou.

— Natasha sabe de Julia.

Natasha assentiu.

— É uma loucura.

Aster cruzou as pernas.

— Talvez esse seja o momento para... você sabe. Perguntar aquela outra coisa?

Corinne franziu a testa.

— Ela acabou de acordar — sussurrou. — É cedo demais.

— É, não sei, não — disse Rowan.

— Hum, oi? — A voz de Natasha ecoou da cama. — Estou bem aqui. Se querem perguntar alguma coisa, perguntem.

As três se calaram. Rowan olhou para as outras. Corinne ergueu as sobrancelhas e depois assentiu. Aster também. Rowan respirou fundo.

— Parece que existe um segredo de família. Mason sabe... e Steven Barnett também sabia.

— Julia disse que era uma coisa que podia destruir a família — acrescentou Aster. — Você sabe o que é, não sabe?

Natasha fez que sim, parecendo hesitante. Olhou para as próprias mãos.

— Sei.

Um alarme soou em um corredor e uma enfermeira foi chamada. Rowan pôs o copo de café em uma mesinha perto da cama de Natasha.

— Nos conte. Não importa quão horrível seja. Somos uma família e podemos superar.

Corinne tocou na mão dela e assentiu.

Natasha ficou calada um longo tempo. Rowan temeu ter forçado demais, mas então Natasha lambeu os lábios secos.

— A história de Alfred de como o negócio começou é mentira.

— O quê? — disse Rowan baixinho, o coração acelerado.

Natasha inclinou a cabeça.

— Têm certeza de que querem saber?

— *Temos* — elas disseram ao mesmo tempo.

Natasha respirou fundo.

— Depois da guerra, vovô e Harold Browne... aquele amigo dele da guerra, lembram? Pois então, eles estavam no batalhão que cuidou do butim que os nazistas tinham guardado no Musée du Jeu de Paume, em Paris. Eles tinham de levar tudo para um depósito em Munique, onde seria catalogado e devolvido aos devidos donos, mas acho que o vovô e Harold encontraram algumas coisas que preferiram guardar para eles.

— Espere aí, o quê?! — exclamou Rowan. — Está dizendo que os diamantes que ele trouxe ao voltar foram *roubados*?

Natasha fez que sim.

— Das famílias mandadas para os campos de concentração.

Rowan franziu a testa.

— Mas diamantes podem ser rastreados... especialmente os mais valiosos. Ele não correria esse risco.

— Ele era um lapidador talentoso, lembra? Simplesmente modificou o corte para torná-los diferentes.

— E a pedra amarela? — perguntou Aster. — O Corona?

— Foi um entre muitos, mas era a joia da coroa. Acho que ele e Harold fizeram um pacto de que levariam seu segredo para a cova.

Rowan se sentia tonta.

— Acho que só vi Harold uma vez. *Acho.* Quando era bem pequena, lembrava do avô bebendo com um homem da idade dele no pátio de Meriweather. Eles conversaram sobre golfe e os filhos, disso Rowan tinha certeza.

— Bom, parece que Harold mudou de ideia mais ou menos há seis anos — continuou Natasha. — O filho dele entrou em contato com Mason e Alfred, dizendo que o último desejo de Harold antes de morrer era revelar publicamente o que tinham feito e corrigir seus erros. Os dois recusaram, claro, e pouco depois Harold morreu, mas o filho não desistia. Acabaram pagando para ele ficar quieto e fizeram uma doação enorme para a Fundação dos Sobreviventes do Holocausto.

Aster arregalou os olhos.

— Como você sabe de tudo isso?

Natasha arrumou o travesseiro atrás da cabeça e suspirou.

— Mason pediu ajuda para a minha mãe, porque não podia vender suas ações da empresa suficientemente rápido para subornar o filho de Harold. Ele precisava da aprovação dela. Os dois tiveram uma enorme discussão no escritório do meu pai uma noite e eu ouvi tudo. Minha mãe implorou para eu não contar para ninguém.

— Foi por isso que você se deserdou? — perguntou Rowan.

Natasha fez que sim.

— Aquele dinheiro não é nosso. Eu não conseguia viver com isso na consciência.

Corinne tocou a mão de Aster.

— Você disse que encontrou uma conversa por e-mail entre Poppy e papai, em que ele tentava convencê-la a guardar um segredo.

— Isso mesmo. — Aster encarou Natasha. — Poppy *sabia*?

— Acho que sim — Natasha respondeu. — Eu achei que vocês todas sabiam, na verdade, e só tinham decidido não comentar nada. Mas mais ou menos um ano atrás, Poppy me disse que sabia por que eu estava tão chateada com a família. Ela tinha acabado de descobrir o segredo. Andava se encontrando com a agente Foley para encontrar as famílias das quais a Saybrook tinha roubado e descobrir um jeito de compensar isso.

Rowan meneou a cabeça. Então era isso. A razão dos encontros de Foley com Poppy. Poppy não estava tendo um caso, estava tentando corrigir um antigo erro. Ela pôs a mão no estômago, nauseada por ter pensado o pior da prima.

Ela se virou e viu Corinne olhando para a pulseira de brilhante, com cara de quem queria tirá-la do pulso. Rowan reconheceu a pulseira. Alfred tinha dado pulseiras iguais para todas as primas anos atrás.

Seu doce avô. Rowan ainda se lembrava da sensação da mão áspera dele na dela. Lembrou-se de segui-lo pelas feiras de Meriweather, animada com a possibilidade de achar outro Diamante Corona como o que ele tinha encontrado em Paris.

Só que essa tal feira de Paris nem existia, existia? Era uma mentira infantil, e eles foram todos tolos de acreditar.

— Fico imaginando se Steven sabia, por ser o protegido de Alfred — disse Corinne.

— Pode ser — respondeu Aster, afundando em uma cadeira ao lado da cama de Natasha. — E se Julia estava dizendo a verdade, Steven ia tornar esse escândalo público na noite em que morreu.

— Você acha que foi por isso que Mason promoveu Poppy em vez de Steven? — perguntou Rowan.

Natasha assentiu.

— Parece que Steven estava questionando sobre a liquidação das ações. Eles estavam se preparando para demiti-lo e precisavam promover outra pessoa no lugar.

— Mas Steven descobriu tudo — disse Aster. — E quis se vingar por ter sido passado para trás.

Rowan absorveu as informações. Todo aquele tempo, achavam que Poppy tinha sido promovida a presidente no lugar de Steven porque ela realmente merecia. Mas não era bem isso. Rowan imaginou se Poppy sabia disso. Talvez não o porquê, exatamente, mas que era um tapa-buraco, uma vaga preenchida para acobertar alguma coisa. *Meu Deus.* A infidelidade de James, o verdadeiro motivo que a levou ao cargo... Poppy devia se sentir insegura em relação a muita coisa. Rowan nunca poderia imaginar.

Corinne olhou para Natasha.

— Não acredito que você teve de carregar esse peso todos esses anos.

Natasha levantou lentamente a mão com a intravenosa para afastar uma mecha de cabelo do rosto.

— Minha mãe implorou para eu nunca falar disso. Ela odiava saber o segredo, e mais ainda que eu soubesse.

— Pensamos que *você* tinha matado Poppy — desabafou Aster.

— Você estava agindo de forma muito estranha depois do acidente, não quis encontrar Foley...

Natasha encolheu os ombros, meio envergonhada.

— Eu só não via razão para isso. Ela já sabia sobre os diamantes e eu não tinha mais nada a acrescentar. Foi burrice minha.

— O que nós vamos fazer? — perguntou Aster. — Agora nós sabemos. Não podemos simplesmente manter entre nós. É claro que meu pai sabe... quem mais? E vocês não acham que devemos terminar o que Poppy começou a fazer? Compensar isso de alguma forma?

— É óbvio que papai sabe — disse Corinne com amargura.

— E meus pais também — lembrou Natasha.

Era difícil engolir aquilo. Rowan fechou os olhos e visualizou os pais de Natasha, a lembrança deles com Briony bebê, logo depois de ela nascer. Os pais de Poppy já tinham morrido, mas eles assumiram o papel de avós, se revezando noites a fio, andando de um lado para outro com Briony no colo para ela parar de chorar, maravilhados com seus primeiros sorrisos e suas primeiras risadas. Eles foram tão... doces. Ternos. E ao mesmo tempo escondiam um segredo horrível, sem fazer nada a respeito.

Rowan olhou para as primas. A família delas vivia cercada por tragédias e talvez fosse por causa deles mesmos. Queriam demais e ofereciam de menos. Eram como Ícaro, voando para perto do sol e se queimando. Era tudo culpa deles.

— Se a decisão fosse minha, eu contaria — disse Corinne. — A empresa se recupera ou não. E, se não se recuperar, pode ser que a gente mereça.

Rowan fez que sim, Aster e Natasha também.

— Eu acho — Rowan começou a falar, bem devagar — que nós todos fomos presunçosos demais esses anos todos. Mas isso acaba agora. Somos uma família e temos de agir como uma família. Temos umas às outras e temos a verdade, por mais que doa.

Aster concordou e Corinne segurou a mão de Natasha. Rowan olhou em volta, para as primas, e se sentiu inspirada outra vez. Foi necessário uma tragédia inimaginável e a perda de uma delas, mas um novo laço tinha se formado. E isso era um consolo e lhe dava forças.

Corinne se inclinou, pegou quatro copos de plástico de uma pilha na pequena bandeja de Natasha e encheu de água gelada.

— Acho que devemos fazer um brinde — ela disse. — A nós. E à família.

Rowan ergueu o copo e Aster a imitou. Um sorriso apareceu no rosto de Natasha.

— Então quer dizer que posso voltar a obrigar vocês a me assistirem patinar no gelo?

— Não! — as outras exclamaram juntas, e Rowan sorriu com a lembrança.

De repente, tinham a prima de volta, a bela, espevitada e totalmente carismática Natasha. Quando Rowan olhou para ela de novo, Natasha estava radiante, a expressão plácida e finalmente relaxada. Rowan já conhecia a expressão "carregando o peso de um segredo", mas nunca acreditou... até aquele momento. Natasha parecia realmente mais leve e mais livre, como se finalmente pudesse viver sua vida sem as amarras da mentira.

E talvez todas elas também pudessem.

# 32

Poucos dias depois, Aster e Mitch chegaram à mansão dos pais dela, passaram pela sala de jantar e foram para a sala de estar, que era mais arejada. Para surpresa de Aster, a última edição da *People* estava sobre a mesa de centro. As matérias eram quase todas sobre a sua família. Ela se sentou no sofá de seda amarela e folheou a revista, apesar de já ter lido tudo. Várias vezes.

Havia uma história sobre o incidente com Julia, claro. Um apanhado do passado de Julia Gilchrist. Ela tinha se graduado no MIT, mas também passara alguns anos como dançarina de *striptease*. Aster não tinha ideia de como repórteres descobriam essas coisas.

O marido de Julia, Greg, tinha dado uma entrevista sozinho. Ele disse que estranhou que Julia quisesse voltar com ele sem mais nem menos, já que não se falavam há anos. "Eu acho que ela queria se aproximar dos Saybrook", disse Greg na reportagem. "Devia estar planejando atacar o resto das meninas no casamento. É inacreditável."

— Você não devia ler isso — murmurou Mitch, tocando a perna de Aster.

Quando Aster não respondeu, ele suspirou e passou para a página seguinte. Era uma matéria de duas páginas sobre Poppy. Ao virar novamente a página, Mitch levou um susto.

— O que *ela* está fazendo aqui?

Havia uma foto de Elizabeth Cole toda elegante com um vestido preto, salto alto e batom vermelho. O título era "Alguém de dentro da Saybrook conta tudo".

Aster releu o primeiro parágrafo.

*Às vezes a história de uma dinastia pode ser melhor contada por alguém próximo da família, e Elizabeth Cole, responsável pelas relações com clientes particulares na Diamantes Saybrook, tem exatamente essa visão dos bastidores. Viúva de Steven Barnett, que era o segundo no comando da Saybrook, Elizabeth testemunhou momentos particulares da família a que poucos tinham acesso e agora está pronta para revelar toda a história para o mundo em seu novo livro "A maldição da abundância: minha vida com os Saybrook", que será lançado nesse outono.*

Aster revirou os olhos.
— Eu sei. É típico. Ela tem de ser o centro de tudo.
Mitch bufou com desprezo.
— Ninguém vai comprar esse livro. Vou hackear a Amazon e dar zero estrelas.

Aster se inclinou e o beijou em resposta. Ele puxou as pernas dela para o seu colo e ela suspirou, se aninhou no peito dele e fechou os olhos por um breve momento de paz. Ela sabia que as pessoas iam comprar o livro, sim. Compravam qualquer coisa com o nome da família dela, fosse publicidade boa ou má. Mas certamente Elizabeth seria demitida por escrever aquelas revelações, certo? Aster se animou um pouco, porque assim ela teria um novo chefe.

Ela pegou a revista de novo e virou outra página. A seguinte era uma matéria sobre Danielle. A foto era uma imagem espontânea de seus dias na universidade, provavelmente tirada por algum colega de turma. A manchete era "A filha secreta". Mas não havia uma única citação de Danielle. Os repórteres tinham escrito só os detalhes públicos da confissão de Julia na ponte, e pouco mais. Até onde Aster sabia, Danielle não tinha dito uma palavra.

Ela pegou o celular e digitou uma mensagem. *Vi a matéria na People*, escreveu.

Poucos segundos depois Danielle respondeu. *Aff, eu sei. Um desastre.*

*Na verdade, você tá ótima*, respondeu Aster. *E não foram muito cruéis.*

Ela e Danielle tinham se falado pouco desde o drama na ponte, mais em mensagens e e-mails. Aster não sabia o que aquilo significava, nem no que ia dar exatamente. Ainda não tinha caído a ficha de que Danielle era sua irmã.

Em uma das primeiras conversas depois do ataque de Julia, sentada na delegacia de polícia antes de prestarem depoimento, elas relembraram aquela noite cinco anos antes, quando Danielle procurou Aster na praia.

— Por que você só não me disse? — Aster tinha perguntado.

Danielle enfiou as mãos nos bolsos. O rosto ainda estava manchado de lágrimas e as unhas roídas até o sabugo. Aster se surpreendeu de ela ainda estar coerente — se sua mãe tivesse tentado matá-la, Aster estaria um caco.

— Seu pai me disse para não contar nada, mas achei que você ia descobrir — disse Danielle. — Pensei que a briga com seu pai fosse por causa disso. E então, quando você me rejeitou, eu entendi... bom, que você não queria que eu fizesse parte da sua família.

— Eu pensei que vocês estavam tendo um caso — repetiu Aster. Danielle assentiu.

— Agora eu entendo. A sua cara quando entendeu...

Aster tomou um gole do café amargo que um dos policiais tinha oferecido.

— Lembra quando íamos escondidas para aquele bar do outro lado da ilha? O Finchy?

Danielle sorriu.

— Claro que lembro.

— E todos aqueles caras perguntavam se nós éramos irmãs? E nós fingíamos que sim?

Danielle mordeu o lábio.

— É.

— Eu costumava fantasiar que você era minha irmã — disse Aster baixinho.

Danielle emitiu um som angustiado.

— Eu também. E quando descobri... fiquei tão animada. Por isso doeu demais quando pensei que você tinha me rejeitado.

Ouviram uma tosse do quarto dos fundos e Aster voltou ao presente. O pai dela abriu a porta, de robe e chinelo, apesar de já passar das três da tarde. O cabelo grisalho estava todo desgrenhado e ele tinha olheiras profundas. O estômago dela se apertou.

— Aster — disse ele com a voz arrastada.

A decadência de Mason foi tão rápida, no mesmo ritmo vertiginoso de todo o resto, que Aster nem teve tempo de resolver como se sentia em relação ao pai. Ele abdicou discretamente da direção da Saybrook e a mãe de Natasha, Candace, assumiu. A ideia de ele ter perdido tudo fez os olhos de Aster se encherem de lágrimas, mas também a ideia de que ele tivera um caso com Julia... que escondera a morte de Steven... e aquele segredo horrível sobre a empresa. Por muito tempo, Aster sentira que não o conhecia. Onde estava o pai da sua infância, o homem carinhoso e positivo que a ajudava em tudo? Será que ainda estava ali, em algum lugar? Foi por isso que ela pediu para vê-lo. Era hora de Mason finalmente responder a algumas perguntas.

— Vamos para o meu escritório? — Mason perguntou em voz baixa, deprimido.

— Claro — disse Aster, e se levantou do sofá.

Ela olhou para Mitch. Ele esticou o braço e apertou a mão dela, que se abaixou e deu-lhe um beijo rápido.

— Obrigada mais uma vez por ter vindo — ela cochichou.

Quando ela se afastou, Mitch parecia surpreso e contente, como na primeira vez que ela o beijou, no ensaio do jantar do casamento. Aster jamais se cansaria de ver aquela expressão.

O escritório do pai dela parecia o mesmo de sempre, as armas na parede, o equipamento de caça pendurado em ganchos, aquele elefante de olhos vidrados. Mas ela viu outras coisas também. Como um boneco de neve feito de algodão que vivia na estante mais alta havia anos. Não se lembrava de tê-lo feito. Era de Corinne, ou de Danielle? E aquela foto de Mason com uma bebezinha no colo? Será que era mesmo Aster?

Mason se sentou à mesa dele. Parecia muito menos imponente na sua cadeira. Aster ficou nervosa de repente. Lá estavam eles, cara a cara, e pela primeira vez os dois sabiam de tudo.

— Como vai a sua licença do trabalho? — perguntou Mason.

A Saybrook tinha dado duas semanas de férias remuneradas para Aster, chamando de "licença médica".

— Bem — resmungou Aster.

— Tem visto sua mãe?

Aster mexeu na manga do blazer. Naturalmente, Penelope tinha saído de casa assim que teve notícia do caso de Mason. Estava na casa da irmã dela, em Connecticut. Tinha permanecido serena o tempo todo, uma postura irretocável. Nem fez comentário algum sobre a posição embaraçosa de Mason. Mas talvez só estivesse furiosa demais para comentar.

— Sim, fui visitá-la — disse Aster, tensa. — Ela está bem.

Mason assentiu. Então engoliu em seco e olhou para a filha.

— Senti muito a sua falta, Aster. Pensei bastante sobre ter falhado com você. Eu devia ter estado ao seu lado nos momentos importantes da sua vida, especialmente naquele verão. Em vez disso, me deixei distrair por coisas pouco importantes. Só quero dizer que me arrependo.

Aster ficou um segundo olhando para ele, boquiaberta.

— Você se arrepende? E pensa que isso vai resolver os problemas?

Mason abriu e fechou a boca, como um peixe.

— Eu...

— Você me abandonou naquele ano — observou Aster. — Simplesmente me largou, como se eu não importasse. Porque você precisava acobertar a situação de Danielle e tinha de lidar com Julia e todos os seus outros segredos.

— Eu estava tentando segurar as pontas — disse Mason. — Estava tudo saindo do controle. Eu não sabia o que fazer.

Aster ergueu as mãos, sem saber como responder.

— Como você descobriu... sobre o negócio dos nazistas?

Depois de um longo tempo, Mason suspirou e juntou as mãos.

— Papai me contou, quando me tornei diretor-executivo. Mas ele amenizou a coisa. Só quando Geoff Browne me procurou foi que entendi a extensão do que tinha acontecido. — Ele balançou a cabeça e olhou para o teto. — Ainda tínhamos pedras daquele tempo na nossa coleção. Mas como eu podia saber?

— Só que, em vez de abrir o jogo, como Browne queria, você o subornou.

— Sim. — Os olhos de Mason iam de um lado para outro.

— E achou que tinha acabado, mas então Steven Barnett meteu o nariz onde não devia, não é? Ele era muito próximo do vovô. Sabia onde procurar.

Mason fez que sim.

— Ele estava sendo preparado para ser o próximo presidente. Começou a examinar as finanças, pensando nos nossos próximos passos. Ele viu que eu tinha vendido muitas ações da empresa e começou a fazer perguntas. Eu me recusei a contar e ele ficou furioso. Se ia ser o próximo presidente, disse ele, precisava saber. E eu disse: bem, então talvez você não venha a ser o próximo presidente. E nomeamos Poppy no lugar dele.

Aster assentiu. Combinava com a história de Julia.

— Mas então Barnett acabou descobrindo e me procurou na noite da festa. — Mason olhou para Aster. — Ele fez todo tipo de ameaça. O pior foi que mais cedo naquela noite eu vi vocês juntos. Achei que ele ia se desculpar por ter se aproveitado de você. Em vez disso, ele ameaçou me arruinar. Eu não sei o que o fez passar dos limites.

— Ele não se aproveitou de mim — disse Aster, afastando a sensação de culpa que surgia com a história do pai.

*Nenhum de nós é realmente inocente*, pensou ela com tristeza.

Mason cruzou os braços.

— Bem, não importa. Ele estava decidido.

— O que você faria, se Julia não tivesse matado Steven?

Mason suspirou. De repente, pareceu décadas mais velho.

— Sinceramente, Aster, eu não sei.

— Mas então Julia te procurou e contou o que tinha feito.

— Isso. Mas eu jamais mataria Steven.

— E quanto a Poppy? — perguntou Aster. — Que papel ela teve nisso tudo? Porque Elizabeth Cole tinha certeza de que Poppy tinha matado Steven.

— Recebi uma ligação histérica de Poppy, logo depois de Julia me contar o que tinha feito. Devia ser... não sei. — Ele olhou para cima. — Meia-noite? Poppy tinha ido até o cais e descoberto Steven na água. Ela estava em pânico, queria chamar a polícia, mas eu a fiz desistir. Disse para deixar Steven onde estava.

— Deixá-lo?

Mason abaixou a cabeça.

— Sei que foi errado. Mas iam acabar encontrando o corpo dele. E fiquei preocupado de que se Poppy o encontrasse, ela parecesse culpada, e isso trouxesse mais atenção indesejada para a família. Então, para garantir, subornei o médico legista para elevar o nível de álcool do sangue dele.

Aster cobriu o rosto.

— Ah, meu Deus.

— Poppy não parou de fazer perguntas — continuou Mason, a voz vazia. — Ela nunca acreditou que Steven tivesse se afogado. E não muito tempo depois, descobriu a mesma operação de risco nas finanças que Steven tinha visto. Só que quando ela perguntou a respeito, eu contei a verdade. A final de contas, ela era da família e eu sabia que podia confiar nela. Mas Poppy quis pôr tudo às claras. Não largava o assunto.

Aster suspirou. Isso explicava o e-mail ameaçador que ela encontrou nos e-mails deletados de Mason. Então ela se lembrou de outra coisa.

— Então qual foi o negócio das joias roubadas?

Mason fez uma careta.

— Ela descobriu a quantidade de pedras que tinham sido roubadas e viu, como eu, que algumas peças mais antigas ainda estavam na nossa coleção. Ela rastreou os ancestrais dos donos, tirou as pedras dos cofres e devolveu para os donos verdadeiros sem avisar. Obviamente isso levantou todo tipo de alerta na auditoria e na segurança. Eles não tinham ideia de a quem aquelas joias pertenciam, nem do que Poppy estava fazendo. Ela estava tentando me pressionar, queria que eu revelasse tudo. Mas consegui encobrir.

Aster soltou um grunhido.

— Papai, por que você não abriu o jogo logo?

— Eu queria — ele disse e suspirou. — Mas não sabia se a empresa ia suportar o golpe.

— Então foi tudo por causa da empresa. Que era mais importante para você do que qualquer outra coisa.

Ela encarou Mason. Ele desviou o olhar, cheio de culpa. Sem a mãe de Aster na mansão, o lugar estava estranhamente silencioso. Nenhuma música clássica na cozinha, nem o som da voz dela conversando ao telefone. O lugar parecia um túmulo.

Aster olhou para Dumbo, para a tromba estendida, para as enormes orelhas em forma de sino bem abertas. De repente, sentiu pena do pai. Compreendeu que ele era um covarde. E que tinha sido a vida toda. Só ficava se esgueirando de um lado para outro inventando desculpas e acobertando coisas. Transferindo dinheiro para cobrir antigos pecados da família, sustentando filhos ilegítimos, sustentando a vida boêmia de Aster anos a fio para ela não contar para a mãe sobre Danielle. Se aquele elefante tivesse realmente atacado Mason, ele teria fugido aos gritos.

— Você era meu herói — ela disse baixinho, e sentiu as lágrimas aflorando.

O queixo de Mason tremeu.

— Eu adorava quando você pensava assim.

Ela sentiu as lágrimas escorrendo.

— Sinto muito ter entregado você, papai.

Mason se levantou da cadeira. Aster o viu se aproximar através das lágrimas. A pele dele tinha cheiro de sono.

— Aster — disse ele com firmeza —, você fez a coisa certa.

Ele a abraçou e um soluço subiu pelo peito de Aster. Ele não devia abraçá-la agora, e ela não devia retribuir o abraço. Mas não conseguia odiá-lo. Mesmo depois de tudo, ele era seu pai.

Então Mason recuou e olhou para ela.

— Eu mesmo preciso assumir os erros que cometi, e não posso consertar isso agora. Mas o que posso fazer para consertar... as coisas com você? O que você quer? Você pode parar de trabalhar na Saybrook. Pode voltar à sua antiga vida.

Aster ficou confusa.

— Assim, sem mais nem menos?

Ela espiou pela janela, viu o topo dos prédios do outro lado da rua e avaliou a possibilidade de parar de trabalhar. Acordar ao meio-dia, navegar no *Twitter* e blogs de festas para saber o que ia acontecer à noite. Partir para passar fins de semana em ilhas remotas para se embebedar e dançar a noite inteira, e falar sobre nada.

Tudo aquilo parecia estranhamente distante. Ela não saía há semanas. Clarissa não tinha ligado. Apesar de estar em um grupo que trocava mensagens todo início de noite, sugerindo lugares famosos e fofocando sobre pessoas que conheciam, seus outros amigos de noitadas também não tinham perguntado por ela. Pensando nisso, o que ela estava perdendo? A emoção? Aquele mês tivera emoções para durar uma vida inteira. E era óbvio que os amigos não sentiam sua falta. A cidade era cheia de socialites, afinal, e de herdeiras para assumir as contas.

— Sabe de uma coisa, eu nem sei se quero minha antiga vida. — Assim que disse isso, Aster soube que era verdade. — Vou manter o emprego — disse ela com convicção.

O pai inclinou a cabeça.

— Ora. Bom para você.

— Mas tem uma coisa que você pode fazer. — Aster olhou bem para ele. — Quero que Danielle faça parte da nossa família. De verdade.

Mason fez uma expressão de pânico. Ele engoliu em seco.

— Quer dizer...

— Quero dizer fazer com que ela se sinta uma de nós. Você é pai dela. E agora ela não tem mais mãe. Eu acho... — Aster fechou os olhos. — Acho que devemos.

Mason ficou calado um bom tempo.

— Está bem. Faça o que achar que é certo.

Aster saiu da casa do pai poucos minutos depois, se sentindo vazia e drenada emocionalmente. Foi andando de mãos dadas com Mitch pela calçada, sabendo que ele esperava ouvir o que tinha acontecido. Mas ela ainda não estava preparada para contar. Foram caminhando alguns quarteirões em silêncio, passaram pelos "passeadores" de cachorro torcendo seis cães em guias separadas, passaram por outras belas mansões e prédios de apartamentos com saguões de mármore e porteiros empertigados. O ar estava fresco e o dia era novo. Aster também se sentia nova... estranhamente renascida. Repleta de um sentimento de esperança que nunca sentira. De repente, tinha controle do seu destino. Estava tudo certo.

Tirou o celular da bolsa e ligou para Danielle.

— O-oi... — disse Danielle com voz trêmula, como se não soubesse se Aster tinha mesmo ligado, ou se era só o celular ligando acidentalmente no bolso ou na bolsa.

— Oi — disse Aster com voz decidida, parando na esquina para deixar uma fila de táxis passar. — Quer vir jantar comigo hoje?

— Sério? — Danielle tossiu. — Tem certeza?

O sinal ficou verde para pedestres e Aster puxou Mitch pela mão para atravessarem a rua.

— Claro que tenho. Certeza absoluta.

# 33

Uma semana depois, de sobretudo e um chapéu de abas largas que cobria quase todo o seu rosto, para se proteger do sol e ter pelo menos um pouco de privacidade, Corinne empurrou a porta giratória da loja Henri Bendel e olhou em volta. Uma vendedora se aproximou imediatamente.

— Posso ajudá-la, senhorita? — perguntou ela, olhando para as seis sacolas nas mãos de Corinne.

Então ela olhou para Corinne de novo e arregalou os olhos.

— Ah! A senhorita é...

Corinne passou pela vendedora, indo para o serviço de atendimento ao cliente. Sim, ela era Corinne Saybrook, a mulher que quase morreu na véspera do casamento. Sim, ela era também a mulher que desmarcou o casamento com Dixon Shackelford, herdeiro da fortuna da Shackelford Oil. Ela só queria devolver os presentes em paz e se arrastar de volta para casa, para se esconder. Estava aborrecida de ainda ter presentes para devolver, depois de todo o trabalho que teve em orientar os convidados a doarem para caridade. Todos pareciam vir da família de Dixon, como se eles soubessem que ela ia desistir e ter de ir à Bendel com o rabo entre as pernas.

— Olá — disse a mulher do serviço ao consumidor em tom neutro, depois fez a mesma coisa que a vendedora de perfume tinha feito na entrada, e olhou de novo para Corinne. — Ah, *querida* — ela disse, cheia de afetação, levando a mão de unhas compridas ao rosto. — Não sei o que aconteceu, mas eu sinto muito. Você está bem?

Corinne se forçou a dar um sorriso educado.

— Estou. Obrigada.

Depois de tudo que aconteceu, ficou claro que Dixon e ela não podiam se casar no dia seguinte. Corinne estava traumatizada demais, a polícia precisava do depoimento deles e a única ponte de Meriweather foi fechada enquanto a polícia dragava o estreito à procura do corpo desaparecido de Julia. Depois disso, Corinne ficou na casa de Rowan no centro, tentando raciocinar e sem atender às ligações de Dixon.

Mas alguns dias depois de ver Natasha acordada no hospital, Corinne sentiu uma clareza mental que não tinha há muito tempo. Sabia o que queria, e de repente não tinha mais medo. Voltou para o apartamento dela e de Dixon, com os nervos à flor da pele, a boca seca. Dixon esperava por ela no sofá. Ele sorriu como se não tivessem passado uma semana sem se falar.

— Eu tenho uma boa notícia — disse ele. — Já que vamos remarcar, Francis do L'Auberge pode cuidar do bufê para nós. Não é ótimo?

Corinne abriu a boca. E então simplesmente... disse o que tinha para dizer.

— Eu não quero me casar.

Dixon ficou atônito, sua surpresa quase infantil.

— Ah... — disse ele por fim, piscando com força antes que lágrimas grossas começassem a escorrer pelo rosto.

Corinne ficou atônita: nunca tinha visto Dixon chorar. Ele abaixou a cabeça com as mãos no rosto. Os ombros dele tremiam.

— Sou um idiota — ele disse, com a voz abafada.

— Não é, não — disse Corinne, sentando-se ao lado dele e dando tapinhas em suas costas. — Mas Dixon, olhe para nós. Você está realmente feliz?

Ela fez companhia a Dixon por algumas horas depois disso, resolvendo como iam contar para as famílias e até decidindo vender o apartamento, porque nenhum dos dois queria morar nele sozinho.

Depois disso, lembraram como se conheceram na Yale, todos os lugares por onde viajaram, e como ele tentou ensinar Corinne a cavalgar sem sela, no rancho da família dele no Texas. Foi até agradável, como se fossem velhos conhecidos se atualizando, sabendo que não deviam nada um ao outro e que provavelmente nunca mais se veriam. Quando saiu de lá, Corinne chorou por horas, chocada de ter feito uma escolha que mudaria tão completamente sua vida. Mas a cada dia que passava, ela chorava menos, e naquele dia não tinha chorado nada.

A representante do serviço ao consumidor da Bendel abriu a caixa e espiou o presente.

— Ah, que lindo!

Ela pegou um pote de cristal. E um cartão saiu da caixa junto: "Toda sorte do mundo, Corinne! Com amor, de Danielle Gilchrist e Brett Verdoorn."

Pobre Danielle. Muitos blogs de fofocas deram a entender que ela sabia o que a mãe andava fazendo. Outros diziam que ela manipulara a mãe, fazendo-a matar as herdeiras Saybrook uma a uma, com a esperança de ficar com todo a herança ao fim.

Mas Corinne não acreditava nisso. Tinha visto Danielle naquela ponte. Ela ficou arrasada ao descobrir que a mãe era um monstro. Era até possível que Danielle soubesse que a mãe não regulava bem, mas não tinha a menor ideia de que fosse uma lunática completa. Mas havia uma pessoa que sabia: o pai de Corinne.

E por isso ela mal falava com ele. Nem tinha ligado quando a notícia saiu aquela manhã — no *Abençoados e amaldiçoados*, claro — de que Mason tinha sido acusado de obstrução de justiça no assassinato de Steven Barnett. Sem dúvida ele ia pagar para alguém dar um jeito naquilo.

Talvez um dia Corinne perdoasse o pai, mas agora ela só queria distância. A mesma coisa que tinha sentido em relação ao avô. Um a um, seus ídolos tinham caído de seus pedestais. A sensação era de que tudo tinha mudado, no entanto, ali estava ela, sem opção além de seguir em frente.

A vendedora guardou o presente e digitou na tela. Corinne descarregou mais alguns embrulhos e devolveu um cobertor de cashmere, uma bandeja Versace e um par de cálices de cristal com bordas em ouro. Na hora ela se lembrou dos pratos descombinados que ela e Will usaram na noite em que estavam no apartamento dele. Will tinha comprado em um mercado de pulgas por um dólar cada, e todos tinham uma história. Isso era muito mais interessante do que a bandeja de trezentos dólares.

Will. Ela verificou o celular, mas claro que ele não tinha ligado. Será que ela queria mesmo que ele ligasse? Foi ela quem disse a ele que era tarde demais.

Ele devia saber que tinham cancelado o casamento. Mas será que se importava? Corinne largou o celular dentro da bolsa.

A vendedora pegou o último item e Corinne se virou, sentindo os perfumes de flores pela loja. Examinou a lista dos vários departamentos e andares. Tinha tirado o dia de folga no trabalho, mas não tinha para onde ir, e não havia nada que quisesse fazer. Pensou em visitar a avó, mas ultimamente Edith andava reclusa. Dizia não se sentir bem, mas Corinne achava que ela não sabia como lidar com a verdade sobre a empresa. As primas resolveram convocar uma reunião de família para anunciar o que sabiam. Em vez de menear a cabeça, envergonhada, Edith ficou chocada, e ficou evidente que não tinha a menor ideia do que o marido havia feito.

A Quinta Avenida estava apinhada de gente e de veículos, e Corinne virou à direita, sem nada melhor para fazer do que voltar a pé para o escritório. Era um belo dia de junho, as calçadas e vitrines cintilavam ao sol. Em um universo paralelo, ela ainda estaria em lua de mel com Dixon na África do Sul. Em um universo paralelo, ela estaria com Will, sentada ao bar do restaurante dele.

Em um universo paralelo, teria sua filha também. E Poppy não estaria morta.

— Corinne?

Ela se virou e o sol bateu em seus olhos, de modo que a pessoa mais adiante na calçada era apenas uma forma escura. Corinne protegeu os olhos. Will.

Suas mãos ficaram inertes.

— O-oi — ela conseguiu gaguejar. — Você por aqui.

Will caminhou até ela, balançando uma sacola da Trader Joe no braço.

— Eu estava para te ligar.

O coração dela deu um pulo.

— Ah, é?

O sol iluminava as feições de Will. Ele deu um sorriso triste para ela.

— É. Então você não vai mais se casar.

Corinne balançou a cabeça.

— Não consegui seguir em frente.

— Como sua família reagiu?

Do outro lado da rua havia três pombos pousados bem no alto da Trump Tower. Os três pareciam homens velhos e gordos, contrários a qualquer mudança, como se aquele fosse seu poleiro há anos. Corinne tinha se preparado para contar para os pais que havia terminado com Dixon. A mãe arregalou os olhos, o pai ficou em silêncio. Mas Aster não se importou. Nem as primas. E os pais dela nem disseram que estavam decepcionados — na verdade, a mãe de Corinne a abraçou.

— Acho que bem. Mas não sei mais julgar nada — disse Corinne, sentindo de repente um cansaço enorme. — Nem sei mais o que penso das coisas. Acho que nunca soube.

Sabe, você disse que era tarde demais para nós, mas eu não acho que é. Nunca é tarde demais.

— Como assim?

Ele segurou a mão dela.

— Vamos recomeçar? Começar tudo de novo, aqui e agora.

Recomeçar? Simples assim? Ela olhou para a mão de Will e pensou no que ele acabara de dizer. Alguma coisa na simplicidade daquilo que fez Corinne lembrar de uma de suas poesias preferidas, *A canção de amor de J. Alfred Prufrock*, de T.S. Elliot. Edith costumava citar parte dela o tempo todo, o verso que falava de preparar o rosto para encarar outros rostos, mas Corinne estava pensando nas primeiras linhas, as que falavam de duas pessoas saindo pela noite que se revela diante delas. Eram esperançosas.

Pedestres passavam apressados por eles. Aqueles pombos voaram do arranha-céu do outro lado da rua, que se transformou de repente na imagem mais linda que Corinne já tinha visto. Ela cruzou os dedos nos de Will. Não tinha ideia do que o futuro traria. Mas era assim: ia esperar para ver.

# 34

Em uma sexta à noite, Rowan destrancou a porta do apartamento de Poppy e botou a chave de volta no bolso.

— Chegamos — anunciou ela.

— Estou doida para ver meus brinquedos de novo! — exclamou Skylar, empurrando Rowan para poder entrar correndo.

Rowan trocou sorrisos com Aster, Corinne e Natasha, que estavam atrás dela. Corinne ajeitou Briony no colo, a bebê sugando loucamente uma chupeta, e olhou para o apartamento.

— Bem, acho que todas devemos entrar.

Elas entraram em fila. A sala estava escura, as cortinas fechadas. Os sofás tinham capas de proteção, os tapetes ainda estavam com as marcas do aspirador de pó, e todos os brinquedos das crianças tinham sido empacotados, embora Skylar estivesse trabalhando com eficiência, tirando tudo das caixas e espalhando em volta. Skylar e Briony tinham ficado na casa dos pais de James enquanto ele viajava a trabalho por duas semanas. Ele havia pedido para Rowan e as primas cuidarem das roupas, joias e outras coisas de Poppy, para resolverem o que guardar para as meninas e o que mandar para um leilão de caridade.

— Vamos começar — disse Rowan, indo para o quarto de Poppy com uma pontada de apreensão.

Ela não queria pensar em James dormindo ali com mulheres que não eram Poppy. Mas, quando entrou no quarto, não sentiu nada.

Nem um pingo de vontade de voltar com James. Não teve nenhuma lembrança dele pipocando na cabeça. A única coisa que pensou foi no tempo em que Poppy e ela passaram ali sozinhas depois que Skylar nasceu, quando James tinha de viajar a trabalho. Elas se embolavam na cama, Skylar nos braços de Poppy, e assistiam a programas do canal Food Network por horas a fio. Rowan providenciava tudo que Poppy precisava e pegava a bebê quando Poppy queria tirar uma soneca, admirando os lábios perfeitos de Skylar, a pele macia e a expressão tranquila. Uma vez, ela notou que Poppy olhava fixo para ela.

— Você será uma boa mãe, Ro — disse Poppy.

E Rowan realmente *seria* uma boa mãe... um dia, de um jeito ou de outro. E quanto à vida depois de James, ela estava otimista também. Um velho amigo do curso de direito, Oliver, tinha ligado para ela dias atrás, e os dois conversaram quase uma hora inteira. Rowan lembrou que ele era bonito. Oliver a tinha convidado para sair algumas vezes na universidade, mas ela sempre recusava. Só tinha olhos para James.

Mas isso foi naquela época. Oliver e ela tinham planos de irem ao restaurante wd~50 na noite seguinte. Pela primeira vez em, bem, um *longo* tempo, ela estava animada.

As primas abriram o closet de Poppy e a luz do teto acendeu. As roupas de Poppy estavam todas bem-organizadas e arrumadas em fileiras. Os sapatos alinhados em prateleiras no chão, e tinha gavetas separadas para cintos, bolsas pequenas, joias, chapéus e outros acessórios. No fundo do closet ficavam os vestidos que ela usava em ocasiões especiais, as cores vibrantes e os tecidos brilhantes feito uma linha de anéis em uma caixa de joias.

Skylar entrou correndo no quarto também e fez "ooooh" baixinho.

— Adoro o closet da mamãe — ela disse com uma voz educada e respeitosa.

— Não toque em nada, ok? — recomendou Corinne.

— Ah, eu sei. — Os olhos de Skylar brilharam. — Uma boa menina sempre pergunta antes de mexer nas coisas.

Rowan escondeu um sorriso. Nos meses depois da morte de Poppy, Skylar tinha ficado séria, bem-comportada e quase... sábia. Era como se entendesse que algum dia o cetro da Saybrook ia passar para ela, e que era melhor ir se preparando desde já.

Rowan pôs a mão no ombro de Skylar e sentiu pena da menina. Ainda não conseguia imaginar crescer sem mãe. Mas apesar de James não ter sido um grande marido, até onde Rowan sabia, ele *era* um bom pai.

Natasha se adiantou e tocou uma caixa de sapatos. Ainda respirava com dificuldade. Tinha recebido alta há dois dias, mas insistira em ir ajudar.

— Você está bem?

Natasha fez que sim.

— Vou ficar. — Ela sorriu e apertou a mão de Rowan.

Então alguém tocou a campainha. Elas se entreolharam e então Aster se lembrou de alguma coisa e foi correndo atender. Segundos depois, Danielle Gilchrist apareceu à porta do closet. O cabelo ruivo estava solto sobre os ombros e ela usava uma camisa branca, calça preta justíssima e botinhas de couro que pareciam caras. Havia algo de clássico naquela roupa, pensou Rowan, que era ao mesmo tempo simples e muito elegante.

Ela percebeu que era exatamente o que uma herdeira de Manhattan vestiria. Afinal, Danielle também estava se preparando.

— Tem certeza de que não tem problema eu ter vindo? — disse Danielle, olhando em volta, nervosa.

— Claro que não — disse Aster, ansiosa, pegando a mão dela e puxando-a para dentro do enorme closet. — Estávamos começando a ver as coisas. Venha ajudar.

Elas começaram a separar os vestidos.

— Lembram desse? — perguntou Corinne, segurando um Chanel com plumas e contas que Poppy tinha usado em uma festa a fantasia beneficente no Metropolitan Opera, alguns anos antes.

Aster pegou o vestido da mão dela.

— Aaah, vocês acham que ela se importaria se eu ficasse com esse?

— Corinne olhou torto para a irmã.

— Onde você usaria isso?

— Numa festa de Halloween — provocou Aster, e enfiou o vestido pela cabeça.

— Serviu perfeitamente. Natasha endireitou as costas.

— Também quero vestir alguma coisa.

— E eu, por favor! — disse Skylar, estendendo os braços. Rowan encontrou um chapéu de tecido listrado que Poppy tinha comprado em uma viagem a Saint-Tropez e deu para a menina. Skylar colocou na cabeça, rindo.

— Podemos fazer um desfile de moda?

— Ah, querida, eu não sei — disse Corinne, balançando Briony no colo.

— Ah, vai, vai ser divertido — resolveu Aster.

— Eu topo — concordou Natasha.

Corinne deu de ombros, pôs Briony no chão, tirou um vestido azul-claro do cabide e começou a desprender o fecho.

— Está bem, me convenceram.

— Oba! — gritou Aster.

Ela pegou um longo azul-pavão e deu para Danielle.

— Use esse! Vai ficar maravilhoso em você!

Danielle pareceu emocionada.

— Você quer que eu participe? — Ela passou a mão no tecido sedoso.

Aster agitou as mãos.

— Pare de fazer essas perguntas. Você é uma de nós agora. Deixe disso.

*Você é uma de nós agora.* Aster estava encarando aquilo muito bem, mas ela era assim mesmo, sempre pronta para tudo que a vida aprontava. Rowan olhou para Danielle de novo enquanto ela abria o zíper das costas do vestido. Queria gostar da nova prima. Queria aceitá-la como Aster aceitava. Mas não tinha certeza se já confiava nela. Talvez não tivesse nada a ver com Danielle e tudo a ver com Julia. Afinal, Danielle era tão vítima quanto todas as outras.

Rowan escolheu um vestido preto com franja e vestiu também, sentindo-se um pouco como Poppy ao fechar o zíper. Minutos depois, ela olhou em volta e todas tinham se transformado em Poppy, com a pele brilhante, os olhos límpidos, os sorrisos confiantes. Até a pequena Skylar, com o chapéu e uma túnica rosa que chegava até seus tornozelos, tinha se transformado. À luz fraca do quarto, o rosto dela, virado naquele ângulo, lembrava muito Poppy, tanto que Rowan chegou a perder o fôlego.

Então ela percebeu que estavam ridículas ali, no meio de um closet, com vestidos tão elegantes e descalças, e começou a rir. Era como se fossem meninas em Meriweather de novo, brincando de se fantasiar no closet da mãe.

Aster correu para o aparelho de som e botou uma música agitada, começando a dançar. Então passou a desfilar, movendo os quadris e fazendo uma expressão confiante.

— É isso aí, garota! — gritou Rowan, também dançando.

— Aster, você ainda sabe desfilar — admitiu Natasha.

— Sabe mesmo — disse Corinne, e o rosto de Aster se iluminou.

— Já pensou em voltar a trabalhar como modelo?

Aster explodiu em uma gargalhada.

— Vou continuar na Saybrook. Você não está sabendo? O tédio está na moda. — Então ela deu o braço para Natasha. — Quem sabe Danielle pode recrutar você também?

Danielle, que tinha acabado de pôr o vestido azul — que realmente ficou lindo nela — olhou para as duas.

— Podemos dar um jeito.

— Seria muito divertido! — gritou Aster, batendo palmas. — Nós todas podíamos trabalhar lá. Almoçar juntas todos os dias, drinques depois do expediente, viajar às custas da empresa...

Natasha balançou a cabeça.

— Acho que não. Na verdade, andei pensando em sair de Nova York um tempo. Viajar para algum lugar distante, para colocar minha cabeça em ordem.

Corinne pareceu arrasada.

— Você vai embora?

— Não será por muito tempo — prometeu Natasha.

Então ela deu um sorriso e desfilou pelo corredor, requebrando como Aster. No fim do corredor, ela jogou os braços para cima teatralmente, como fazia no fim de seus números de dança ou das peças teatrais. Todas morreram de rir.

— É a vez de Rowan! — disse Corinne quando Natasha acabou de desfilar.

Rowan olhou para o vestido de Poppy. Era tão comprido que arrastava no chão.

— Preciso de um sapato — ela disse, e vasculhou as prateleiras de Poppy à procura de um que combinasse.

— Ah, eu sei que ela tem umas sandálias prateadas que ficariam perfeitas com esse vestido — anunciou Aster, agachando-se na frente do armário.

Ela puxou uma escadinha lá do fundo e subiu nela para ver as prateleiras de cima, de onde tirou o par de sandálias.

— Minha vez! — Skylar puxou a saia de Rowan quando ela terminou o desfile. — Olhem para mim!

Todas aplaudiram quando Skylar desfilou pelo longo corredor. O chapéu de abas largas caiu da cabeça dela no meio do caminho, mas ela o pegou com um floreio. Depois que Skylar desfilou, foi a vez de Corinne, com o rosto iluminado. E então Danielle. Elas separaram mais vestidos, experimentaram outras peças e até debocharam de algumas compras por impulso de Poppy, inclusive umas sandálias plataforma verde-neon e um casaco que parecia feito de cabelo humano. Rowan se sentou um pouco e ficou observando as outras, em um momento da mais completa paz. Tudo estava bem. Seguro. E ela percebeu, espantada, que adorava sua vida. Suas primas, sua família, sua integridade. Finalmente a sensação de que aquilo era suficiente. Mais do que suficiente.

O celular dela apitou no outro canto do quarto. Ela franziu a testa, olhou para ele e se virou de novo para Aster, que tinha achado um vestido branco bonito, mas muito pouco prático, transparente no busto e com uma saia volumosa que parecia feita de centenas de tranças de seda.

— Nem eu conseguiria vestir isso — ela disse.

— Parece vestido de princesa! — exclamou Skylar, pegando o vestido.

O telefone tocou novamente. Rowan deu um sorriso para as primas, se levantou e atravessou o quarto. Tirou o celular da bolsa e olhou para a tela. Seu estômago despencou. *Nova publicação de Abençoados e amaldiçoados*.

O site estava estranhamente parado desde o desaparecimento de Julia. Não havia nem um link para a história do confronto na ponte, nem de Corinne cancelando o casamento, nem as fofocas sobre Danielle, embora o *Page Six* e o *Gawker* tivessem dedicado uma boa atenção a todas aquelas histórias. E também não havia nenhuma foto delas distraídas. Nenhum vídeo não autorizado. Nenhuma conversa grampeada. Será que isso seria prova de que Julia, apesar de negar na ponte, era quem administrava o blog? Ou será que ela apenas fornecia as fofocas mais picantes para o administrador?

Rowan clicou no link para abrir a página. E, de fato, lá estava uma nova publicação. Rowan ficou atônita. Palavras grandes enchiam a página. Imagens também.

"Uma herdeira, duas herdeiras, três herdeiras, quatro", dizia, mostrando fotos de Rowan, Corinne, Aster e Natasha. Rowan rolou para baixo.

"Cinco herdeiras, nova herdeira." Uma foto de Danielle. E depois: "Elas sabem que tem mais?"

A visão de Rowan ficou embaçada. Ela compreendia o significado das palavras individualmente, mas não juntas naquela frase. Do que o site estava falando? Havia outra herdeira: Poppy, mas ela estava morta. Ou talvez quisessem dizer *herdeiros*? Mas havia quatro herdeiros: seus irmãos, além de Winston e Sullivan. Mas ela achava que não queriam dizer nada disso. Os dedos dela começaram a tremer. Um gosto metálico veio à boca.

Danielle pôs a cara para fora do closet.

— Você está bem, Rowan?

Rowan levantou rápido e cobriu a tela com as mãos. Danielle olhava para ela muito atenta. Talvez soubesse o que era? Ou Rowan estava enlouquecendo.

— Já vou em um segundo — ela disse, distraída, torcendo para não parecer nervosa. — Só preciso cuidar disso aqui.

*Não significa nada*, disse para si mesma, e respirou fundo várias vezes. Quem tinha publicado aquilo só queria irritá-las. Não havia mais nenhuma Saybrook. Não havia mais segredos. Já sabiam tudo que tinha para saber.

Mas ela não se conteve e espiou de novo. Quando olhou outra vez para a tela, a página estava em branco. Ela apertou o botão de atualizar algumas vezes, com o coração disparado.

Mas a publicação tinha sumido.

UM ANO DEPOIS

Era fim de tarde na festa anual de fim do verão da família Saybrook, em Meriweather. Edith Saybrook abafou a tosse enquanto ia para a varanda. Apesar do termômetro beirar trinta graus à sombra, ela sentia frio. Enrolou melhor a estola de pele no pescoço.

Sua neta Corinne olhou para ela da cadeira Andirondack, assustada.

— Você está bem?

— Claro que estou — disse Edith, agarrada à sua água Perrier sabor limão. — Forte como um touro.

Corinne bebeu um gole da sua limonada. Seu novo noivo, Will, olhou preocupado para ela. Formavam um casal bem simpático, e certamente pareciam mais felizes do que ela era com aquele rapaz Shackelford. Que confusão foi aquela? Mas agora tinha passado. Os tabloides não pensavam assim. Repórteres ainda procuravam Edith para obter comentários sobre uma reconciliação de Dixon e Corinne. Deixem para lá, ela sempre pensava.

Edith espiou a festa da varanda. Queriam que a festa do feriado do Dia do Trabalho fosse um evento pequeno, mais para comemorar Loren DuPont, a mais nova cliente que a irmã de Corinne, Aster, tinha conquistado, mas acabou se transformando em uma festança com duzentas pessoas. Lá estava Aster agora, com um vestido coquetel prata, conversando com a própria Loren e aquele homem com quem ela andava — Michael? Mitchell? — parado sem jeito ao lado dela.

Com aquela tal de Elizabeth fora da empresa — Edith jamais gostou dela —, Aster fora promovida a sócia encarregada do contato com clientes, e trouxera muitos negócios novos. Claro que Edith sempre soube que aquela menina tinha potencial.

A outra neta de Edith, Rowan, brilhando em um vestido branco e curto que exibia seu corpo atlético, e de mãos dadas com um homem alto cujo nome ela nunca lembrava — talvez tivessem se conhecido na faculdade? —, estava deixando a filha mais velha de Poppy fazer carinho em um daqueles cachorros imundos que possuía.

E lá estava aquela nova, a ruiva que antes morava na casa do caseiro e que agora ficava ali. Era repugnante como todos paparicavam Danielle agora. Ela era uma mulher adulta, pelo amor de Deus. Como podiam ter tanta certeza de que Danielle não fazia parte do plano da mãe dela? Edith estava quase decidida a descer e ter uma conversa com aquela Danielle, de uma vez por todas.

Mas estava cansada. E de repente não conseguia lembrar o nome da neta que tinha ido para a Índia logo depois de se recuperar dos ferimentos. Ela ainda estava lá... não tinha acabado de enviar um cartão postal, alguns dias atrás, de uma criança à beira da estrada? Era aquela neta excluída, a que fingiu por um bom tempo ser superior ao resto deles.

— Vovó? — Corinne olhou para ela, curiosa.

Conseguiu lembrar de repente: Natasha. Claro.

— Eu já disse, estou bem.

Edith sabia que podiam ter mandado Corinne para servir de babá para ela.

— Deus do céu, estou só me recuperando da gripe! Vocês estão agindo como se eu tivesse a praga.

Corinne e o fulano de tal trocaram outro olhar secreto. Edith ajeitou a estola de pele de novo e de repente veio uma paranoia. Eles tinham como saber? Será que suspeitavam que não era gripe? Não podiam. Ela estava mantendo as aparências muito bem.

Mesmo assim, Edith visualizou aquele médico, um alpinista social impertinente chamado Myers, exibindo as imagens de sua ressonância magnética em uma tela brilhante.

— É um caminho incomum para esse tipo de câncer — disse ele para Edith.

Ela foi consultá-lo sozinha aquele dia, assim como tinha ido sozinha tirar sangue e também para fazer a ressonância.

— Normalmente esses tipos de lesões crescem devagar, são fáceis de perceber. Mas essa... bem...

Ele descreveu todos os medicamentos e tratamentos que podiam experimentar, mas não pareceu muito otimista quanto ao prognóstico dela. Fosse o que fosse, tinha se espalhado. Edith se levantou na hora, lívida.

— Vou procurar uma segunda opinião. Você não sabe quem eu sou?

O médico se espantou.

— Sra. Saybrook, o câncer não tem preferências.

Soou como uma frase de para-choque. Edith saiu furiosa do consultório e quase escorregou no piso de linóleo. Mas no elevador apertou todos os andares só para ter alguns momentos de paz. Uma voz calma e fatal sussurrou sedutora na cabeça de Edith: *Você sabia que ia chegar a isso. Lá no fundo, você sabia de tudo.*

Será que sabia? Poderia saber? Ah, ela pensou muito depois que as netas revelaram o que Alfred tinha feito. Mason sabia. Poppy também... e Natasha, e Candace e Patrick, e ele só tinha entrado na família pelo casamento. E então todos olharam para ela, esperando que também estivesse a par do segredo. E ela ficou lá com cara de paisagem, mas por dentro se sentiu... murcha. Agredida. Meu Deus, pensou ela. Lá estava, depois de todos aqueles anos. Exposto feito um cadáver.

Ela se lembrava de quando Alfred voltou da guerra como se fosse ontem. Ele ficou muito orgulhoso de mostrar para ela os diamantes que havia descoberto.

— Consegui esse num bazar em Paris — disse ele animado, segurando contra a luz um grande, amarelo. Por Deus, era do tamanho de uma bola de beisebol. — Ah, Edie, não é lindo? Vamos arrasar.

Mas alguma coisa a incomodou naquela história. Um bazar em Paris? O que estavam fazendo promovendo mercados de pulgas em um momento como aquele? E onde ele arranjou o dinheiro para comprar as pedras? No fim da guerra, sempre que Alfred saía de licença, reclamava nas cartas que mal tinha dinheiro para um cinema e uma cerveja, esquecendo que Edith estava lutando em casa, tentando manter a joalheria dele funcionando. E ela ouviu os cochichos também. Das coisas amorais que aconteciam lá, praticadas pelos soldados aliados. Roubando pessoas que já tinham perdido toda dignidade. Eles racionalizaram a coisa, Edith imaginou, porque achavam que tinham de receber alguma compensação pelo sacrifício que fizeram. E por isso roubaram... e não contaram. Mas o seu Alfred não era assim, era? Ele não era um bom homem, um homem honesto?

Mesmo assim. Ela perguntou, dando voltas no assunto para disfarçar, só para ter certeza. Alfred disse para ela muitas e muitas vezes que tudo era legítimo.

— Apenas seja feliz — ele disse para ela a caminho do leilão aquela manhã. — E se prepare, porque toda a nossa vida vai mudar.

E então mudou. Aquela pedra foi vendida por uma fortuna. Alfred teve reconhecimento nacional e investiu na loja o dinheiro que ganhou com a venda.

A Saybrook cresceu. Alfred lapidou e vendeu os outros diamantes que tinha "adquirido" no exterior, expandindo sempre a loja. Fez contato com minas e comerciantes melhores. Com parte do lucro, pôde comprar diamantes melhores, mais puros, e transformá-los em joias de alta qualidade. Algumas pessoas de Nova York iam a Boston procurá-lo. E logo depois disso ele decidiu se mudar para Manhattan.

Toda vez que um Saybrook morria tragicamente, Edith não ficava cem por cento surpresa. Mas admitir que era um carma, uma maldição? Cair nessa, concordar com a imprensa de que a família era amaldiçoada... bem, isso significava admitir que tinham feito por merecer. Por isso ela descartava toda aquela bobagem.

Agora Edith fechou os olhos. Aquilo foi muito tempo atrás. E provavelmente Edith sofria de uma gripe, sim, não de algum tumor vulgar e amorfo que a atacava de dentro para fora. Ela certamente não merecia aquela doença por ficar de boca fechada aqueles anos todos. Ela não acreditava em maldições. E ponto final.

Um ruído estranho a fez acordar, assustada. Abriu os olhos sem noção de que tinha cochilado, e olhou em volta. As duas cadeiras ao seu lado não estavam mais ocupadas. A música tinha parado. Os convidados paralisados, com seus drinques na mão.

Ouviu-se um grito vindo da praia. Ainda desorientada, Edith conseguiu descer e atravessar o gramado. Procurou as netas freneticamente, mas não encontrou nenhuma. Alguns homens abriram caminho no meio do grupo, oferecendo seus préstimos. Mas onde estava Aster? Onde estava Rowan? Edith chamou as netas, mas sua voz não tinha força.

Havia um pequeno círculo em volta de um corpo na areia. O coração de Edith saltou no peito.

— Liguem para a emergência! — berrou uma voz.

Patrick caiu de joelhos ao lado do corpo.

— Ela está respirando? — alguém gritou. — Tem pulso?

— Quem é? — gritou Edith, empurrando as pessoas furiosamente para passar.

Um desconhecido deu meia-volta e arregalou os olhos.

— É uma das suas.

Foi como um soco no peito de Edith. O desconhecido chegou para o lado para ela poder passar. Edith se ajoelhou na areia e tocou o pé descalço de uma jovem. Patrick se debruçou e tentou fazer uma massagem cardíaca.

— *Sai* — rosnou Edith para o filho, e se inclinou sobre o corpo.

Ela olhou para o rosto da jovem, reconheceu aqueles olhos azuis-gelo que eram a marca registrada da família, aquele nariz adunco, o pingente de diamante oval que Edith tinha dado para cada uma das netas em seus aniversários de dezoito anos.

— Não! — ela berrou, e caiu em cima da jovem. Não podia ser. Outra, não. O seu tumor não bastava? Não podia ser ela a sacrificada?

A maré subiu e atingiu Edith como um choque de gelo. Pessoas corriam de um lado para outro, gritando instruções, em pânico. Edith olhou para as árvores, suspeitando que alguém observava. Julia Gilchrist nunca fora encontrada. Será que podia ser ela? Podia ser outra pessoa?

Ou talvez fosse outra coisa. Talvez tivesse sido outra coisa o tempo todo.

Uma ambulância chegou com a sirene ligada. Pessoas correram para os técnicos de emergência e avisaram onde estava o corpo. Mas Edith só olhava para a mata, esperando que quem quer que fosse, ou o que quer que fosse, se revelasse. E de repente ela teve certeza: a maldição estava de volta.

Ou talvez nunca tivesse acabado.

# AGRADECIMENTOS

Foi um prazer e um privilégio me concederem a oportunidade de mergulhar nesse mundo e nas falas desses personagens fascinantes e complicados por mais de um ano. Todo livro que escrevo é uma dádiva e *As herdeiras* foi uma especialmente empolgante. Meu agradecimento infinito a Jonathan Burnham, da Harper, por tornar isso possível, e a Les Morgenstein, Josh Bank, Sara Shandler, Lanie Davis e Katie McGee, da Alloy Entertainment, por suas ideias brilhantes, pela noção magistral de enredo e personagens, e pelo apoio que sempre me deram. Obrigada também a Natalie Sousa e a Liz Dresner por seus esforços incansáveis e fantásticos designs. Abraços enormes para Maya Ziv — fiquei muito empolgada de trabalhar com você neste projeto, e sua orientação do que esse livro devia ser o transformou em algo realmente especial.

Agradeço também a Jennifer Rudolph Walsh e a Andy McNicol, da WME, por ajudarem a fazer este projeto acontecer. E muito obrigada a toda a equipe da Harper: Robin Bilardello, por suas ideias geniais para a capa, e Kathy Schneider, Katherine Beitner e Katie O'Callaghan, por seu entusiasmo. É difícil botar um livro no mundo, e isso não seria possível sem vocês todos.

Obrigada a Ted e Lindsay Leisenring e à filha deles, Chase, por me hospedar em sua linda casa, onde passei muitas horas escrevendo e editando. Obrigada ao meu pai pelas informações sobre trajes de caça de época e sobre como fazer aviões caírem. Obrigada à minha mãe por seu conhecimento da vida glamorosa (e de alguns lugares de Nova York mencionados nessas páginas). Obrigada, Yuval Braverman, pelo vislumbre do mundo dos diamantes. Obrigada a Ali e Caron pelas nossas muitas idas a Nova York, e muito amor para Kristian, meu rapazinho favorito, apesar de não saber ler e do seu vocabulário estar mais relacionado a veículos de construção, no momento. Por favor, não seja como James quando crescer.

E muito amor a você, Michael, por definitivamente não ser como James, a não ser pela calma e descontração. Obrigada por suportar as muitas frustrações que acompanham o ato de escrever um livro e por apresentar ideias envolvendo Bruce Springsteen de como enriquecer rapidamente. Estou contente de ter podido incluir algumas referências ao Texas nessas páginas também.

Impressão e Acabamento:
BMF GRÁFICA E EDITORA